山崎正和の遺言

片山修

東洋経済新報社

はじめに

山崎正和さんから仕事を申し付けられたのは、いまから三年ほど前のことである。

山崎さんは、「知」のプラットホーム「サントリー文化財団」の生みの親である。「文化財団についてまだ喋っていないことがある、ついては手伝ってほしい」といっておられると、旧知の文化財団専務理事の今井渉さんから相談を受けた。断るわけにはいかない。それから半年以上経ったある日、「先生が喋るとおっしゃっているからきてほしい」と連絡があった。

２０１９年５月27日、宝塚の山崎さんの住まいにうかがい、二時間以上にわたって話を聞いた。その年の暮れ、東京で再び山崎さんに会うと、「これは、あなたの本として執筆してほしい」と、突然いわれた。一瞬、時が止まった。呆然とした。「ムリです。どう書いたらいいかアイデアもありません」「いや、あなたの思った通り書いてくださって結構です」――そんな会話になった。

山崎さんは、一度いわれたことを簡単にひるがえすような人ではないし、思いつきで喋る人でもない。

しかし、私は学者でも研究者でも、まして弟子でもない。一介の物書きに過ぎない。主に日本企業をテーマにしてきたフリーのジャーナリストである。できるだろうか。

確かに、山崎さんとは四十五年近い付き合いがある。あれは、いつのことだったか。取材ではじめてお会いした頃の話だと思う。妙にささいなことを覚えている。

ホテルのレストランで、一緒に昼食をとることになり、「ビールでも飲みましょうか」となった。山崎さんは、ハーフ＆ハーフを注文され、ビールをコップの半分ほど注いだうえ、黒ビールを流し込んだ。いまでこそ珍しい飲み方ではないが、70年代のはじめには目新しかった。だから、私はこんなハイカラな飲み方があるのかと驚いた。さすがアメリカ留学経験者だという印象をもった。山崎さんは、「ハーフ＆ハーフはねぇ……」と、ひとくさり話をされた。

初対面から三年後だったか、１９７５年から76年にかけて山崎さんと『週刊ポスト』の連載企画で一緒に仕事をすることになった。１９６０年代を〝オンリー・イエスタデイ〟として描くことはできないでしょうかと『週刊ポスト』から持ちかけられた山崎さんは、「いや、現代史はむずかしいんだよ。僕は近代までやっている。森鷗外まではやっているけど……」と躊躇されたが、一週間ほどして、「やりましょうか」と編集部の日置徹さんに電話をかけてきた。これが、後に『おんりい・いえすたでい’60ｓ』（文藝春秋刊、１９７７年）となる。

「歴史家でない人間が歴史について何か書けるとすれば、現代史だけです。私の見方に間違いはあるかもしれない。トレーニングを受けた歴史家のような客観性は持ち得ないかもしれない。けれど、同時代史なら何とかやってみようと始めました」と、『舞台をまわす、舞台がまわる――山崎正和オーラルヒストリー』（御厨貴／阿川尚之／苅部直／牧原出編、中央公論新社刊、２０１７年、以下『舞台をまわす、舞台がまわる』と略、２０６頁）の中で、その経緯について山崎さんは語っている。

山崎さんにしては珍しく、連載は全編口述筆記で行うことになり、私が下書きを担当することになった。私は当時、フリーの身で『週刊ポスト』のアンカーをしていた。37歳だった。山崎さんは43歳で、新進気鋭の学者だった。

よく知られているように、山崎さんの頭の中は一体どうなっているのかと思うほど、口述を録音して文字に起こせば、そのまきれいな原稿に仕上がる。四百字詰め原稿用紙が頭の中に刷り込まれているに違いない。まだ、ワープロのない時代である。原稿に沿って内容を裏打ちする事実や事柄、エピソードを週刊誌、書籍などから拾ってきて、しかるべき場所に挿入し、時代の気分、空気を伝えた。一回分の連載原稿に五本から八本ほど入れたと思う。材料を求めて大宅壮一文庫に通った。図書館にもいった。

山崎さんは、ただ口述するだけではなく、60年代すなわち「オンリー・イエスタデイ」の事柄をめぐって、「あなたは、そのとき、どうしていたの?」「どう感じたの?」「これについては、どう思う?」と質問された。満足した答えが得られないとなると、「なぜ」を連発した。いい加減では、許してもらえなかった記憶がある。山崎さんは、このときをこんなふうに回想された。

「のちになって彼は、その作業が（その間）ずっと勉強になっていた、文章とはこういうふうにまとめるものだとわかったといって、私を喜ばせてくれました。もちろん、それはお世辞半分でしょうが」（『舞台をまわす、舞台がまわる』同頁）

とんでもない。あんな幸福な勉強の時間はなかった。しかも、山崎さんは「結局それがあったから、のちの『柔らかい個人主義の誕生』が書けたのです」（同頁）とおっしゃっているのだから、もう恐悦至極といわなければならない。

四十五年におよぶ付き合いというと、よほど濃い人間関係があったように思われるが、そんなことはない。だいいち、私は山崎さんの自宅に遊びにいったことがない。

つまり、べたべたした関係は皆無だった。むろん仕事が終われば、食べたり、飲んだりすることもなかったわけではないが、基本的に仕事以外に私的な付き合いはなかった。必要以上に距離を縮めることはなかったし、毎年必ず会っていたということもなかった。しかし、不思議なことに、ひとたび会えば、すぐにスイッチが入り会話がはずんだ。山崎さんに会うのが楽しみだった。山崎さんがいうところの「社交」だったのかもしれない。

仕事の関連でいうと、山崎さんがかかわられていた海外向け政府広報の英文雑誌に指名により幾度となく日本企業の記事を書いてきた。また、文化財団が発刊した論壇誌『アステイオン』に数度、書いてもきた。そんな風につかず離れずの関係がずっと続いた。

「私は山崎正和の最大の作品はサントリー文化財団にほかならないと思っている」（『別冊アステイオン　それぞれの山崎正和』サントリー文化財団・アステイオン編集委員会編、ＣＣＣメディアハウス刊、２０２０年、「山崎正和とダニエル・ベル」２８０頁）

これは、文芸評論家の三浦雅士さんの言葉である。そうである以上、文化財団を書くにあたり、真正面から山崎さんについて論じなければならない。

新型コロナウイルスへの警戒感が高まる直前の２０２０年2月21日、山崎さんは「何でも話しますから……」とおっしゃって、東京で再び二時間にわたるインタビューとなった。その後、食事をご一緒しながら、さらに二時間ほどお喋りをした。病気がちだと話されたが、山崎さんは、出てきた料理をすべてペロリと完食された。

別れ際に、「お世話になりました。また、近々会いましょうね」と、山崎さんは例の優しい笑顔を浮かべていわれた。いまになってみると、何気なくおっしゃった「お世話になりました」という言葉が気になるが、コロナ禍により、それが最後の言葉になってしまった。

それにしても、学者でも研究者でもない私がなぜ、この重い仕事を仰せつかったのだろうか。それは、私の内面においていまも謎である。本書の中に、その理由を見つける読者がいたとすれば、仕事を果たしたことになるのかもしれない。

（本文敬称略／肩書きは原則として当時のまま）

山崎正和の遺言

目次

第2章　文化財団の設立前夜

第3章　「知」の舞台づくり

第4章

言論界の構造改革

第5章

文化が地域をつくる

第6章 躍動する「知」のリーダー

第7章 究極の到達点「社交」

序章

戦後の何に憂い、仕掛けたのか

極端な理想主義ではダメ

——サントリー文化財団は、１９７９年に設立されてから四十年が経ちました。振り返っていかがですか。

山崎正和（以下、山崎）　日本のこの五十年というのは、日本人が「生活文化」を磨き上げてきた五十年でした。それにずっと付き合い、寄り添ってきた会社が、サントリーだったんですね。

——「生活文化」ですね。

山崎　佐治敬三（元サントリー社長、会長）さんは、１９８０年に「生活文化企業」になるといいました。もっとも、日本社会はずっと成長してきたから、なにも文化財団が引っ張らなくても、若い学者たちの勉強していく態度は、自然に現在のような方向に流れてきたと思います。

　結局、私が財団でしたことというのは、ある見通しを立てて、仕掛けをつくった。その仕掛けに、みんな、どんどんのってくれたわけですよ。

——設立当初から文化財団には、五つの柱がありましたよね。①サントリー学芸賞、②サントリー地域文化賞、③各種の研究助成、④サロンのような研究会、⑤海外出版助成の五つです。それを一晩で考えたと、山崎さんはおっしゃった。あの五つの柱すべてが、四十年間続いている。

山崎　まあ、いまのところはね。

――ものすごいことです。どうしてああいうことが、パパッと直感的にというか、直線的に考えられるんですか。

山崎　それはね、それまでの私の経験や勉強が、自然にまとまってきていたんでしょうね。

例えば、私の頭の中には、学園紛争（60年代末から70年代初頭の全共闘の反乱）を見たというのがあるわけです。学園紛争というのは、少なくとも当時の大学関係者にはかなりのピンチだった。

――僕は、山崎さんの学園紛争の経験について、この本（『舞台をまわす、舞台がまわる』）を読むまで詳しいことは知りませんでした。あまり具体的に話されてこなかったじゃないですか。内ゲバに遭われ、目を負傷された。救急車で運ばれ、血みどろで片眼は見えない状態なのに、青医連（青年医師連合）の過激派の医者に「何ともありません」といわれたエピソードがありましたね。

山崎　うん。だからね、私の頭の中に「極端な理想主義」というのはダメだということは、本能的に染み付いているわけ。しかし、理想がなければ何も起こらない。だから「マイルドな理想主義」というのを考えた。

――戦後の問題では、佐藤栄作政権の首相秘書官の楠田實さんから声を掛けられてブレーンとして参加され、東大の紛争にもかかわられたそうですね。

山崎　まあね、かかわってしまいましたね。

――だから、「極端な理想主義」はダメだとなった。それはよくわかります。同時に、山崎さんの政治とのかかわりでは、小、中学校時代を満州で過ごし、国家がなくなる経験をしてらっしゃって、それが大きいのではないですか。

山崎　これは丸谷才一さんとの対談で何度かいったことで、活字にはなっているんですよ。私の世代と森鷗外の世代は似ている。明治の初期のインテリと私たち戦後昭和のインテリとは、似ているところがあるんです。「国家がかわいそうだ、いじらしい」という視点を持っている。

　つまり、その間の人たち（初期を除いた明治から大正そして昭和の敗戦まで）は、「国家は偉大だ」と思っている。

――そう。

山崎　「偉大だ」という人たちには、二つあるんですよ。敵として「偉大だ」という人もいれば、いやもう「自分たちの憧れの的だ」という人もいる。これは国家主義者。でも、「国が自分より小さいから助けてやらないとかわいそうだ」という感覚はない。これは、森鷗外にはあった。おもしろいことに、夏目漱石にはもうない。

――あ、そうか。

山崎　その間はほんのちょっとだけどね。彼には、嫌々ロンドンに留学させられ、「国のために振り回されている」という感覚があったんですね。その意味では、日本の伝統的なインテリの始まりが漱石なんです。鷗外は「国」というものは本当に哀れな存在で、助けてやらないとひっくり返るだろうという感覚なんですね。

――山崎さんは、昭和９（１９３４）年生まれでいらっしゃるでしょう。その世代は、何か内に燃えるものがありましたよね。不思議な世代だなと思うんです。

山崎　そうかもしれませんね。そして、時代がもう少したちますと、一般の人たちにとって「国」というのは、頼りにするか、或いは恨みを持つか。つまり「福祉で世話になった相手」、あるいは「ひどい目にあわせた奴」、どっちかなんですね。

　私たちの時代は、本当に福祉も乏しかったし、「国」の力も弱くてね。だって、私の学生時代、いまのトヨタ自動車の人が聞いたら吹き出すと思うけど、「日本には自動車産業は無理である」という、まともな経済学者の理論が広がっていたわけです。せいぜいつくって自転車だって（笑）。

――戦後は、そういう時代だったんですよね。

山崎　ですから、日本とは本当に情けない小さな国だ、なんとかしなくちゃという気持ちが、われわれの少なくとも一部の人間にあったんですよね。

――そうか。戦後、〝ゼロ〟を経験してらっしゃいますしね。それが一つ、文化財団を立ち上げてつくり上げていく基盤だったんですね。

山崎　私が文化財団をつくったなんて大げさなことはいいたくありません。間違いです。それは佐治敬三。だけど、何ていうんだろうな、さて、仕事を任されたときにわりとスラスラと財団のアイデアが並んで出てきた理由は、やっぱり私が「この日本社会の知的、文化的側面をなんとかしたい」という考えを、日頃持っていたからでしょうね。それは全然顕在化していなかったけれど、何かが、あったんでしょうね。

『鷗外　闘う家長』は私のこと

山崎正和は、太平洋戦争中に軍隊経験こそないが、中国東北部の旧満州（現遼寧・吉林・黒竜江省を中心とする地域）に住んでいて、国家の崩壊という過酷な現実に遭遇した。南下してきた旧ソ連軍の占領下の奉天で、地獄の体験をし、〝国家ゼロ〟の状況に翻弄された。現地から命からがら引き揚げ、さらに敗戦による連合軍の占領下の母国に戻り、国家喪失を体験した。二重の国家喪失者といってもいい。政治の底知れぬ闇の体験者だ。そのことについて、彼の認識はこうである。思考軸の核心部分といえる。

> 私はどの政治学者よりも、無政府状態がいかに怖ろしいかを知っています。そしてどんなに悪い政府でも、無政府状態よりはましだという信念の持ち主です。（『舞台をまわす、舞台がまわる』32頁）

これは、きわめて重い発言といわなければならない。山崎がかくも直截的かつ具体的に国家観を吐露するのを聞いたことがない。山崎の口から「国家」や「政府」の悪口を聞いた人はいないはずである。山崎の「国家」へのこだわりは半端ではない。だから、後述するが、70年代に経済大国となった日本が明確な目標を失った際、「国家の縮小」を感じ取り、恐怖に似た危機感を覚えたというのは素直に納得できる。

文芸評論家の三浦雅士は『漱石　母に愛されなかった子』(岩波書店刊、２００８年)で、その人物が政治にかかわるかどうかは「幼年時代の屈辱的な体験などにさかのぼる」(２４３頁)としているが、のちに山崎が政治にかかわるのも、二重の国家喪失体験が大きいと判断していい。

また、「国家の縮小」への危機感こそは、山崎がサントリー文化財団の設立に情熱を傾け、またその運営に後半生の四十年を賭けた、根っ子の部分すなわち核心と考えられる。山崎の代表戯曲『世阿彌』は、三代将軍足利義満を光とし、世阿彌を影法師として描く。山崎は「国家」を光とすれば、「文化」を影法師として「国」を支え、盛り上げようと考えたのではあるまいか。

それにしても、山崎が冒頭のインタビューで述べた、明治初期と戦後昭和の姿は似ており、「明治の初期のインテリと私たち戦後昭和のインテリとは、似ているところがあるんです」というのは、いったいどういうことなのか。

山崎は近代的自我のあり方を論じ、１９７３年に読売文学賞を受賞した代表作の文芸評論『鷗外　闘う家長』(河出書房新社刊、１９７２年)で、明治国家とともに生きた鷗外の姿を描写している。

> 工部省のみを例にとつても、明治七年には二百九十人を数えた外人技師が、早くも明治十八年には僅か二十八人に減つている。ほかの分野においても事態はもちろん同様であつて、まさに彼らのあとを襲うかたちで、鷗外そのひとを含む多くの新時代の知識人が生れたのである。これらの知識人はしたがつて、文字通り近代日本を外國人の手から引きついだ一代目であつて、このあと日清戰争までの十年間を、彼らが生成期の國家に身をもつて觸れる思いで過したのも當然であろう。(略)

彼らの國家はまだ當時の國際狀況を生きのびられるかどうかわからなかつた。國家は世界のなかでは彼ら個人よりも或る意味で小さく、彼らは世界を向うにまわして、ときに國家の「子」であるよりも「父」であらねばならなかつた。（50～51頁）

國家というのは政治體制としての國家であるが、それが小さく見えるということは、とりもなおさずその向うに茫漠たる國際世界が實感できるということにほかならない。（略）そのなかに裸身をさらして立つことの恐しさを體驗すれば、當然、青年は體制を問わず自國にたいする歸屬感をいやがうえにも強めることになる。しかも同時に、個人はあたかも小さな結社のような國家に參與するのだから、このなかでは自分の位置と役割を比較的明瞭に感じとることができるのである。（51頁）

明治前半は「隣の中国を西洋の列強がほとんどなかば以上植民地化している。その脅威のもとで、小さな日本はなんとかして生きてゆかなければならない」（山崎正和著『生存のための表現』構想社刊、１９７７年、１４７頁）のに対して、戦後昭和は「少なくとも瓦礫の山は片づけて、まず人間が眠るところをこしらえなければならない、そのために一定量の生産を行なわなければならないし、その資源がないのだからそれを貿易の道に求めなければならない」（同頁）――という状況に、政治的な争いを超えた、国民的な一致、合意があった。ちなみに、山崎は、『鷗外　闘う家長』で描いた鷗外は「ある程度、私だと思います」（『舞台をまわす、舞台がまわる』１７０頁）といっている。これについては、後述する。

つまり、戦後の日本は、壊滅状態だった。したがって、国民は、なんとかしなければいけないという気持ちを強く持った。そうした気持ちが、「経済大国」「所得倍増計画」など、華々しい標語のもとに人びとを結集させ、日本が奇跡的な戦後復興を成し遂げたのは間違いない。個人と国家の関係性は明瞭で、人びとは自分の役割を明確に感じることができた。国家の成長に自身の成長を重ね合わせることもできた。社会に課題はないわけではなかったが、経済の成長と拡大がそれらを覆い隠した。

ところが、70年代に入ると、事情が違ってきた。

> この時代には、それまで国民の心を満たしていた国家のイメージが、大幅に縮小するように見えた。それは、じつは日本が経済の面で現実に大国化したことの、逆説的な結果でもあった。かつて国家として幼少期にあり、日々に成長しつつある日本は、世界の共同体のなかで、華々しく大幅に自己を拡大することができた。そういう時代には、国家は、日本人の目に興味深い役者として映ることができ、国民はそれを眺めて生きがいの助けとすることもできた。しかし、今や大国化してしまった日本は、それまでのように劇的な成長をすることはできない。国家という存在の現実的な重要性は変わらないまでも、もはやそれが、華麗な役者である可能性は塞がれてしまった。（山崎正和著『日本文化と個人主義』中央公論社刊、１９９０年、１９１～１９２頁）

国家には国民の感情を揺さぶるような劇的な動きはなくなった。国家は、国民にとっておもしろい存在ではなくなった。70年代の歴史をひもとくとわかるように、ニクソン・ショック、さらに、オイル・ショックに見舞われた。そして、学園紛争があった。全共闘（全学共闘会議）の反乱だ。

国家運営において、成長一辺倒で国民を引っ張るのはもはやムリだった。なかでも、オイル・ショックは、人びとの意識を根本的に変えた。経済は、その後数年間停滞する。まさしく、成長してきた国家が「縮小」に転じる、日本の曲がり角だった。

今日からは想像しにくいだろうが、若き知識人たちは、政治体制に危機感を抱いた。山崎は、『舞台をまわす、舞台がまわる』の中で、「私は薄氷の上にいるといいましたが、われわれとしては当時、日本に左翼政権が絶対にできないという自信はなかったですからね」（132頁）と語っている。

そうした政治の危機的状況の中で、60年代後半から70年代初頭にかけて、戦後政治を「知」の世界から支えたのが、山崎ら若き知識人のグループだった。閉塞感漂う日本社会に、新たな価値観を持ち込み、変革をもたらそうという意欲にあふれた世代だ。中核メンバーは、山崎のほか、高坂正堯や香山健一、佐藤誠三郎ら昭和ヒトケタ世代である。少し立場は違うが、浅利慶太、江藤淳らも含めていいだろう。さらに、公文俊平、志水速雄、中嶋嶺雄らは昭和10年、11年生まれである。

昭和ヒトケタ世代は、前期と後期の二つに分かれる。昭和元年から同4年までの生まれが前期で、昭和5年から同9年までの生まれが後期だ。前期には、特攻隊として国に命を捧げた者が少なからずいた。後期は、終戦時に中学生であって軍隊経験がない。その分、戦後、後期世代は国家に対する拒否反応は薄く、アレルギーはなかった。

彼らは日本共産党に身を置くなど、政治活動を経験する一方、清水幾太郎、丸山眞男など進歩的文化人とは一線を画していた。若手のオピニオン・リーダーとして頭角をあらわし、論壇を牽引していった。
山崎の論壇デビューは、『中央公論』の編集長を務めた粕谷一希抜きには考えられない。山崎と粕谷との出会いは、１９６２年にさかのぼる。当時、山崎はアメリカ留学前である。

あるとき、京都の岩倉に住んでいた山崎のもとを、突然一人の男が訪ねてきた。岩倉は当時、宅地化されておらず、山崎は古豪農家の土蔵に住んでいた。差し出された名刺を受け取ると、「中央公論編集次長　粕谷一希」と記されていた。

粕谷に対して、山崎に会うよう勧めたのは、京都大学教授でギリシャ哲学を教えていた田中美知太郎である。そこには、評論家山崎正和の誕生の瞬間をめぐるドラマが秘められている――。

田中美知太郎は、『山崎正和著作集』（中央公論社刊、１９８１年10月）第５巻月報１に、「最初の出合い」と題する文章を寄稿している。

> わたしが最初に出合ったのはその劇作品「凍蝶（筆者注・いてちょう）」であって作者の山崎君を知るようになったのはもっと後のことになる。わたしはこの作品が「くるみ座」によって上演されたのを昭和三十四年十二月に京都の祇園会館で観たのである。（略）
>
> しかしわたしは自分の知らないこの無名作家の劇作品をどうして観にいったのか、それには二人の女性が介在していてわたしと山崎作品と作者その人とを結ぶ役をしてくれたからだと考えられる。種山恭子と杉山苳子（筆者注・ふきこ）という京大文学部の女子学生がそれだ。前者はわたしの教室でギリシア哲学を専攻し後者は美学教室でホスラーの言語美学などを勉強していた。そしてこの二人

は京都の名門校府一高女の同級生でこれが戦後男女共学の鴨沂高校に変った時満州から引き揚げて来た山崎君が同級生となり後に茭子さんが山崎君と結婚するわけだ。（略）
三十六年六月にソポクレスの「オイディプゥス」が「くるみ座」によって上演されることになる。
（1〜2頁）

田中は粕谷から「誰か若い書き手はいませんか」と助言を求められた際、以上のような経緯があって、山崎を推薦したのだ。

田中は、山崎の芝居をかっていたからこそ推薦した。しかしながら、当の山崎は、断っておくが、芝居を書いていたものの、評論は一本も書いたことがなかった。

では、突然現れた粕谷から「何か、一本書いてください」と執筆依頼を受け、山崎は戸惑っただろうか。いや、知的好奇心の塊である彼は、この物書きへの挑戦話に、心はずませたはずだ。そして執筆したのが、「劇的な精神について」という評論である。「従来の新劇のリアリズムをかなり過激に批判した」内容だった。しかし、難解すぎて『中央公論』には適さないとして、編集会議で掲載を拒否され、見送りとなった。つまりボツとなる。

この評論の内容が当時の新劇界の支配的な勢力に対する批判を示していたので、編集部の中にはそういうことに神経をつかう人もいてやはりこの種の事前検閲にひっかかってか掲載を拒否されることになった。そこでわたしは福田恆存氏を介して河出書房に話をかけ『文芸』に出してもらうこ

とにした。（3頁）

したがって、山崎の論壇デビューは、田中美知太郎の後押しによる、この『文藝』ということになる。ちなみに、『中央公論』に山崎の評論が載るのは、『世阿彌』が岸田國士戯曲賞を受賞した後の1964年1月号、「演劇精神の今日的意義――〈剥ぎとる者〉と〈蔽ふ者〉」によってである。「前の論文よりもっと過激に、科学からジャーナリズムまで視野に入れて批判したものだった」と、本人は語るが、岸田戯曲賞を受賞した後ということもあって、無事に掲載となった。

佐藤政権の政策ブレーン

あるとき、山崎のもとに一本の運命的な電話がかかってきた。

> 学園紛争の頃、楠田《くすだ》實《みのる》（当時、首相秘書官）という人から私に連絡が入りました。どこからどういうツテで来たのか思い出せません。（略）いきなり「来い」というわけです。「どこに行くんだ」と尋ねたら、「総理官邸だ」という。われわれとしても、政府に何とかしてもらわなければ困る。こちらにもそういう意欲がありましたから、行きました。（『舞台をまわす、舞台がまわる』126頁）

総理官邸にいくと、総理大臣の佐藤栄作のほか、楠田や文部省の高級官僚など四人がいた。食事をしながら話をした。気に入られたのは、「私が平気で、出てきた料理をみんな平らげたからだ」（同頁）という。度胸が据わっていた。その後、何人かの大学教師が集められて、佐藤政権の政策ブレーンとして働く。

『楠田實日記――佐藤栄作総理首席秘書官の二〇〇〇日』（中央公論新社刊、２００１年）を見ると、山崎正和の名前が初めて登場するのは１９６７年に第二次佐藤内閣が発足した二年後である。すなわち、１９６９年７月１日（火）「夜、山崎正和氏に京都から来てもらい、木村副長官と三人で懇談。貴重な戦力になるだろう」（３５５頁）、同７月９日（水）「夜、木村さんと山崎正和氏に会う（「峰也」）。『中央公論』の粕谷一希編集長を紹介してもらうことにする。」（３５９頁）――とある。

むろん、面談したことを秘すケースもあっただろうが、とりあえず『楠田實日記』に記されている限り、１９６７年５月から１９７２年６月までの五年間の二〇〇〇日に及ぶ佐藤首相在任期間に、山崎の名前が出てくるのは二十六回である。ちなみに、『佐藤榮作日記』第四巻（佐藤榮作著、朝日新聞社刊、１９９７年）に山崎の名前が出てくるのは一カ所で、１９７０年11月18日（水）「御昼は評論家の山崎正和さんと食事を共にする。四時から中山伊知郎先生と『世界の中の日本』の対談の予定」（２０６頁）との記述がある。この日の『楠田實日記』をチェックしてみると、「昼、山崎正和氏と総理との顔合わせ。（略）四時からＮＨＫで録画。山崎氏はなかなかうまい。物怖じせず、自分の主張をはっきり言うから気持ちがよい。中山伊知郎さんも適切な発言をしておられた」とある。

楠田との集まりは、「楠田研究会」と呼ばれ、１９６８年東大医学部でのスト突入を機に、東大紛争が勃発した際には、山崎ら佐藤政権のブレーンたちはその対策について話し合った。

いろいろな人が出たり入ったりしましたが、最後は偉い先生が二人でした。京極純一《きょうごくじゅんいち》さんと衛藤瀋吉さん。なぜかこの二人と私の三人で、どこかのホテルだか旅館に罐詰にされて、全体をどうするか、何回か話し合いました。結局、これは少々乱暴なことをしてショック療法を施さないと、普通の改革では追いつかないということになった。世間がびっくりするようなことをやろう。何をやったら一番びっくりするだろうか。三人のうちの誰が言い出したかわからないけれど、「東京大学の入学試験を一年、中止する」。（『舞台をまわす、舞台がまわる』127頁）

結果、「一発で山が動きました。もちろんセクトは残りました。結局、共闘がなくなって、その後はセクト間の闘争に移行するわけです」（同頁）と、山崎は総括している。『楠田實日記』で山崎が最後に出てくるのは、1972年6月14日（水）で「夜、田中健五氏ら『文藝春秋』の主要記者四人と、草柳大蔵、梅棹忠夫、山崎正和氏らのメンバーで会う。浅草の「ふじた」。（略）帰りにオータニへ梅棹、山崎両氏を送り、同ホテル宿泊中の小松左京氏を呼びだし、四人で飲み直す」――（737頁）とある。

その頃の私の生活は奇妙でした。東京へ出てくると、いきなり総理官邸です。つまり厳重に守られたところへ行く。ところが大学に戻ると一兵卒で、助教授なんてもみ合いのときの最前列に並ばされる（笑）。だから一兵卒と司令部の両方を往ったり来たりしていた。（『舞台をまわす、舞台がまわ

る』１２８頁）

大学教授など多くの関係者が全共闘による大学紛争により傷ついた。学部長が学生から長時間にわたって監禁されたり、研究室が荒らされた教授は数知れなかった。山崎も学生のゲバルト（暴力）に遭って目を負傷した。彼が日本の政治と直接的なつながりをもつようになったのは、大学紛争がキッカケである。「もしそれがなければ、間接的に論ずることはあっても、政治の中枢と付き合うことはなかったでしょう」（１３１頁）と回想する。

また、山崎が関西大学に移った１９７２年頃、香山健一から「国家の政策を考える勉強会をやりたい。入ってくれないか」と誘いを受けた。メンバーは公文俊平、中嶋嶺雄、志水速雄らであった。主催者は、内調（内閣情報調査室）だった。「ＰＳＲ（ポリシー・サイエンス・リサーチ）」といって月一回の勉強会で、ハイクラスの議論を重ねた。「私は一九九七年にメンバーとなった。その頃、山崎先生は司会役であり、それは二〇一八年頃まで続いた」と、国際協力機構（ＪＩＣＡ）理事長の北岡伸一は『別冊アステイオン　それぞれの山崎正和』「先生との対話」（１７４頁）で触れている。

このほか、山崎は、内閣官房副長官の非公式諮問機関「国際関係懇談会」にも参加している。前身の「国際問題研究会」のメンバーだった高坂正堯、永井陽之助に加えて、梅棹忠夫、中嶋嶺雄などが名を連ねていた。

中嶋の場合、雑誌『諸君！』（１９７０年７月号）に掲載された「権力の敗者は中国をめざす」と題する論文が楠田の目にとまり、「ぜひ政策に反映させてほしい」と依頼されたという。

一九七一年秋、自民党幹事長の保利茂氏が、佐藤首相了承のもとで日中関係を打開すべく、周恩来首相に書簡をしたためた。当時の美濃部都知事がメッセンジャーとなったこの「保利書簡」は、大きな話題となったが、その書簡の草稿も、楠田氏から相談を受けて起草した。（中嶋嶺雄著『オンフルールの波止場にて』三修社刊、２００１年、２００頁）

山崎はその後も、福田赳夫政権下で首相の所信表明演説に手を入れたり、小渕恵三政権時代に『21世紀日本の構想』懇談会」に参加。さらに、小泉純一郎政権時代に「国際平和協力懇談会」に参加したほか、官房長官の福田康夫が主催する「官房長官を囲む会」のメンバーに名を連ねた。山崎は長年にわたって、大学、永田町、雑誌ジャーナリズムなど、日本の知的空間に身を置き、積極的に言論活動を続けた。

ただし、山崎は決して政治の世界に過度に首を突っこむことはなかった。政治との距離感を上手に保った。東京大学名誉教授の御厨貴は、『別冊アステイオン　それぞれの山崎正和』「ある政治的人間像――〝地政学的位置〟の観点から読み解く」で、次のように語っている。

山崎流「政治」のあり方は次の表現に明らかだ。「意見は述べる。しかし通らなくてもともと。何らかの形で、あとで効いてくれればいい。その程度のことを意識していたのです。だから御厨さんとご一緒した追悼施設の懇談会でも、私は最初からそうだった。本当に追悼施設が新たにできるだろうとは全く考えていなかった。」そしてさらに、この問題は中曽根内閣の「靖国懇談会」からの尾を引いている、という歴史的経緯に触れ、何十年かに一度、政府の「懇談会」で議論をして状況が変わった時に初めて実現すればよい、との認識を示した。くり返しくり返しやることに意味がある、と言うのだから。（166〜167頁）

さりながら、その幅広い行動範囲が築き上げた知的ネットワークが、後の文化財団の設立にいかに貢献したかは説明するまでもないだろう。

最後の近代主義知識人

このように60年代半ば以降、自民党政権の政策ブレーンをつとめた山崎をはじめ高坂らについて、京都大学大学院法学研究科教授の待鳥聡史は、『政治改革再考　変貌を遂げた国家の軌跡』（新潮社刊、2020年）において、「近代主義右派」と規定する（79〜80頁）。これに対して、「近代主義左派」は政治学者の丸山眞男らとする。断るまでもなく、「近代主義」とは、「近代市民社会の自由・平等・独立の原理を確立しようとする思想的立場」（『大辞泉』）である。

待鳥は次のように解説する。

「近代主義左派の考え方は、体制変革というか、根本主義というか、根本から問題に取り組めば取り組むほどよくなるという発想法だと思います。その考え方は戦後、根強くありました。他方、カギカッコ付きの『現実主義』があった。つまり、あるものにはある理由があるのだから、いいのではないか、という考え方ですね。この二つの極の間で、物事を考えるというのが、近代主義右派です」

待鳥のいうカギカッコ付きの「現実主義」とは、いわゆる保守主義者と見ていいだろう。

山崎を「近代主義右派」と規定したことについて、待鳥は、「『右派』という言葉は強く、すごくネガティブなイメージを持っている人も多いので躊躇があった」が、「あえて『近代主義右派』という言葉を使いました」として、『別冊アステイオン　それぞれの山崎正和』に掲載の鼎談「次世代から見た山崎正和とその時代」で、次のように述べている。

> 山崎先生、そして高坂正堯先生は戦後の日本を基本的に肯定的に評価しながら、戦前に回帰することを拒絶し、しかし左派的なやり方で日本をよくしようとすることに対しては懐疑的であるという点で、「戦後日本の非常に真ん中の考え方」を持っておられたと思います。でも、そういう人たちのグループを適切に表現するラベルがないと感じていました。（２１９頁）

待鳥がいう「戦後日本の非常に真ん中の考え方」という山崎についての評は、本章の冒頭インタビューでの「マイルドな理想主義」すなわち「柔らかい理想主義」という山崎の言葉とさして矛盾しないだろう。ただ、思えば「真ん中」の位置取りほど困難な立場はない。「近代主義左派からすると中途半端、現実主義者からすると、不必要なこととまでいじくるとなる」と、待鳥はいう。つねに左右から批判を浴び続けるのを覚悟しなければいけない。

山崎は、戦後の日本の軌跡について、『山崎正和著作集』第4巻月報4の対談「われわれにとっての戦後」（丸谷才一・山崎正和）の中で、次のように語っている。

> 私が非常に疑問に思うのは、戦前に較べて戦後三十年が明らかに好ましいにもかかわらず、戦後を公然と肯定した論者が一人もいなかったことですね。保守派の方は、占領軍によって日本の伝統が傷つけられた時代だと主張するし、進歩派の方は、戦後は中途半端な時代であって、より望ましい未来に到る、単なる過程にすぎないと捉える。しかし、不十分ということはどの時代にもいえることで、どうして基本的に、戦後われわれが享受している諸価値がいいものであることを認めないのか、不思議ですね。（6頁）

東京大学法学部教授の苅部直もまた、山崎を近代主義者と位置づけ、次のように説明する。

「山崎先生は、政策には直接かかわらなかったけれども、政策立案の周辺の人として非常に重要な位置を占めていました。いってみれば、90年代の政治改革の政策立案に関する地ならし役とでもいえばいいでしょうか。近代主義者であることは間違いありません」

そのうえで、苅部は「山崎先生は、最後の近代主義知識人だった」と評する。近代主義を信じる最後の世代だというのだ。

サントリー文化財団に集まる学者、研究者の人的構成は、山崎、高坂の第一世代、御厨、北岡の第二世代、そして苅部、待鳥の第三世代に分かれるが、「近代主義者」は、若手の第三世代の山崎に対する評価と見ていいだろう。

山崎自身は、自らをどのように見ていたのだろうか。『舞台をまわす、舞台がまわる』の最後にこうやり取りしている。

山崎　（略）いまあらためて私は自分を「戦後民主主義の子」だったなと思っています。
御厨（貴）　戦後民主主義の子ですか。
山崎　もちろん憲法改正反対というような意味ではありません。何度もいったように、国家を敬うのでもなく恐れるのでもなく、いじらしく、愛すべき存在だと見る感覚を持つことです。（３３９〜３４０頁）

むろん、「戦後民主主義の子」は、誤解を招きやすい言葉だ。彼が強調したかったのは後半部分である。つまり、国家を「愛すべき存在だと見る」というフレーズだ。「私はどの政治学者よりも、無政府状態がいかに怖ろしいかを知っています」と語り、「どんなに悪い政府でも、無政府状態よりはましだという信念の持ち主」である山崎は、計り知れない「知」の独創性、独自性を内包し、タフネスかつ優れた表現者であり、実践者であると同時に、組織人であり、戦略家であり、社交家であった。戦後日本を「知」の面でリードしたのは間違いない。

このうち、組織人についていえば、四十年かけてサントリー文化財団をつくり上げた実績から見ても、うなずけるのではないか。「すぐれた知識人が、同時に組織人であることはまれであるが、山崎先生はその稀なケースである」と、〝二・五世代〟といわれる慶應義塾大学法学部教授の田所昌幸はいう。さらに、社交家だというのは、山崎に『社交する人間　ホモ・ソシアビリス』（中央公論新社刊、2003年）という著作があるので、納得してもらえると思うが、しかし、戦略家というのは不思議がられるかもしれない。こんな小さなエピソードが思い出される。

小学校時代に母親と満州から一時、京都に帰り、地元の小学校に入学すると、いじめにあった。将校的な立場にいた子供に「学校を出たら何になるか」と聞かれたとき、「大学にいって生物学の勉強をしたい」といったところ、非国民として〝死刑〟をいい渡された。校舎の三階の窓から下に放り投げるという。子供心に恐怖を感じた。〝死刑〟執行の前日、彼は一計を案じて、校舎の窓ガラスを次々と叩き割った。

すると教師が飛んできて、「何をするか。けしからん、夜まで校長室に立っていろ」と叱られて、校長室に立っていた。要するに私は保護されているわけです。（『舞台をまわす、舞台がまわる』25頁）

山崎は、「これはわれながら生涯に残る名案だったと思いますね」（同頁）と冗談半分に語っている。少年時代から戦略家だったと見ていいのではないか。田所は、こう付け加える。

「山崎先生は芝居を書いていらっしゃるでしょう。芝居には、罠がいっぱい仕掛けられていますよね。『世阿彌』でも、そういうセリフがあるじゃないですか。『あれは私が仕掛けた罠だ……』と。ですから、山崎先生の言動には二重、三重の罠が仕掛けられていると思いますね」
田所のいう、そのセリフは『世阿彌』のエピローグに出てくる。

あれは私の、仕掛けた罠だ。このさき多くの猿楽師が、あれに足をすくわれるであろう。凡庸の者は言葉にとらわれ、形ばかりの能を演じる。覇気ある者はことさらに、あれに叛いて形を破る。だが、そのゆえに、才子はかえって才に溺れるのだ。このさき何百年、あれは無数のにせ者どもの、躓きの石となるのだ。長い長い時の歩みに、私はそうして立ちはだかってやるのだ。（『山崎正和全戯曲　第一巻』河出書房新社刊、２０１６年、３３７頁）。

「あれ」とは、世阿彌の代表作『風姿花伝』のことだ。世阿彌の仕掛けた『風姿花伝』という罠である。山崎自身の言動についても、同じようなことがいえるのだろうか。

また、罠ではないが、山崎の論説が一筋縄でいかないというか、しばしばむずかしくて理解を困難にするといわれるのは、論理の組み立てが「逆説」に彩られているからだ、と語るのは、サントリー文化財団副理事長で、哲学者の鷲田清一である。鷲田によると、山崎は「文明を論じても、政治や芸術や教育を論じても、山崎さんの議論はつねにある〈逆説〉に収斂（しゅうれん）してゆく」（『朝日新聞』「逆説で語り続けた〈自由〉」２０２０年8月23日）とする。一例として、鷲田は、山崎の著作『文明の構図』（文藝春秋刊、１９９７年）から以下を引用する。「拍子を刻むのは醒めた理性的な行為であるが、それを正確に刻めば刻むほど、つまり意識が醒めれば醒めるほど、逆にリズムによって陶酔させられるという逆説がなりたつ」（59頁）――。
鷲田は、次のように解説する。「何ごともそれが極まる瞬間にその反対物に転化すること。このような反転が悲劇的な結末を迎えるすんでのところで、それを『文化』へと変換させる、その知恵を読みとることが、山崎さんの文明批評の軸としてあった」（同『朝日新聞』）。

サントリー文化財団を設立し、長年にわたってその活動を支え続けた山崎の軌跡をたどっていくと、あらゆる枠にはまり切らない多面的、多層的、多重的な顔が見えてくる。その背後に、山崎が人びとの思考をストップさせないために仕掛けた罠や逆説がある……。

第1章

「柔らかい社会」の到来

祖父も父親も学者

――山崎さんがここまでサントリー文化財団に力を入れられた背景、そして文化財団とは何だったのかを、あらためて考えてみたんです。するとどうしても、山崎さんの生い立ちに触れないわけにはいかない。

山崎　私は、じつは本当の関西人じゃないんですよ。

――そうですよね。

山崎　満州育ちです。だから、関西弁も下手なんだ。

――ちょっと待ってください。山崎さんのお父様はどちらのご出身でしたか。

山崎　九州。

――それが、引き揚げてきたときに関西にこられた。

山崎　家庭の事情があってね。父方の祖父（山崎正董《まさただ》）、私の爺さんが非常に頑固で、横柄な男だったので、母親としては一人になってまでそれに仕えるのは嫌だというので、関西へ（笑）。

――そんなことで、関西に縁ができた。

山崎　爺さんとしては、戦後、父親を亡くして満州から帰ってきた哀れな孫だから自分で育てるつもりだったらしいんですよ。ところが、それを裏切って関西へいったから、おカネがなくて苦労した部分もあるのよ。

――お爺さまのご出身は……。

山崎　祖父は、土佐、高知です。だけど、若いときに京都経由で東京に出た。京都経由というのは、よくわからないんだけど、当時医者になるのは三高（第三高等学校）でなれたらしいんだよ、ごく短い期間らしいけど。それがなくなったので自動的に東大へ入った。そして、熊本の医大へいった。それはもう昔のことですから、東大を卒業した医者というのは、日本中で偉いわけですよ。で、田舎へ配属されるわけ。そして、爺さんの配属の順番が九州の熊本だったわけね。

――熊本大学の医学部の中に、山崎さんのお爺さまの正董さんの記念館と銅像があるそうですね。

山崎　九州では、西南の役があったから、熊本は鹿児島をたたくというか抑える役。それから、福岡も新政府としては怖かった。だから、西南の役のときに頑張って、いちばん忠誠を尽くしてくれた熊本に政府はご褒美としていろんなものを持っていった。一例が、五高でしょう。

――私の出身は名古屋なんですが、お父さまは名古屋の八高を出られたとか。

山崎　私の父親は奇妙な縁で、八高なんです。

――そうですか。

山崎　祖父は、熊本と名古屋の二つの医科大学、すなわち愛知医大（名古屋帝国大学医学部の前身）と熊本医大（熊本大学医学部の前身）の学長を兼任している。結局、人がいなかったんでしょうね。

明治期から大学をどんどんつくってきて、医者は増えたけど学長になるということになるとね。

——熊本と名古屋なんて、離れているのにそんなことができたんですね。

山崎　でもね、爺さんダメなんです。頑固でね、喧嘩するからクビになって、熊本に戻っちゃった。

——ああ、そうですか。

山崎　詩人として知られる木下杢太郎さんというお医者さんが祖父の下にいたわけね。その人の日記が出版されたから読んでいたら、本日も山崎学長が頑迷にして、教授会大いに揉めると書いてある（笑）。

——そうでしたか。そして、山崎さんの家族は、動物社会学者だった父親にしたがって満州奉天に渡られますよね。僕は十年ほど前に、仕事で瀋陽（旧奉天）へいったんですよ。瀋陽の駅の近くの、工業地帯あたりにある東横インに一週間くらいいて、これはすごいところだと思いました。

　というのは、冬でしたが、朝雪が降ってきたと思ったら二時間もしないうちにあっという間に何センチも積もってしまう。郊外へいくと真っ白で、とてつもない荒野が広がっていた。乗ったタクシーは、ガラスの内側の水滴が凍っているんですよ。山崎さんはこんなすさまじいところにいらっしゃったのかと思いました。

山崎　私の頃はね、父親は病気で寝ていましたから、父親の部屋にはストーブがある。われわれ兄弟と母親は、暖房の無い別の部屋で寝るんです。こたつを真ん中にして四隅から足を入れて。朝、目が覚めると、布団が息でガリガリに凍っているのね。そういう世界なんです。

――山崎さんが小学校に入学された昭和15（1940）年って、私が生まれた年なんですよ。私の世代は、満州でいえば、やむなく現地に残されて残留孤児になる世代です。

もうひとつ、山崎さんが付き合ってこられた香山健一さんとか、中嶋嶺雄さん、志水速雄さんなどは、僕は昔から知っている。「60年安保」の学生運動で、ブント（共産主義者同盟）にいたから子分としてかわいがってもらったんですよ。香山さんが学習院大学常務理事をしていらっしゃったとき、学習院女子大に「ちょっとこい」といわれて客員教授を務めた。つまり香山さんからの誘いがあったからなんですね。

山崎　そうですか。

世代の無言の協力

――山崎さんは文化財団をつくり、ここまで情熱を込めて働きかけ、何かを実現させようとした。その思いを、少し聞かせていただけませんか。なぜ、文化財団は成功し、四十年以上も続いているのかについても話してください。

山崎　内容が多い質問なので、順番に答えないと話がどこへいくかわからない。まず財団がここまで成功したっていうのは、じつは日本の戦後が成功したからです。

――ああ、やっぱりそれでいいんですか。

山崎　やはり大変な幸運でもあったし、もちろん同世代の政治家から学者に至るあらゆる人たちの努力のおかげです。

財団が生まれた1979年というのは、私たち戦後第一世代が、アメリカなど世界を見て帰ってきた頃なんですね。左もいれば右もいるんだけど、政治的な立場を越えて、世界を見てしまった。あるいは見たと思い込んだ若者が、いってみれば堆積していたわけですね。その世代の無言の協力というか、響き合いのもとに、戦後ができていったんです。

ありがたいことに、日本は社会主義化をしませんでした。社会党が三分の一勢力という状態、たぶん社会党の人でも諦めていて、三分の一あればいいんだという状況が戦後ずっと続くわけですね。

じつは、私たちは、もう少し危機感を持っていました。というのは、まだ沖縄返還が行われていない。佐藤栄作総理が「沖縄返還なくして、戦後は終わらない」といった。そういう混沌期なんですね。総理がそんなことをいってしまうということは、考えてみればかなりの大博打なんですよ。

――ええ。

山崎　そして、いまも問題をたくさん残しています。沖縄の人に気の毒な面をたくさん残しているんだけども、ともかく奇跡的に戦争で失った領土を平和に取り戻したんですね。

――ありえないですね、普通は。

山崎　しかも、日本はその後も、軽武装というものをずっと継続しました。まあ、現代でも世界的なものさしで測ればね、これだけの国力に対して、軍備は極めて軽いと思う。そういういわば平和な社会で、人びとがそれぞれ自分たちの生活を磨こうという態度で生きてきたのが、ほぼこの五十年なんですね。

近年、私は『読売新聞』(コラム「地球を読む」)を中心にいろいろ書いていますが、今上天皇が誕生されたのが、いまから六十年前なんですね。それから現在までの間に、日本社会は大転換を遂げた。経済成長はもちろん続けているんだけれども、一点張りではなくて、非常に国民性というか、国民の信義というものを磨き上げてきました。

そのきっかけとなった象徴的なスローガンが、「モーレツからビューティフルへ」だった。これは、あなたと一緒に仕事をしていた(『週刊ポスト』連載の「おんりい・いえすたでい'60s」)頃のスローガンですね。で、あの連載の内容が当たっちゃったわけですよ、結局ね。もちろん猛烈に働く日本人は残ったけれど、しかし、その後の日本はビューティフルの方向へいった。

いってみれば、どこかの国を攻めたり、あるいはどこかの国と経済的に競争するのでない「公徳心」みたいなもので、日本は伸びたんですね。この話は詳しくしませんが、ちょうどそのときに、サントリー文化財団ができたんですね。あなたと仕事をした二、三年後ですか。財団設立以降の四十年は、いま話した五十年のうちの四十年にあたります。その中にあって、サントリーという会社は、やっぱり時代を代表する会社だった。

——そうなんですよ。

山崎　もちろんトヨタの大きな仕事があります。日本製鉄が日本の鉄鋼をここまで大きくしたことも確かです。だけどね、サントリーというのは、いわば「生活改革」をやってきたんですよね。

——僕、不思議な企業だなと思って。

山崎　考えてみたらサントリーという会社は、結局は水ですよね。その水にかかわる酒類、飲料、食料、つまり、人間が自分を育てていくためにいちばん近しい商品をつくってきた。

——基本的な要素ですわね。水なしでは生きられませんからね。

山崎　佐治敬三さんがいみじくもいったように、「不易流行」。サントリーは極めて上手に流行を追っかけてきましたけどね、動かないところがあるんですよ。それがウイスキー。これが、この会社の精神になっていると、私は日頃いっているんです。

　ウイスキーって、いま投資して、利益が出るのは数年から十年以上先。そういう会社っていうのはね、どっかに動かないドシンとしたところがある。

——いってみればウイスキーは、〝在庫ビジネス〟ですよね。

山崎　一方で、流行に敏感で、ビールは何回種類を変えたか。ともかく、サントリーは「生活文化」とともに育ってきた企業なんです。

奉天への移住

サントリー文化財団は、なぜ成功したのか。それは、二人の男の物語を抜きにしては考えられない。二人の正体は？　そして、二人はどのように出会い、文化財団の設立に至り、それを発展させていったのか。その経緯は、昭和、平成、令和の三時代にわたる「知」をめぐる葛藤の歴史である――。

まず、この物語の主人公の一人、山崎正和が生を受けてから大学を卒業し、社会への第一歩を踏み出すまでの軌跡をたどらなければいけない。彼が社会人になってからの活動、すなわち国家を案じる知識人として、文化財団の設立へと進んでいく原像の秘密は、そこに隠されていると思われるからだ。

山崎正和は１９３４（昭和９）年、京都市左京区で生まれた。山崎によると、彼の家系は土佐で十代以上続く蘭方医だった。佐川という土佐藩の筆頭家老の領地で、彼の曽祖父は領主の侍医だった。祖父は、正董といって、初期の東大医学部の出身で、森鷗外の二十年近く後の卒業だ。のちに熊本医大学長を務めた。産科医だ。

正董には、『横井小楠伝』『横井小楠遺稿』の著作がある。この件については、山崎と司馬遼太郎の『日本人の内と外〈対談〉』（中公文庫、２００１年）の司馬による「はしがき」に、次のような記述がある。

横井小楠については、研究書は二冊しかないと私は思っている。むかしの熊本医大の学長だった

山崎正董氏の『横井小楠伝』と『横井小楠遺稿』で、おそらく世間にもその二点しか存在していなかったろう。（略）

私は右の本をもってきて氏に見せた。

「これだけしかありませんが」

「これなら持っています」

と、氏はちょっとにべもないといった口調で言われ、私はつい話の接穂をうしなった。やむなく、

山崎さんと同姓ですね、というと、

「祖父です」

と言い、そのあと氏の笑顔はごく自然に他の話題に移った。（中公文庫15〜16頁）

河出書房新社の編集者で、山崎の担当だった、元木挽社代表の藤田三男は、『別冊アステイオン　それぞれの山崎正和』「無常について」で、司馬の山崎についての評を紹介している。司馬は別の場で、山崎が正董を祖父にもつことについて、「なるほどわれわれとは頭のデキがちがうんですな」（103頁）といったというのだ。

さて、医者の家系に生まれたことから、山崎が近代的自我を論じるにあたり夏目漱石ではなく、森鷗外を選んだ理由がわかる。つまり、出自だ。

じつは、山崎は、祖父の正董をモデルに一族の歴史を書くつもりでいた。『別冊アステイオン　それぞれの山崎正和』で、藤田はこんなエピソードを紹介している――。

１９６７年晩秋、次回作をめぐって、伊豆熱川で二泊三日の勉強会を行った。「しかし仕事の打ち合わせもそっちのけで、なぜか温泉藝者を上げてのドンチャン騒ぎとなり、帰途の電車で飲み疲れの二人は、全く意気の上がらぬ半醒半睡のありさまで、山崎さんは祖父の伝記について書くことの難しさを嘆いたあとで、ぽつりと『鷗外なら書いてもいいな』と呟いた」（１０６頁）——これが『鷗外　闘う家長』の誕生の瞬間であると記している。

山崎の父親の正武は、京都帝国大学理学部動物学科出身の生態学者で、陸水学が専門だった。「未開拓の研究分野もあるというので、満洲に渡ることに決めたわけです」（『舞台をまわす、舞台がまわる』16頁）という。ちなみに、当時、三高生だった文化人類学者の川喜田二郎は、正武の学友であった今西錦司の紹介状をもって奉天（現在の瀋陽）にいき、山崎宅に数日滞在したという。

> 山崎正武さんは、動物社会学者である。温厚な心優しい方だった。そのお宅に厚かましくも転げこんで、私は恐縮するほどお世話になった。三、四日程だったろうか。しかし当時の私は、まことに未熟で礼儀知らずで生意気だったので、今から思えば汗顔ものである。（梅棹忠夫・藤田和夫編『白頭山の青春』朝日新聞社刊、１９９５年、川喜田二郎「満州側からの白頭山」１５３～１５４頁）

山崎一家が、正武の満州医科大学教授への赴任を機に、満州国奉天市に移住したのは5歳になった１９３９（昭和14）年だ。翌40年、正和は同市立千代田尋常小学校に入学。終戦後の46年に、奉天第一中学校に入学した。前出の衛藤瀋吉や、安部公房は同校の先輩である。つまり、戦前、両親とともに満州に渡り、小学校、そして中学校の途中まで、奉天で育ったのである。

正和君は子どもの頃、親父がなかなかストイックな育て方をして、学校の勉強以外はあまり雑読をゆるさなかった。彼が小学校の二年生ごろだったか、奉天（いまの瀋陽）のアパートを私が訪ねたとき、玄関にあたる小室に、箱をつみ重ねた本棚の前にチョコンと坐って、彼は勉強をさせられていた。その本箱には子供らしい本はあまりなく、青い小型のシェイクスピア全集だけが目立って並んでいた。その小さい子が、逍遥訳すところの癖のある「尼寺へゆきやれ」（ハムレット）を読んでいたらしい。外に読むものがないのでオヤヂの眼をヌスミヌスミそれを読んだと、のちに私に話したことがある。（1頁）

これは、『山崎正和著作集』第1巻月報6に掲載された北村英三の「山崎さんとくるみ座」と題する一文で、１９５７年5月発行の「月刊くるみ座」という機関誌に、当時大阪市立大学理学部教授の朝山新一の寄稿による原稿の全文が紹介されており、そこからの引用である。朝山は、正武の妻である花子の兄である。京都帝国大学理学部動物学科を卒業し、彼もまた、１９４１年に家族とともに新京（現在の長春）に渡り、新京畜産獣医大学教授、さらに新京医科大学教授に就任。戦後の混乱の中、一時、大学教授としての留用を経て、１９４６年に引き揚げ後、大阪市立大学教授となった。ちなみに、性分化の研究を専門とする発生生物学者であるとともに、退職後は日本性教育協会の常務理事を務め、没後の１９７９年、第一回国際性科学賞を受賞している。

父親はだんだん衰弱していきました。学校から帰ってきても、看ているほかしようがない。そこで父親の本棚を探しました。もうそのときには、父親は「本を読むな」という気力もありませんでした。理科系の父親の本棚というのは寂しいものです。その中に辛うじてあったのが、『鷗外全集』と『シェークスピヤ全集』だった。父親の若かった頃、新婚時代に中央公論社が一函二冊入りの坪内逍遥《つぼうちしょうよう》訳『新修シェークスピヤ全集』を出していました（全二十函、一九三三〜三五年）。おそらく流行で買ったのでしょう。『鷗外全集』があったのは、ひょっとしたら祖父の影響かもしれません。何しろ私は中学二年生ですから、シェークスピアを読んでも全部わかるわけはないのですが、ほかにすることがないから、けっこう面白かった。（『舞台をまわす、舞台がまわる』38頁）

「シェークスピアの三十七作品といえば、人間の行いに関するたいがいのことが書いてあります。それをその若さと絶望的な状況の中ですべて読むというのは、相当な早熟だといわなければなりません。普通にシェークスピアを読むのとは違います」と、日本経済新聞文化部編集委員の内田洋一は語る。

朝山の子で山崎の四つ下のいとこの朝山耿吉は「私の父は、そのころから、『子供ながらに正和の受け応えがとてもしっかりしている』とやたらに感心していました。父親を一人で火葬したという話を父から聞かされ、非常に強い印象が残っています（後述）。正和は年上とはいえまだ中学生だったのに、同じ満州で暮らすうち、すごく大人になっている。長男から家長になったように感じたのです。

当時〃大人はみんな嘘つきだ〃と彼がよくいっていたのを思い出します」と、語る。幼くして「人間不信」に陥ったのだ。山崎の人格形成に影響を与えたことは間違いない。後年、山崎が取り組む「社交」論は、その「人間不信」が背景にあるだろう。

ちなみに、しっかりしていたといえば、山崎は１９４８年に帰国し、二年後に熊本の祖父が亡くなった際、まだ高校生だったが、祖父の親戚を熊本に訪ね、孫としての相続分を交渉したという。

『山崎正和著作集』をまとめたのは中央公論社の柘植紘一である。彼は、山崎の多くの著作を担当した。山崎は、自著『歴史の真実と政治の正義』（中央公論新社刊、２０００年）の「あとがき」で、柘植について次のように記している。「この本の上梓をも担当してくださった柘植紘一氏が、来春、定年を迎えて中央公論新社を去られるということである。（略）いま第二の人生に歩みだされることについての感慨を記すことは、ともに同じ時間を生きた筆者にとってけっして私情の吐露に尽きるものではないと信じる」（１６１頁）。

柘植は山崎の人間的側面を読者に知ってもらおうと考え、関西に出張して『著作集』にはさみ込まれる「月報」の書き手をさがし出し、原稿を依頼した。山崎には内緒だったが、あるとき察知された。山崎から「僕は私小説的な事柄は大嫌いです……」といわれたが、柘植は信念を通した。私は、今回、この「月報」にずいぶん世話になった。柘植に礼をいわなければならない。

さて、そんなわけで、山崎は、生粋の京都人ではない。「関西がふるさとという意識は薄い」と、山崎は自ら語っている。

以下に触れる山崎正和の「満州体験」は、彼の知識人としての出発点、起点である。しかし、私の知る限り、山崎は肝心の「満州体験」について、ことさらに語ることはなかった。自分史を語ることに興味はないという姿勢を貫いていた。ところが、前出の苅部直によると、山崎は２０００年頃、すなわち60代後半になると、折に触れて「満州体験」を雑談の中で語り始めたという。

山崎は、２００６（平成18）年3月から07年12月までのほぼ一年半にわたって、御厨貴、阿川尚之、苅部直、牧原出らによる十二回にわたるインタビューを受けた。オーラルヒストリーである。自分が語り残す体験や事実が、人びとにとって、過去を学び歴史の教訓を得るための材料になり得ると考えたのかもしれない。その中で、「満州体験」を赤裸々に語っているのだ。

「当初自分のオーラルを行うことに消極的であったという。それをなんとか説得し、舞台の真ん中に椅子を用意して座らせ、一二回ものインタビューを実現した御厨さんは、大した舞台監督である」と、『別冊アステイオン　それぞれの山崎正和』「満洲の風景、ニューイングランドの光景」（34頁）で、慶應義塾大学名誉教授の阿川尚之は書いている。

しかしながら、これらのインタビューをまとめた『舞台をまわす、舞台がまわる』の刊行は、初のインタビューから数えて約十一年間にわたり封印された。本書が発刊されたのは、２０１７（平成29）年になってからだ。

これは、あくまで想像に過ぎないが、明晰な理論派として生き、露悪趣味とはまったく無縁の山崎は、自らの人生を語り尽くし、発表することに、ある種の時間が必要だったのではあるまいか。いつ、いかなるかたちで、人生の清算をすべきかと思案したのではないだろうか。そして、あえていうならば、これは、山崎の過去と歴史の教訓から学んでもらうために彼の仕掛けた罠とさえいえるのではないか。

無政府状態の惨状

山崎正和のオーラルヒストリーに耳を傾けてみよう――。

終戦直後の1945（昭和20）年8月20日、ソ連軍は満州に攻め込んできた。彼が住んでいた奉天も、ソ連軍の「占領下」になり、以下のように想像を絶する過酷な体験を強いられた。

子供にとっては、あからさまな性教育の場でした。どこでもかしこでも、人前でことに及ぶ連中ですからね。相手が日本人でもロシア人でも犯す。けだものですね。（略）

学校はどのような状態だったか。木製の部分は全部剥がされていた。燃料にされたからです。敗戦が八月で、学校にも行こうかというのは十一月頃でした。満洲の十一月は真冬です。床はもちろん、窓枠の木も外されたので、コンクリートの部分だけが残っている。私たちは厚い綿の入った丹《たん》前《ぜん》のようなものを着せられ、ミットのような手袋をはめて集まり、画板と三脚を持って学校へ行くんです。そうするとソ連兵が面白がって、足元を撃つ。跳弾《ちょうだん》といって、銃弾が跳ねたら危険ですが、やつらは誰を殺したっていいので、ただ面白がって撃つ。（略）

学校といっても外気温と同じで、零下十度以下です。ある日のこと、学校に行ったら、梁《はり》から首

> 吊り死体が下がっていました。何人《なにじん》かわからない。ただカチカチに凍っていますから、臭いもしない。死骸だとわかるだけです。でも、誰もびっくりしなかったし、みなそのまま授業を受けました。三日経っても、四日経っても、死体は腐りもしなければ落ちもせず、あっちを向いたり、こっちを向いたりしていました。(『舞台をまわす、舞台がまわる』34〜35頁)

無政府状態の惨状である。満州の国民党政府は、南満州鉄道の高級技師や満州医大の教授などを、戦後再建のため「留用」と称して残した。そんな中、父親は1948(昭和23)年1月に、現地で病死した。43歳だった。

> 私は父親の棺桶を馬車に乗せ、その上に座って火葬場に運びました。馬車が揺れると、お尻の下で父親の頭がゴロゴロと動きました。そして、火葬をしてくれる人と二人で、火の中に入れました。炉ではなくて、直火でした。それでも焼けたんですね。火葬を済ませて、骨にして持ち帰りました。(38頁)

こうしてみてくると、山崎が前章で述べたように、「どの政治学者よりも、無政府状態がいかに怖ろしいかを知っています」というのは、納得できる。

その年の春、山崎は母親(花子)、妹(いほ子)、弟(正刀《まさと》)の四人で満州から引き揚げた。山崎は14歳だった。

私たちはようやく引き揚げることになりましたが、家族で中国語の交渉ができるのは中学二年の私だけ。父親の退職金を出してもらい、アメリカ軍の飛行機の切符を買い、共産党軍の対空砲火を浴びながら瀋陽を脱出しました。（『週刊文春』「新・家の履歴書」２０１９年10月3日号、64頁）

いってみれば、鷗外と同様に若くして「闘う家長」の役割を担ったのである。詳しくは最終章で触れるが、その意味で、鷗外は「私だと思います」というのは、合点がいく。

文字通りの満州引き揚げ派で、満州は彼の「生の原点」である。それは、彼の内面の深層部にぽっかりと空いた黒い不気味な精神的穴ぼこだ。その穴ぼこをのぞけば、底知れぬ深い闇の世界が広がっている。彼は闇が深ければ深いほど凝視する。その精神的強靭さを支えるのは、他の追随を許さない彼の知性である。精神の内部に刻印された満州体験は、山崎の「知」の基盤を形成した。じつのところ、劇作家への道を進んだのも、満州国崩壊の〝歴史ドラマ〟を体験したことと無関係ではないだろう。

引き揚げ後、山崎は京都市左京区に住み、京都府立鴨沂《おうき》高校併設中学校に編入し、翌年、鴨沂高校に進んだ。引き揚げ後、父親の実家があり、祖父も健在の熊本にはいかず、母親花子の実家を頼りに京都に向かったのは、インタビューで山崎が語ったような経緯がある。しかし、京都の祖母（つね）の家はすでになく、祖母は先に引き揚げていた朝山一家とともに親戚の家に間借りしていた。そこに転がり込んだのである。

「その家は、京都の吉田山の中腹にありました」というのは、ほぼ十年間にわたり同居していたいとこの朝山耿吉である。その親戚の家は昭和元（１９２６）年に建てられ、三棟が連なり半地下もある二階建ての一軒家であり、戦後の一時期は、合わせて五家族二十五人もが同居していた。その中央の棟の二階には、襖だけで仕切られた和室が並んでいて、片方の部屋を山崎、もう一方の部屋を耿吉が使っていたが、耿吉が大学の友だちと飲んで騒ぐと、隣で勉強していた山崎が襖をサッと開けて「君たち、学問をしなさい」と何度も文句をいった。朝山の友だちの一人は、「怖いお兄さんだね」と驚いた様子だった。

終戦後は、大きな家に数世帯が雑居することは珍しくなかったが、山崎は、一家と祖母との仲が次第に悪くなっていったと語っているほか、耿吉の母（さとる・長男の嫁）と祖母（姑）、山崎の母（小姑）との対立もあり、山崎の妹や弟が大きくなるにつれ、狭苦しい住まいでは複雑微妙な問題もいろいろと生じてくるのは当然のことだった。「正和さんは、ややこしい親戚間の人間関係は避けたいタイプだったと思います」と耿吉は語る。その後、仕事を通じての二十年に及ぶ交流のほかには、山崎一家と世間並みの親戚づきあいはなかったという。

前出の『山崎正和著作集』第1巻月報6に、「高校時代の山崎氏のこと」と題し、のちに東京大学教授となる貝塚啓明（歴史学者の貝塚茂樹の長男）が、次のように高校時代の山崎のスケッチをしている。

> 中学・高校時代の山崎氏は、筆者のようなノン・ポリ（筆者注・政治無関心層）の安全指向型人間にとっては、驚嘆すべき存在であって、内心「すごい奴」がいるものだと思っていた。（略）

当時は、世の中がいわば一八〇度変った時期であり、先生方にとってもおそらく混迷時期であったと思われる。（略）

確か高校二年のときと記憶するが、突然校長つるし上げ事件が起きた。（略）

残念ながらこの数人の学生のなかに山崎氏がいたかどうかは確認しえないが、当時、校門でビラを配っていた学生のなかに、ベレー帽をかぶり精悍な顔つきの山崎氏がいたことは間違いがない。（略）筆者の印象では高校時代のこれらの諸氏のなかで、山崎氏がもっとも迫力があり、汚い頭《ず》陀袋《たぶくろ》を肩から下げ、ベレー帽をかぶり、どた靴をはいて道を歩いてくる山崎氏に出会うと圧倒される思いであった。（3～4頁）

同校在学中の15歳のときに日本共産党に入党した。オルグされて入党したのではない。〝マルクスボーイ（マルクス主義に染まった若者）〟だった彼は、仲間と共産党のフラクション「鴨沂細胞」をつくったのだ。高校時代から、研究会で京大細胞の面々にマルクスの理論指導をしていたほどだった。早熟だった。多感だった。京大の二年先輩の作家・小松左京も高校時代に共産党に入党している。当時、多くの若者たちは、戦前、戦争に反対した共産党にシンパシーをもっていた。共産党への入党は、不思議な話ではなかった。

ただ、山崎は、１９５２年に京都大学文学部に入学する前にすでに、共産党に幻滅していた。党内は主流派である徳田球一、野坂参三らの所感派と、反主流派である宮本顕治、志賀義雄らの国際派に分裂し、彼が所属していた所感派は「山村工作隊」を組織し、過激化していった。「山村工作隊というのは、当時武装闘争路線を取っていた日本共産党が山村に若者を送り込み、現地住民を巻き込んで革命の拠点にしようというものだった」(渡邉恒雄著『君命も受けざる所あり』日本経済新聞出版社刊、2007年、92頁)

小松は「山村工作隊」のメンバーとして、ある街道筋……と赴く場所も決まっていたが、彼は参加しなかった。一説によると、山崎も決まっていたという。

山崎は、律儀にも、友人が「山村工作隊」から戻ってきたのを機に、「京大細胞」から抜け、党から離脱した。党中央本部があった東京と違って、京都では除名騒動は起きなかった。

小松が語るところによると、山崎が京大に入学すると、とてつもなく優秀な奴がやってきたと学内で話題になったという。なにしろ、山崎にとって、高校時代にもっともおもしろかったのがマルクスの『資本論』の授業だった。フランス語の勉強を始めるや、フランス語で日記を書いた。また、奉天時代に父親の本棚にあった『シェークスピヤ全集』を読破した。並外れた頭脳の持ち主だった。小松も、何巻もある百科事典を最初から最後まで読了するなど、博覧強記で知られ、その勉強ぶりは山崎にひけを取らなかった。先輩の小松が「どんな優秀な奴か」とわざわざ山崎に会いにいったというほど、山崎は目立つ存在だった。

『山崎正和著作集』第11巻月報8には、当の小松左京が「『士大夫』としての作家」と題して、そのときのいきさつをこう記している。

その友人から、ある時、卒業してもにわかに職もなく、アルバイトめかした事をやってぶらぶらしていた私に、一度ぜひ、彼の組織した同人の会合に、高橋（筆者注・和巳）と一緒に出てくれないか、という声がかかった。何でも若い同人の中に、すごく弁と論のたつ人物がいて、そのおかげで同人誌を思うような方向へひっぱって行けないから、一つにらみをきかしてくれ、というのである。

（略）

当時はまだ、かなり暇があったから、私は高橋とさそいあわせて、京都の洛友会館でおこなわれたその同人誌の会合に出かけて行った。（略）ひときわ音吐朗々として明晳そのものといった話し方をする長身の青年がいて、紹介される前から、ひと目でそれが当の人物だという事がわかった。その会場では、初対面だったが、ほんの二、三分、議論のやりとりをしたように思う。そのあと休憩の時、私を招いた同期の旧友をものかげによんで、

「残念ながら、君あたりが三、四人束になってかかっても、彼には理論の面ではかなわない。おれと高橋が留年していて、かなり粘れば、何とかねじふせられるかも知れないが、まあ、彼をおさえこむのはあきらめた方がいい」

とあっさり引導を渡さざるを得なかった。――いうまでもなく、その青年が山崎氏だった。（1～2頁）

山崎が京都大学文学部哲学科美学美術史専攻を卒業したのは１９５６年３月で、４月に京都大学大学院文学研究科美学美術史専攻修士課程に進学。そして、58年に京都大学大学院博士課程に進み、61年に修了。しかし、大学に残り、エリート学者としての道を歩むことはなかった。理由については、

追い追い触れるが、その選択が山崎の人生を決定づけた。彼は、母校を離れ、帝塚山学院大学を皮切りに、関西大学、大阪大学で教鞭を執る。

劇作家への道

山崎を劇作家として歩み始めるキッカケとなった「くるみ座」の毛利菊枝に紹介したのは、前出の朝山新一である。甥への愛情といっていい。現に、朝山は、「彼の戯曲が『悲劇喜劇』にのったと聞いた時、サテどんなものを書いたのかと気がかりだったが、その『凍蝶（いてちょう）』を読んでみて、彼のそのテーマの老成ぶりと観念的な展開能力にいささか驚いた。彼もたしかに戦後に自由に育った有能な青年の一人にちがいない」（『山崎正和著作集』第１巻月報６、２頁）——と、あたたかい眼差しを向けていた。

『凍蝶』は、１９５７（昭和32）年６月にくるみ座によって上演された。演出を手がけたうちの一人が北村英三である。彼によると、この上演は好評で、二年後に再演された。「こののち、山崎氏はくるみ座にとっては、かけがへの無い山崎さんになって、多忙な中をくるみ座に時間を割いて下さることになった」（同頁）という。ソポクレスを三つ、シェークスピアを四つ、イプセンを二つ——と、くるみ座の物凄まじい十年であったとして、それもこれも仕掛け人の山崎のおかげであるとしている。

「なかでも、『オイディプス王』は、山崎さんに尻をたたかれてやる気になり、山崎さんにアダプテーションをして頂き、山崎さんの御縁で、京都大学の、西洋古典哲学や西洋古典文学の諸先生方の御教示も頂戴して、無謀ともいへる挑戦を古代ギリシャ悲劇にした始まりなのである」(同頁)と述べている。くるみ座による『オイディプス王』は、１９６１(昭和36)年の6月に上演された。『山崎正和著作集　12』の「山崎正和年譜」(谷沢永一・浦西和彦、３７７頁)によれば、山崎は、『オイディプス王』の上演より三か月前の「三月二十日、京都大学教養部教授杉山産七《さんしち》の長女・苳子(現、大阪藝術大学文藝学科教授)と婚姻届出」とある。結婚式は、こんな風だった。

> 仲人はその井島勉という教授(筆者注・修士論文の担当)に頼みました。というより、成り行き上、そうすることになっています。披露宴にはお客さんが来ました。山本修二さんも、毛利菊枝さんも来ました。仲人が挨拶で、「この男は不真面目である。今後は身を入れて勉強するように」と、お説教を垂れました。すると来賓代表の毛利さんが立ち上がって、「この人には学問なんて労力の無駄です。やらなくてもいい。芝居専門になるようにお奨めします」といったんです(笑)。そういうきわどいせめぎ合いの中で、私は「世阿彌」を上演した年に卒業したのかな。(『舞台をまわす、舞台がまわる』91頁)

山崎は、苳子とは京大の同級だった。彼女は美学教室でホスラーの言語美学を勉強していた。前出の柘植は、以下苳子から聞いたほほえましいエピソードを紹介してくれた。「その頃、おカネがなかったので、お互いにおカネを出し合って本を買いました。そして、二人で一緒に本を読みました。すると、読むのが速い山崎は、〝はようめくれ、はようめくれ〟といつもいっていました」と、苳子は笑いながら語ったという――。

苳子は、大阪芸術大学文芸学科で、山崎と同業の美学を教え、名誉教授になるまで務めた。

話を少し戻すが、山崎が1952年に京大文学部に進学したとき、まだ妹と弟は小学生だった。満州からの引き揚げ者にとって、ましてや父親のいない母子家庭では戦後の生活が苦しかった。後年、そこらあたりの事情を次のように語っている。

> 母親が紡績工場で事務の仕事を始めたので、ずっと私が主婦でした。家計簿を預かって妹と弟に小遣いまで渡し、料理もやっていたんです。
>
> 私が行ける大学は、京都大学しかありませんでした。お金がないから私立は無理だし、下宿代も電車賃も払えないので、大阪大学や神戸大学には通えないからです。
>
> 運よく合格したので、少し我が家は潤いました。私は金儲けのために大学へ行ったようなものです。学費免除の上に、奨学金が官のと民間のと二口。月に三千円の家庭教師を二軒。それに、母の給料があります。
>
> おかげで、田中樋ノ口町という大学の先生がいっぱい暮らしている一角に引っ越すことができました。一階がダイニングキッチンを入れて四室。二階が二室だから、かなり広いです。家賃は二千円から三千円の間だったと思います。（略）
>
> この家は、私がものを書いて世の中に出ていく最初の拠点になりました。（前出の『週刊文春』64

頁）

参考までに、文中に「学費免除」とあるが、入学試験でよほど成績が優秀だったと想像される。いわば〝特待生〟だ。京大でもほかの大学と同様、授業料免除があったのだろう。さらに参考までにいうと、山崎が大学時代に家庭教師をした一軒は、京都・祇園の白川のほとりで幕末以来続いていた小さなお茶屋の子息だった。『日本人の内と外』で、司馬遼太郎が次のような話を紹介している。

（その）小さなお茶屋をやっているおかみさんと昔から懇意なのだが、彼女の口から氏（筆者注・山崎）の名前をきいたとき、この愛すべき老女に対する認識のブラウン管が混乱してしまったが、やがて彼女の子息を、氏が学生のころ、家庭教師として教えたことがあるということを知って、私の中の彼女の映像がもとどおりに安定した。（14～15頁）

世間は狭いのである。

さて、結婚後も、山崎は家事を続けた。「家内は同業の教師（略）でしたから、家事は半分ずつやるのが、ずっと我が家の常識でした」（『週刊文春』64頁）と述べている。

ついでながら、山崎が『週刊文春』に語った家とおカネの話を、以下、まとめて記しておこう――。

結婚すると、二人だけのほうがいいというので、京都の北の端の岩倉に農家の離れを借りた。『中央公論』の編集者の粕谷が訪ねてきた家が、それである。その後、人生のステップを一段一段と登っていく。

俳優座から『世阿彌』の上演料の四〇万円をもらったが、いまなら四〇〇万円くらい。「私の生涯で最も高い上演料だった」という。

山崎は、１９６４年、日米両政府の拠出によるプログラムのフルブライト教授研究員としてイェール大学へ留学。コネチカット州ニューヘイブンで一年間下宿生活を送る。

留学を終えて、岩倉の家に帰ってきたあと、編集者に勧められ、宇治に新築建売の一軒家を買った。庭が百坪もあった。中央公論社と河出書房新社が無利子で二〇〇万円ずつ貸してくれた。原稿を書いて返すのが条件だった。

その後、大阪大学へ通うのに不便だというので、大阪市内のマンションに移った。その後、さらに西宮に移り、「たぶん最後の住まいになるだろうと思ったのと、年を取ってきた母親を引き取るために、３ＬＤＫを並びで二部屋買いました。で、真ん中の壁をぶち抜いて、変則的な６ＬＬＤＫにしました。これが私の最後の家です」（65頁）――と語っている。

佐治敬三のＤＮＡ

この物語のもう一人の主人公は佐治敬三だ。彼は、１９１９（大正8）年、大阪市東区住吉に父・鳥井信治郎と母クニの次男として生まれた。鳥井家の先祖の出身地は、はっきりしないが、状況証拠から見て、近江と考えて間違いないだろう。

「鳥井家の当主は、代々『忠兵衛』と称し、信治郎の前世代まで船場で両替商を営んでいました。両替商は、近江系が多かったですね。それに、信治郎の奉公先は、近江出身で、船場の小西儀助商店でした。また、信治郎が唱えた〝利益三分主義〟も、もともと近江商人から出たものだといわれています」(元サントリー文化財団専務理事、大阪商業大学名誉教授の伊木稔)

司馬遼太郎は、大阪商人について、小説の中で、次のように描写している。

大阪の商人街というのは、三つの主なる人種から成り立っている。まず最初に近江《おうみ》系。こいつは、馬でいえば、サラブレッドだ。大阪では「掏摸《ちぼ》に目エ離しても、江州《ごうしゅう》人に目エ離すな」という。この近江系が、世にいう大阪商人の代表選手だ。(『司馬遼太郎短篇全集　第一巻』「大阪商人」文藝春秋刊、２００５年、３５３頁)

まさしく大阪商人の典型ともいえる信治郎は、船場での七年に及ぶ丁稚生活ののち、１８９９(明治32)年に鳥井商店を立ち上げ独立した。佐治は、『へんこつ　なんこつ』(日本経済新聞社刊、１９９４年、以下『へんこつ　なんこつ』と略)の中で、父親のこんなエピソードを紹介している――。

大阪の大川にかかる天神橋に大勢の〝おこじきさん〟が並んでいた。祖母(父にとっての母)がその中の一人になにがしかの小銭を与えた。そのとき、祖母は、「信治郎、後ろ向いたらあきまへんで。御利益がのうなります。あの人らのお礼を受けたらあきまへんのや」といった。父親は、知られることのない布施の行為こそが尊いのだと祖母から教わったという。

幼い父の心にきざみつけられた惻隠の情が、長じて後の父の生涯に色濃く反映しているように思えてならない。通称釜ケ崎の一角に父が無料診療所を開いたのは、大正十年のことであった。それは、戦後には戦争未亡人の母子寮となった。もとより数多い寡婦のほんの一部の方々が救われたにとどまるかもしれないが、その行為を、だからといってさげすむことは許されまい。

時代が下って、今では母子寮は養護老人ホームとして大勢の老人の介護を主たる仕事とする福祉法人、邦寿会に姿をかえている。（181頁）

サントリーなかんずく佐治敬三の社会貢献活動には、このような鳥井家のＤＮＡが脈々と流れている。その流れの最初の一滴が、このエピソードといっていいだろう。

佐治は、大阪府立池田師範学校付属小学校に入学し、１９３２（昭和７）年、難関校の浪速高等学校尋常科に入学。その頃、佐治家の養子となるが、そのまま鳥井家で育つ。養子縁組は、佐治の心に重く響いたはずだが、むしろ彼の人生の彫りを奥深くする方に働き、人間性の深さを形づくったといっていい。

その後、浪速高等学校高等科理科二類を経て、同１９４０（昭和15）年、大阪帝国大学理学部化学科に進学した。この年に寿屋副社長で、信治郎の跡継ぎだった兄の吉太郎が病死した。彼の人生は一変する。敬三は繰り上げ卒業し、二年後、海軍技術見習尉官として入隊した。

じつは、同じく大阪帝国大学理学部に、二年後の42年に入学した財界人がいる。ソニーの創業者の一人、盛田昭夫で、彼は阪大理学部物理学科を44年に卒業したあと、海軍技術中尉に任官しており、佐治とほぼ同じ道を歩む。そういえば、佐治の実家は洋酒メーカー、盛田の実家は日本酒メーカーである。後述するが、二人は後日、政財界の中堅を集めて「自由社会研究会」を結成する。

終戦の１９４５年に復員した佐治は、寿屋に入社した。家業を継ぐためである。

佐治はもともと、化学者を目指していた。彼の個性を彩る一つが、この化学者、研究者志望である。この「志」は、佐治を語るとき、忘れてはならない視点だ。

化学者志望は、恩師である大阪帝国大学理学部教授の小竹無二雄に、「エトバス　ノイエス（つねに何か新しいことに挑戦せよ）」という教えを受けたことに触発されたのがキッカケだ。つまり、英語でいう「Something New」である。彼がモットーとする「日々に新たに」の原点といっていい。

佐治は、心ならずも寿屋の後継者となり、研究者の道を断念せざるを得なかったが、しかし、研究者への思いは途絶えることはなく、むしろ「志」は強まるばかりだった。現に、敗戦の翌１９４６年に財団法人「食品化学研究所」を設立している。

佐治の浪速中・高、そして阪大理学部とまったく同じキャリアを歩んだ、二年後輩の阪大名誉教授の芝哲夫は『佐治敬三追想録』（サントリー刊、２０００年）で、次のように思い出を書いている。

　佐治さんは高等学校時代には東大農学部で栽培植物を勉強したいと思われていたらしいが、結局尊父と知遇のあった阪大の小竹先生の門をたたかれた。卒業後は大学での研究生活を送りたい気持

> が非常に強かったことにはいくつかの証言がある。その心を断って寿屋へ帰って行かれた佐治さんには心の鬱屈が残っていたらしい。「親父に対する一種の反抗で」、「化学のための化学、役に立たない研究」をする財団研究所を創設したいと尊父に申し出られた。（略）終戦直後の会社の浮沈がかかっていたはずの寿屋の経営の中で当時日本中でも例がない純粋研究のための財団研究所を立ち上げる事を許された尊父も偉かったと思う。
>
> 財団設立の発起人会はその年の十一月に開かれ、翌年二月六日に財団法人食品化学研究所設立の許可が降りている。国民の食糧事情が最悪の時であったので「食品化学研究所」という看板は掲げられたものの、実際は佐治さんの夢の「役に立たない化学のための」研究が開始された。（80〜81頁）

そして、この「食品化学研究所」の設立時、佐治は、「これからの日本は学問や文化を通じて、世界の平和と繁栄に貢献していくべき」という考えのもとに、月刊の生活科学雑誌『ホームサイエンス』を発行する。27歳だった。

佐治は、サイエンスの眼差しをもって、人びとにサイエンスとは何かを伝えようとした。日本が敗戦から立ち直るには、市井の人びとが科学の知識を身につけ、科学を身近なものとして理解する必要があると考えた。その意味で、『ホームサイエンス』は、日本の立て直しに向けた啓蒙書だった。佐治流の戦争へのけじめのつけ方といっていいだろう。

ところが、信治郎は、『ホームサイエンス』の発刊に大反対し、親子喧嘩が絶えなかった。そのあたりの事情について、元サントリー社員で作家の開高健は『やってみなはれ　サントリーの70年Ⅰ』（サントリー刊、１９６９年）「やってみなはれⅡ　戦後編」で、次のように記している。ちなみに、「やってみなはれⅠ　戦前編」は、開高と同じく元社員、作家の山口瞳が書いている。

若い敬三と老いた信治郎は何かといえば衝突し、両名はときに派手なショウを展開して社員たちをよろこばせた。敬三はしばらくしてから家庭啓蒙雑誌の『ホーム・サイエンス』という雑誌を発行しはじめ、編集室を本社から少し離れた松岡ビルに設けた。これは科学的啓蒙を目的とした家庭向きの雑誌で表紙は小磯良平の画で飾り、記事内容は高かったが、『猟奇』や『りべらる』の時代にはいささか高すぎた。そのため、赤字がつづいた。信治郎と敬三はしばしば昂奮して議論した。


「うちはウイスキー屋でっせ！」

「ウイスキーだけが時代やないです！」

「うちは出版社やおまへんで！」

「これはええ雑誌です！」

「あきまへん！」

「ええもんです！」

「あかんいうたらあかんワイ！」

「知らんのはおとうさんだけや！」

「いうたな！」

「はあ！」

そういうことがあって、某日、社長室で何やら大声がしたかと思うと、ドアがあき、蒼い顔をした敬三がとびだしてくる。つづいて信治郎が、こら、敬三、待てぇ、待たんかッと叫んでとびだしてくる。聞かばこそ。敬三はいちもくさん、ころがるように階段をとんでいき、風とともに去りぬ。

それを見た編集室の女子社員がドアをしめ、

「ごっつう怒《おこ》られたはるワ」

編集長格の磯川課長がぬるい粗茶をすすり、

「ええ親子やデ」

という。（１２７〜１２８頁）

付け加えるならば、文中にある「編集室の女子社員」とは、のちに開高健と結婚する詩人の牧羊子である。『ホームサイエンス』は、阿部知二の小説のほか、林芙美子、中谷宇吉郎が寄稿するなど、女性をターゲットとする本格的な雑誌だった。花森安治の『美しい暮しの手帖』（１９５３年『暮しの手帖』に誌名変更）の創刊は１９４８年だから、さかのぼることほぼ二年前だ。佐治にしてみれば、『ホームサイエンス』は、研究者への「志」すなわち夢の断片そのものであった。

もともと彼は、儲かるかどうかより、「おもろい」かどうかという感覚、感性を大事にした。誰もやったことがないもの、極めて挑戦的な試みを重視した。「おもろい」かどうかの尺度は、生産性や効率性ではなかった。経済的な損得よりも、文化的な価値があるかどうかを、佐治は物事の判断の基準にした。実際、佐治から「おもろいやないか」という評価を下されれば、その仕事はお墨付きを与えられたも同然で、ビジネスにおいても、文化事業においても、社員はますます精進してその仕事に励んだものである。

「食品化学研究所」は、１９７９年に米国コロンビア大学の中西香爾教授を迎えて、「サントリー生物有機科学研究所」と改称。２０１１年には「公益財団法人サントリー生命科学財団」となった。生物有機化学分野での生命現象にかかわる基礎研究をもとに、人の健康と環境について大学の研究機関などと協働して問題解決にあたることを目指した。「純粋に真理の探求に情熱を燃やす秀れた研究者が寄り集まり、自由にテーマを選び研究活動に没頭できるユニークな施設をつくりたい」と、佐治は語っている。

国家縮小の危機

ここで、山崎と佐治が歩んだ戦後日本の時勢について、少し触れておこう。サントリー文化財団設立のプロセスは、日本の「黄金時代」といわれた１９６０年代の経済成長を抜きにありえないし、それに続く70年代の歴史とも深く結びついているからである。つまり、文化財団の誕生の背景だ。

ご存じのように、日本は、１９５０(昭和25)年に勃発した朝鮮戦争に伴う〝朝鮮特需〟をバネにして第二次大戦の敗戦から立ち直り、経済的基盤を強化した。「日本経済の成長と近代化」と題する経済白書が、「もはや戦後ではない」としたのは、１９５６（昭和31）年７月である。

> 六〇年代という時代に幕を引くスローガンとして、「戦後は終った」という言葉が流行しました。本来は、一九五六年の経済白書を飾った一句でしたが、たんに経済の状態を示すだけではなく、もう少し広い精神状況を表わす言葉として、やがて人口に膾炙するようになりました。「戦後は終った」――と聞かされて、人びとはあるいはひと息つき、あるいはどこか事実にそぐわないものを感じていらだったのですが、いずれにしろ、このかけ声は中身が曖昧なまま、六〇年代の国民的気分の底流を作ったのでした。（『おんりい・いえすたでい'60s』21頁）

日本経済は、１９６５年から70年代初頭まで年率10％超の成長を続けた。成長を牽引したのは、鉄鋼、石油化学、造船、家電、自動車などの輸出産業である。

高度成長を実現するため、池田勇人首相が掲げたのが、「所得倍増計画」だった。「所得倍増」という明確なメッセージは、戦後復興のため、懸命に働き続ける日本人の心を揺り動かし、新しい時代を切り開くキーワードとなる。

１９６４（昭和39）年には、東京オリンピックが開かれた。戦後の荒廃から立ち直った日本を世界にお披露目する機会になるとともに、日本人に成長への自信を確信させた。１９６８（昭和43）年、経済企画庁（現内閣府）はＧＮＰが五一兆九二〇億円に達したと発表した。新聞各紙は、「国民総生産50兆円超、世界第２位」と報じた。

この間に、日本人の生活は大きく変化した。生活必需品として、カラーテレビ、クーラー、自動車の「3C」時代が幕をあけた。マイカーという言葉が生活の中に定着したのも、この時代である。トヨタの「カローラ」、日産の「サニー」が発売され、モータリゼーションの時代が到来した。

山崎は、1960年代を「特別に華やかで騒々しい時代」と位置づける。「この十年間のスローガンは、すべて過度の輝かしさと、うさん臭さを背中合わせにした響きをおびていたようです」(13頁)と、説明する。

では、次の1970年代はどうか。いきなり経済成長に水を差す二つの出来事が発生した。一つは、1971年のニクソン・ショックである。ドルの価値が急落し、輸出産業を軸とした日本経済は〝二度目の敗戦〟といわれるほどの打撃を受けた。日本企業は以後、円高・円安に一喜一憂することになる。

もう一つは、1973年の第一次オイル・ショックである。モノ不足が喧伝され、トイレットペーパーの買いだめ騒動が起きた。10%台だった成長率は、5%未満に落ち込んだ。オイル・ショックは、高度成長から減速経済への転換点となった。

オイル・ショック以降、エネルギーを多く消費する重工業の低迷は避けられなかった。企業は徹底した省エネルギーと省力化を進めた。光化学スモッグなどの公害問題が発生し、経済成長を牽引してきた大企業に対する否定的な感情も生まれた。

加えて、輸出に頼った成長路線には、欧米からの反発が強まった。日本からアメリカへの自動車輸出が急増し、日本車にシェアを奪われた米自動車大手「ビッグスリー(ゼネラル・モーターズ、フォード、クライスラー）」の業績が悪化し、デトロイトなどの自動車産業の集積地では、日本車をハンマーでたたき潰す「ジャパン・バッシング」のパフォーマンスが繰り広げられた。

経済至上主義のツケが回ってきたといっていい。

１９７０年代のイベントといえば、唯一、１９７０年に大阪千里で開催された日本万国博覧会「エキスポ'70」である。戦後をひたすら走り続けてきた日本において、日本人とは何か、日本はいかなる国家を目指すべきかを問う声が高まった。世界第二位の経済大国になった日本は、次なる明確な目標を失い、生きる姿勢に確信をもてなかった。漠然とした不安が広がった。

１９６０年代に比べると、世の中が落ち着いた分、「戦後は終わった」「所得倍増計画」など、時代を象徴する華々しい標語は姿を消した。

はじめに志ありき

一方、１９６０年代〜70年代の二十年間のサントリーの歴史を振り返っておこう。戦後のサントリーの歩みである。ザックリいって、それは、高度成長と軌を一にした飛躍の時代だった。

日本人の生活は、１９６０年代以降、豊かさを増した。１９６１年「トリスを飲んでＨａｗａｉｉへ行こう！」が流行語となり、１９６０年代後半になると、庶民にとって高嶺の花だったウイスキー「オールド」も、次第に大衆の手に届くようになった。

１９６３年にはビールを発売し、社名を寿屋からサントリーに変更した。そのサントリーを引っ張ったのが、二代目社長の佐治敬三だ。

のちに詳述するが、佐治敬三は、高度成長期の中で、いち早く心の豊かさの重要性を認識した。慧眼といわなければならない。そして、文化活動の一環として文化財団を積極的に推進したのだ。

サントリーの文化活動は、決して付け焼刃ではない。その証拠に、佐治は、社長に就任した同年、「文化にかかわることでなんらかのメッセージを社会に向かって送りたい」と、東京都千代田区にサントリー美術館をオープンし、初代館長に就任した。彼は、次のように述べている。

> 館蔵品のお職ともいうべき国宝浮線綾螺鈿蒔絵手箱（源頼朝の北の方政子愛蔵の品と伝えられる）は、大阪の某有力会社に担保として入っていたものがもち込まれてきたのである。発足後間もない美術館にとって「国宝」のもつ重みは、はかり知れない。当時の金で三千万円は目の玉がとび出るほど破格な金高であったが、それこそ清水の舞台からとび降りる気持ちで決めたことを、今でも鮮やかに覚えている。（『へんこつ　なんこつ』１８４〜１８６頁）

さらに、１９６９年には、七十周年記念事業として、鳥井音楽財団（現サントリー芸術財団）を設立し、サントリー音楽賞を創設した。受賞者には、指揮者の岩城宏之、小澤征爾、作曲家の武満徹、チェリストの堤剛らが名を連ねた。世界一美しい響きといわれるサントリーホールのオープンは、１９８６年のことである。

佐治の頭の中には、これからの企業は、文化的なものを取り入れなければ成立しないという考えがあった。カラーテレビ、クーラー、自動車の「モノの３Ｃ」に対して、彼は、「心の３Ｃ」を唱えた。コンファタブル、カルチュラル、クリエイティブの三つである。

佐治がしきりに「文化」を口にするようになったのも、70年前後である。山崎と佐治、それぞれの思いは、水面下でしっかりとつながっていた。佐治が当時、社会的発言をする際のキーワードは、「文化」および「社会貢献」だった。

佐治は、企業の社会貢献活動に一家言を持っていた。のちのことになるが、経団連は１９９０年に１％（ワンパーセント）クラブを設立した。経常利益や可処分所得１％に相当する額以上を自主的に社会貢献活動に支出しようという趣旨だ。これに対して、佐治は異論があった。

> 社会への貢献などというと偉そうに聞こえるけれども、もともとはこうした一人の人間の真情から発すべきものではないか。かつての個人が今では企業という無機的な存在に変わったことが、昨今のメセナをうさんくさくしていると思えてならない。サントリーの社会への恩返しも、出来れば父のように一人の人間のやむにやまれぬ真情から出た活動としたいと思い続けている。私が〝はじめに志ありき〟というのはそんな意味である。サントリーの社会貢献はむしろ地味な活動が多い。最初の財団が戦前、昭和十六年の邦寿会という社会福祉法人であったことからも想像されるように、いわゆるきらびやかな文化とは無縁のところで始まっている。（１８３頁）

佐治には、鳥井家の「陰徳」の血が流れているのだ。「佐治さんが寄贈された大学への研究所、設備、奨学金などは正に枚挙に遑がない」(『佐治敬三追想録』83頁)と、前出の芝哲夫は語っている。

モーレツからビューティフル

60年代から70年代にかけての高度経済成長期は、日本人にとって、精神的、文化的な意味でも転換期だった。

高度成長期のサラリーマンは、日々、山のような仕事に追われた。昼夜、ときに休日を返上して、モーレツに働いた。頑張れば必ず成果があがった。彼らは、「企業戦士」と呼ばれた。しかし、なりふりかまわぬモーレツぶりに、彼ら自身、心の底でひそかに疑問を感じていた。

サラリーマンの日常といえば、平日の夜遅く、居酒屋に寄って一杯ひっかけるのがせいぜいだった。欧米の働く人びとが仕事が終わったあと、着飾って劇場に出かけたり、レストランで美食を楽しんだり、あるいはたっぷり休暇をとってバカンスを満喫するのとは雲泥の差があった。

経済的に欧米先進国の仲間入りを果たしたとはいえ、文化や社交の楽しみ、オン・オフの切り換えでは、まだまだ欧米に追いついたとはいえなかった。

それに、夢にまで見た豊かな社会は、いざ手にしてみると、必ずしも幸せに直結するわけではなかった。精神的な余裕が感じられなかった。また、日本は、高い工業技術力をテコに世界の先進工業国の仲間入りを果たしたが、しかし、それだけで世界から尊敬されるわけでもなかった。

「そうした中で、生まれた象徴的なスローガンが『モーレツからビューティフルへ』でした」と、山崎は指摘する。このキャッチフレーズが時代の転換を読み解くカギだったというのだ。

「モーレツからビューティフルへ」に始まる広告キャンペーンを富士ゼロックス（現富士フイルムビジネスイノベーション）が始めたのは、１９７０年である。企画した電通の藤岡和賀夫は、高度成長期の「モーレツ」という価値観とは別の「ビューティフル」という価値観を問いかけた。

私が「モーレツからビューティフルへ」と唱えてキャンペーンを張ったのが一九七〇年、大阪万博の年です。いま振り返ってみても、確かにその頃から「時代の気分」が変ってきた。モーレツに働いて財貨を手にするだけが人間の豊かさではない。むしろ精神的な充実こそが本当の人間の豊かさだ、と人は気がついてきた。折しも、自然破壊、環境破壊は誰の目にも明らかになり、高度成長にもかげりが見えてきた頃だったから、このキャンペーンは多くの人の共感を呼び醒ました。（藤岡和賀夫著『さよなら、大衆。感性時代をどう読むか』ＰＨＰ研究所刊、１９８４年、98頁）

「モーレツからビューティフルへ」は、高度成長の時代から文化の時代への乗り換えを促したと、山崎は次のように回想する。「むろん、背景には、日本の戦後経済の発展がありますが、より具体的な答えは、まさに『モーレツからビューティフルへ』ですよ。あれは、日本の文化改革の象徴的なスローガンだったと思いますね。その流れは、日本人の社会意識、社会感覚の変化、美と倫理の基準の萌芽といっていい。パワーやお金ではなく、品格や文化の国としての歩みを始めたといえます」——。つまり、その流れこそが文化財団を生み出す時代の潮流そのものであった。

幕を開けたのは、新しい「個人」の時代である。産業化時代に形づくられたステレオタイプの理想の生活ではなく、人びとの気持ちは、個人としてものを考え、人間関係を結び、生活を楽しむことへと向けられた。山崎は、「脱工業社会」を迎えて、人びとは時間を消費し、「社交」を楽しむようになるとして、吉野作造賞を受賞する『柔らかい個人主義の誕生』（中央公論社刊、１９８４年）を上梓したのである。

> いつの世にも、生産と消費とは表裏一体の関係にあり、一方がなければ他方もありえない関係にあるが、社会的な価値づけのうへでは、必ずしも両者がつねに対等に扱はれてきたわけではない。それどころか、十七世紀に始まる産業化の時代を通じて、消費の社会的な価値はいちじるしい低下を見せ、社会の基本的なかたちを決める原理としては、もっぱら生産にかかはる人間関係だけが認められることになった。（46～47頁）

山崎は、「かつて消費といわれていた多くの部分は、じつは生産なんじゃないかと私は考えました」と、あらためて述べる。食事をするのも働くため、休息をするのも働くためというように、あらゆることが次の生産に向けての行動だった。

日本は、欧米先進国から技術を学び、改善改良を重ねて規格大量生産に邁進してきた。成長に関する概念も欧米から取り入れた。勤勉精神や集団主義が尊ばれ、終身雇用制度がそれを支えた。しかし、生産の原理は、必ずしも人びとの幸せにつながらなかった。生活者の視点、消費の視点を置き去りにしたからだ。

生産の原理にからめとられた生き方は、限界を見せ始めていた。山崎はこの問題の解決は正しい「消費の回復」にあるとした。「もちろん、生産優位は今日も根本的に変わっていない」としながら、社会の価値観に微妙な変化が始まったと指摘する。

> その大きな背景は社会の豊かさであり、六〇年代に「消費は美徳だ」といふ標語が生まれたのもその徴候であったが、より直接的には、七〇年代のエネルギー危機と、産業のエレクトロニクス化が引金になったと考へられる。エネルギー危機は、一応は消費にたいしても節約を求めるものであったが、それ以上に、むしろ大量生産をめざす生産至上主義に冷水を浴びせる効果を見せた。それまでの消費の奨励は、じつは生産を拡大するために企てられたものであったのにたいして、これ以後は、より賢明な消費、いひかへれば、ものの生産を過度に刺戟しない消費が奨励されることになった。（48頁）

人間の消費行動は、およそ効率主義の対極にある行動だ。目的の実現よりは現実の過程に関心を持つ行動といえる。つまり、消費とはものの消耗と再生をそのかりの目的としながら、じつは、充実した時間の消耗こそを真の目的とする行動だといっていいだろう。そうだとすれば、社会のあり方も変

> 化するだろう。
>
> ここで、われわれが予兆を見つつある変化は、ひと言でいへば、より柔らかで、小規模な単位からなる組織の擡頭であり、いひかへれば、抽象的な組織のシステムよりも、個人の顔の見える人間関係が重視される社会の到来である。そして、将来、より多くのひとびとがこの柔らかな集団に帰属し、具体的な隣人の顔を見ながら生き始めたとき、われわれは初めて、産業化時代の社会とは歴然と違ふ社会に住むことにならう。（94頁）

脱工業社会ではモノではなく時間を消費し、自らを表現する「社交」を楽しむようになる。山崎は、そのことを「消費時間を楽しみ、自己表現する自我の登場」と説明する。ハード時代の「硬い個人主義」から、ソフト・サービス化時代の「柔らかい個人主義」への移行だ。

消費は、自己発見、自己表現そのものであり、社交の一環といえる。文化そのものであり、知的な活動だ。まさに、「ビューティフル」な行為だ。先走っていえば、山崎の著作『柔らかい個人主義の誕生』および『社交する人間　ホモ・ソシアビリス』は、サントリー文化財団を強固に支える論理的根拠、思想的バックボーンとなった。

第2章

文化財団の設立前夜

PTAの関係

――サントリー文化財団の構想は、どこからきたのでしょうか。

山崎　まず、佐治敬三という、包容力と度胸を備えた、ちょっと類を見ない経営者がいました。

――経営者ってね、度胸がないとダメですよ。

山崎　うん。そして、佐治さんの家来に、平木英一さんという、当時まだヒラの取締役で常務にもなっていない人がいたんです。

――一度だけお会いしました。山崎さんが、酒の席に「こい」とおっしゃるのでいったら、平木さんがいました。

山崎　ははは。まあ、大変な快男児でしてね。

――東大でラグビーをやっていて。

山崎　そう、ラグビーをやっていて、熱血漢なんですよ。平木さんは本当に変わったポジションだった。もとは、時事通信社にいたんですよ。その後、サントリーへ入ったんだけれども、あまり営業とか総務とか、そういう仕事はしないで、どちらかというと外回りの、いわば会社の顔みたいな部局を率いていた。当時の部局の名前は社長室で、社長室長をしていた。

もちろんそれ以前に、佐治さんと私は親しかった。佐治さんとは不思議な縁があってね、彼の娘さんが私の学生だった。私は関西大学から阪大に移っていて、阪大時代、娘さんが学生だったということもあり、ＰＴＡの関係もあるわけで（笑）。佐治さんが平木さんに、「山崎のところにいって、何か聞いてこい」といったんでしょう。平木さんがきまして、「八十周年、何をやろうか」と。

ひらめいたのが、私がアメリカ留学時代に感銘を受けた財団システムです。

私は、イェール大学の演劇科に留学したんですが、その間に『世阿彌』という私のその当時の代表作を英訳してもらいまして、これを上演するという仕事を始めたんです。これも詳しくいうといろいろ背景があるんですが、恩師の中に大変立派な人がいまして。ノーマン・ホームズ・ピアソンというんですけどね。そのピアソン先生、本職が英文科。アメリカで英文科っていうと、要するに国文科の教授で、日本にもある程度理解のある人で、私をかわいがってくれたんです。

その先生の勧めがあって、先生個人のおカネまでもらって芝居を上演することになった。だけど、個人からもらったくらいのおカネじゃできないんです。それでやったことが、いろんな財団を回って、おカネをいただいて上演する。これは、当時の日本からきた若者にとっては、それは驚異的なことなんだよね。

——わかります。

山崎　だって、芝居をやる。それをお金持ちが応援してくれるシステムがあるということ自体にびっくりしました。なかなか簡単にはくれないですよ。ですから、財団というものをよく観察する機会になったわけ。

――平木さんから八十周年のお話を聞いたときに、そのときの経験から、財団構想が浮かんだんですね。

山崎　そう。日本じゃ、こんな話はあんまり聞かないけれども、「やってみたらどうですか」といったんです。

そうしたらね、どこから聞いたか、情報が入ったか、それは知りません。平木さんが調べたのかもしれないし、よくわからないんだけれども、佐治さんが「財団というものはおもしろそうだ」と考えちゃったんですね。僕以外からもきっとあったに違いない。それで、じゃあ「山崎がそういうんならやろうじゃないか」と。

佐治さんには、「カネは出すが口は出さない」という、ボスとして財団をつくる心得があった。こんなこと、いまでこそ、財団をやるほどの財界人なら知っていますけれども、当時はなかなか、なかったんですよ。

――佐治さんは、おカネの使い方が上手なんですよ。

山崎　でしょうね。文字通りきれいに使う。

――「最後の大旦那」と呼ばれたのもわかります。

山崎　それから、また背景に戻るけど、日本の財団というのは、当時トヨタが代表的だったんです。いまから思うと、当時のサントリーは、もちろんウイスキーではトップですけれども、ビールという非常に大きな分野に進出したら、これが大変だったんですよ。

——はい。1963年ですね。

山崎　サントリービールがいまのように売れるようになったのは、ほとんどこの二十年くらいじゃない？

——十五年くらいじゃないですか。

山崎　ですから、会社としては大変苦しい時期に財団を始めた。なのに、出した基本財産はほぼ一五億円。いまでいえば三〇億円くらいかな。

——当時のトヨタ財団の一〇〇億円と比べると……。

山崎　必ずしも大きくはないだろうけどね、でも、大変な度胸がいりますよね。

——わかります。

二人の間に化学反応

話は、1970年代後半のことである。以下は、山崎正和の回想である——。

「佐治さんは、当時、たしか関西経済連合会の副会長をしておられたと思いますが、しきりに文化ということをおっしゃっていたんです。たとえば、『一企業を超えた関西文化』とか、『関西の営業活動をする』とかね。佐治さんは、地盤沈下する関西の巻き返しのポイントは文化だということを強調しておられた」——。

シンポジウム「大阪都市文化会議」が、大阪商工会議所の主催で開かれたのは１９７６年である。テーマは「都市の復権」で、山崎が座長を務めた。佐治敬三をはじめ、梅棹忠夫、司馬遼太郎、小松左京、黒川紀章らが出席した。オーガナイザーを務めた山崎は、このときシンポジウムのノウハウを身につけた。

会議では、「大阪復興に必要なのは、文化振興ではないか」という認識で一致した。佐治は、会議で同席した山崎について、次のように振り返る。

> 昭和五十四年、創業八十周年に際し私は、サントリーの社会奉仕活動に一層の広がりをもたせたいと考えていた。その頃大阪では〝関西復権〟の機運が大いに高まり、「中之島芸能センター」の構想や「大阪築城四〇〇年まつり」「大阪21世紀協会の創設」などさまざまな事業が実施されたが、その推進者である大阪大学の山崎正和教授と相識ることとなった。（『へんこつ　なんこつ』１９９頁）

佐治と山崎は、その後、何度かテレビ番組に一緒に出演し、親しくなっていった。大阪大学に在学中だった佐治の娘の堤春恵が山崎ゼミのメンバーだったことも、二人の縁を深くした。堤春恵は、著作『仮名手本ハムレット』（文藝春秋刊、１９９３年）で、次のように述べている。

> この本に収められた二つの戯曲（筆者注・「仮名手本ハムレット」「鹿鳴館異聞――仮装」）は、日本の近代化に演劇の面から光を当て、そこに浮び上って来る影絵を舞台にのせようとした作品であり、その

意味で私が大阪大学で山崎正和先生に提出した修士論文の延長線上にあります。学生時代から今に至るまで、能力以上のテーマにばかり取り組む私を見守りつつ励まし続け、今回の出版にあたっては身に余る序文をお寄せ下さった先生には感謝の言葉もありません。（１９５頁）

このほか、二人の間には、共通項があった。アート志向である。山崎は、もともと美学が専門で、大阪大学で芸能史・演劇学講座を担当していた。一方、佐治は、絵画、俳句、習字、写真、そして仕舞など、多彩な趣味の持ち主だった。茶道具など骨董品を「買う」「集める」趣味はなく、いずれも、それら習い事を「する」のを基本としていた。

例えば、絵画は折に触れて油絵の大作を自らものにした。また、俳句は玄鳥の俳名で、大岡信の選句による『自然薯』（角川書店刊、１９９５年）、森澄雄の選句による『仙翁花』（朝日新聞社刊、１９９８年）、そして遺句集『千年の葡萄』（角川学芸出版刊、２００８年）を出版。習字の先生は石川九楊で京都にまで足をのばして習っていた。さらに、幼少時に習った仕舞を、座興に披露することもあった。現に、こんなシーンがあった。

語るのは、山崎と親交がありベストセラー『脱工業社会の到来――社会予測の一つの試み　上下』（内田忠夫訳、ダイヤモンド社刊、１９７５年）で知られるダニエル・ベルで、１９８０年の文化財団のシンポジウムに来日した折の歓迎の宴での話だ。

それは、同夜、大阪の料亭吉兆で開かれた優雅なディナーの席でした。まず私が感銘を受けたのは、ホスト佐治氏のこの上ない礼儀正しさと、佐治夫人の存在でした。しかし食事が終わるや、佐治氏はその場を辞去し、十五分後に再び登場。今度は氏の友人、佐野善之（サントリー文化財団の初代専務理事）を従え、能の衣裳姿で登場されたのでした。そして参会者の驚きと歓声のなか、二人は前に進むと、能の謡曲を謡い、舞もいくつか被《原文ママ》露されました。その才能に、私は舌を巻きました。そして、思わずレヴィ＝ストロース教授にこう言っていました。「アメリカの大企業のトップで、シェークスピアのソネットを朗誦し、エリザベス朝風の曲が歌えるような人間なんて、想像できるかい？」。私にとって、これが佐治氏の才能の非凡な幅広さを知る最初のきっかけでしたが、その後もこうした場面には何度も出くわしました。（『佐治敬三追想録』３６３頁）

能といえば、山崎は戯曲『世阿彌』を著した。二人の相性はバツグンである。話が合わないハズがなかった。もう一つ、互いに政治への関与も共有していた。山崎は佐藤政権を皮切りに自民党政権のブレーンとして活躍したことはすでに触れた。意外に知られていないが、佐治も、政治家との浅からぬ関係があった。語るのは、元内閣総理大臣の宮澤喜一で、『佐治敬三追想録』の一文「五十年の友情」で、次のように記している。

佐治さんの文化面での多彩な業績はよく知られていますが、政治の世界でも大きな影響力を発揮されました。昭和五十一年の衆議院選挙の結果は、ロッキード事件（筆者注・米航空機製造大手ロッキードによる大規模汚職事件）の逆風もあり自民党が大敗し、保守安定政権の将来に悲観的な観測が流れました。自由経済主義の維持、発展に強い信念を持っておられた佐治さんは、ソニーの盛田さんと語らって、その翌年政界の次世代を担うメンバーと東西の若手経済人を結集した「自由社会研究会」を発足させました。政界側からは竹下さん、安倍さん、私などが参加し、月一回の懇談会は佐治さんや盛田さんのキャラクターも与かって大いに議論が盛り上がりました。「自由研」からは竹下、宮澤、海部、羽田、橋本、小渕、森と歴代総理が輩出しており、このあたりの行動力とリーダーシップはまさに佐治さんの真骨頂でした。（85～86頁）

自由研のメンバーの人選も、佐治と盛田の二人が行った。「佐治さんは主として関西地区と若手オーナー経営者、盛田さんは東京地区の大企業と大まかな分担を決め、将来の企業トップと目される有望な人材を集めた」（『佐治敬三追想録』清宮龍「佐治、盛田のコンビで作り育てた『自由研』」２１０頁）という。

こうした共通項を見ていくと、佐治と山崎の間に、化学的変化が生じたことは当然の成り行きだ。起きない方が不思議だ。

化学反応の触媒役を果たしたのが、平木英一だ。彼は大阪出身で、東京大学文学部美学美術史学科を卒業後、時事通信社に入社し企画部にいたが、１９６１年にサントリーに入社した。山崎は、平木ともウマがあった。

昭和二十四年にお別れしてから、昭和二十八年、東大文学部美学科卒。通信社に入り、子分をつくったり、酒をのんだり、ヨメさんをもらったり、十年近く、ラグビー半分、仕事半分の生活を送ってから、ビール発売をひかえたサントリーに入社しました。会社自体が、疾風怒涛の時代にのりだそうというところでしたから、もうラグビー半分などと呑気なことはいっておられません。逆風、順風のまにまに、こちらも紆余曲折、有為転変の連続です。大高（筆者注・大阪高等学校）出たときゃ玉の肌、今じゃ槍傷刀傷、ま、一寸すごんでいえばそんな感じになりますが、それは、あの時代、第一線でもまれた方がたがひとしく思われることでしょう。ようやく修羅場から、文化財団やサントリーホール、それに、これからのカルチャー・ビジネスをつくり出す部署の担当に移されて、やっと文乙、美学以来の素志を実現する機会に恵まれた、この頃です。（「平木英一さんを偲ぶ会」世話人会編『追悼文集　平木英一さん』現代創造社刊、１９８９年、１８２頁）

これは、大高第二十四回生文集『わが大高時代』に、平木が「亡羊四十年」と題して書いた一文だ。それが『追悼文集』に転載されたのである。

平木は、山崎より六歳年上だった。山崎をして、「四十代にして、親友ができるとは思わなかった」といわしめた人物である。盟友だった。豪放磊落で、親分肌の人だった。傑物だ。沈着冷静な山崎とは真逆だった。

そして平木は、佐治にとっては文字通り懐刀であり、まさに〝軍師〟だった。バブル時代の話ではあるが、関西財界の世話役を務めていた彼が奉加帳を持って財界を回れば、一週間もしないうちに数千万円が集まるといわれた。佐治は、平木について次のように語っている。

君はまさにさっそうと、あたりをはらう青年の精気をみなぎらせながら入社してきた。君はたちまちにして、私にとって強力な助っ人、右腕となり、豪胆な行動力で数多くの難問に立ち向っていってくれた。（『追悼文集　平木英一さん』「おい、平木君」77頁）

サントリー文化財団設立の際、彼は佐治と山崎の間に立って触媒の役を務めた。いわば文化財団が誕生する前夜、佐治、山崎と平木の三人の奇跡的な関係が化学反応を起こしたのである。

山崎は、文化財団の誕生の瞬間について、「多分、平木さんは、佐治さんから『いってこい』といわれたのでしょうね」として、次のように回想する——。

ある日、平木が、大阪大学の山崎の研究室にやってきた。

「創業八十周年にあたって、記念事業をやりたいのですが……。何かアイデアはありませんか」

「お祭りならいくらでも考えられるけれども、お祭りというのはどんなに大きくても花火のように一発やったらおしまい。何か長く続くものをやるべきではないでしょうか」

「そうですよね」

と、平木もいった。

そこで、「瞬間的にひらめいたのが、財団というシステムでした」と山崎はいう。

山崎は、サントリー文化財団の設立の事情について、こう口にする。「私は、日本にも文化活動をする財団が欲しいと考えていた。一方、サントリーは、1979年に創業八十周年を迎え、記念事業として何かしようと思案していた。佐治さんは、『関西復興』のため、大阪の情報発信力を高めなければいけないと考えておられたわけですから、もう、電光石火、財団の設立が決まったんです」

　しかし、じつは当時のサントリーの業績は決して順風満帆というわけではなかった。山崎にいわせれば、「ウイスキーはトップでしたが、ビールに進出したことから大変な苦しい時期でした。それなのに、一五億円の出資金を出したのは、大変な度胸ですよね」となる。

　佐治は、財団設立に至る経緯について、「かねてから大阪の情報発信能力充実の必要性を痛感していた私は、氏（筆者注・山崎）の『世界に向けた文化発信の拠点を大阪に』という構想に一も二もなく賛成した」（『へんこつ　なんこつ』１９９頁）と語っている。

トヨタ財団に〝徒弟奉公〟

　山崎はなぜ、財団というシステムに思い至ったのだろうか。

　それを知るには、山崎のアメリカ留学にさかのぼる必要がある。山崎の財団論は、ポッと湧いて出てきたものではなく、年季が入っているのだ。そこには、アメリカでの芝居の上演から、財団設立にこぎつけるまでの長い物語がある――。

　山崎は１９６４年から１９６５年にかけて、フルブライト教授研究員として米国イェール大学演劇科に留学した。そこでイェール大学のアメリカ研究科を設立した、恩師のノーマン・ホームズ・ピアソンに出会う。彼にすすめられて、留学前年の１９６３年、29歳のときに発表した『世阿彌』を上演することになった。それには、資金が必要だ。むろん、彼にはその用意がない。ピアソンがポケットマネー一〇〇〇ドルを提供してくれたが、それでも足りない。恩師がすすめたのが財団からの支援を受けることだった。山崎は、自らアメリカの名だたる財団に足を運んで寄付を願い出た。

アメリカの財団の歴史は古い。「鉄鋼王」といわれた実業家のアンドリュー・カーネギーが１８８９年、『The Gospel of Wealth』で「富者は自らの財産を信託基金として提供し、社会のために使うべき」と説いたのがはじまりである。１９１１年にカーネギー財団、１９１３年にロックフェラー財団、１９３６年にフォード財団、１９４４年にヒルトン財団が誕生した。

> 経済界もまた知識人に協力的であって、財団という組織を通じて大学と個人研究者を支援してきた。財団こそ純粋に二十世紀のアメリカの創造物であるが、フォード、ロックフェラー、カーネギーなど大型の財団だけでも、一九五三年当時に全国で七十七あったといわれる。フォード財団のこの年の収入が一億ドル、一九五七年度に支払った助成金は三億五千万ドルにのぼったという（Ｌ・コーザー、前掲書・筆者注『知識人と社会』）。外食のコーヒーが一〇セント、ステーキが一ドルでも食べられた時代に、この金額がどれほど大きかったかは想像にあまりあるであろう。そして多くの場合、この財団の運営そのものが知識人の手に委ねられ、理事会から事務局にいたるまで、彼らに仕事と生活の場所を提供したのである。（山崎正和著『文明の構図』１１３頁）

アメリカの財団は、宗教的背景や資本主義の維持など設立の動機が明確だった。加えて、助成金の使用用途には自由度があった。そして、プロの集まりだった。芸術や教育など、その道のプロフェッショナルを登用し、助成の選定などプロ人材に大きな権限を与えていた。

山崎は、アメリカの財団のあり方に大いに触発された。「私がお願いにいったアメリカの財団は、一人ひとり囲いのあるブースを持っていました。訪ねていくと、ブースに座らされて、担当者と話をするわけだけど、担当者が権限を持っていて、その場で話が決着することには驚きましたね」と語る。

文化財団の設立にあたり、アメリカの財団と同時に、山崎が参考にしたのは、サントリー文化財団の五年前の１９７４年に設立された財団法人トヨタ財団だ。じつは、山崎は、推薦を受けてトヨタ財団の研究審査会の委員となり、トヨタ財団の仕事を手伝う機会を持った。公益財団法人助成財団センターのプログラム・ディレクター渡辺元は、こう語る。

「私はかつてトヨタ財団にいました。梅棹忠夫先生がトヨタ財団の教育文化委員会の委員長でいらっしゃいました。確か、梅棹先生の推薦で、委員の一人として山崎先生に入っていただいたと思います。それで、僕は、山崎先生に会いにいった記憶があります。研究助成対象者の選考にあたって、多くは落とさなければいけないのですが、山崎先生は、木で鼻をくくったような落とし方ではなく、いつも『捲土重来を期待したい』と、優しくおっしゃっていたのが印象的でした」

この経験が、サントリー文化財団の仕組みをつくるうえで、大いに参考になる。トヨタ財団を内部から見たのは、貴重な経験だった。

財団法人としては、すでにトヨタ財団という巨大なものがありました。私は徒弟奉公に出ることにしました。まったく偶然に、トヨタのほうから助成の審査委員になってくれと話があったからです。それなら財団運営の様子がわかるだろうと思って、私は半年間手伝いました。（『舞台をまわす、舞台がまわる』２１３頁）

トヨタ財団の発起人は、当時、トヨタ社長を務めていた豊田英二である。英二は、財団設立の１９７４年から１９９８年までの二十四年間、トヨタ財団の理事長・会長を務めた。のちにトヨタ財団会長を務める、元トヨタ自動車会長の奥田碩は、英二の財団への思いについて、トヨタ財団広報誌『ＪＯＩＮＴ』（２０１３年11月）に、次のような一文を寄せている。

「トヨタ自動車が企業として大きくなれたのは、社会環境の恩恵によるものであり、その恩恵に対して報いることが何よりも重要である」、「社会への恩返しなのだから、その結果として見返りを求めるのは理屈に合わない、企業益のためではなく社会のために活動せよ」と繰り返し語っておられました。（３頁）

１９７０年代に入ると、企業は公害訴訟や消費者運動に直面し、これまでの成長至上主義をあらためる必要に迫られた。社会への貢献は、新たな課題になった。

「当時のトヨタにとって、東南アジアは重要な市場でしたから、おもに東南アジアにおける人文社会系の研究助成からスタートしました」と語るのは、現トヨタ財団事務局長の大野満だ。

英二は、財団の仕事を、東京工業大学教授で社会工学者の林雄二郎に一任した。「キーマンになったのは、林雄二郎さんという社会工学者でした。ダニエル・ベルの翻訳もしている人です。林さんがトヨタ財団の活動方針を立てて、日常の舵取りをしていたんですね」と、山崎は語る。トヨタ財団における林と、サントリー文化財団の山崎の役割には、少しばかり共通するところがあるといえよう。

林は、英二との次のような対話を前出の『ＪＯＩＮＴ』に寄せている。

> 私は理事長にこのトヨタ財団が世界的に評価されて、トヨタは立派な財団をつくった、さすがにトヨタだと世界的に評価されることだけを目標にしたいと思いますと言ったのです。そのとき理事長がぜひそういう方向でやってくださいと言われましたことを、今でも覚えております。（9頁）

英二が財団の仕事を林に一任したように、佐治もまた、財団の仕事を山崎に任せた。

トヨタ財団から学ぶことは、少なからずあったと、山崎はいう。例えば、国際助成部門、研究助成部門など、部門ごとの「プログラム・オフィサー」制度である。「プログラム・オフィサー」は、海外の大学を卒業するなどした語学堪能者が外部から採用されていた。特記すべきは、トヨタ本体からの出向者は常務理事と事務局長だけだったことだ。

逆に、学べないこともあった。山崎が「いって見て、びっくりした」というように、トヨタ財団は当時、事務を担当する職員約二十人を抱える日本有数の財団だった。

また、設立時、一〇〇億円の基金を持っていた。文化財団の設立時の基金は、前述したように一五億円である。トヨタ財団は、人文関係の研究には二年間でおよそ八〇〇万円、自然科学ではそれ以上を助成していた。山崎は、こう指摘する。

> 何しろトヨタ財団の場合は組織が巨大です。基金は三百億だったかな。サントリーの十倍です。やることも大きい。だから人間集団も巨大化していました。（略）つまり、手続きにきちんと則《のっと》っていることとか、公平を期して、毎年違う個人や団体に助成金を出す、二年連続してはならないとか、いろいろな規則がありました。細かいことは忘れましたが、とにかくこれでは一つの運動を起こすことはできないと実感しました。（『舞台をまわす、舞台がまわる』２１３頁）

のちに詳しく述べるが、アメリカの財団やトヨタ財団に学び、サントリー文化財団は少数精鋭主義を原則とする。

生活文化企業の原点

佐治敬三は、なぜ財団の設立に「一も二もなく賛成」したのか。

佐治は、財団には〝土地勘〟があった。前述したように、終戦直後に財団法人「食品化学研究所」のほか、「鳥井音楽財団」を設立している。それに、佐治は早くから、サントリーを酒をつくる会社から、広く人間の生活や文化につながる会社にしたいという思いをひそかにあたためていた。戦後日本の関心事は、腹いっぱい食べることであり、産業発展による経済成長だった。これからの日本は、生活意識の成熟による生活文化の充実が求められる。それには、価値尺度の転換を図らなければいけない。つまり、「生活文化」への挑戦だ。

75年、「超酒類企業への脱皮」を宣言し、80年には、社の進路を「生活文化企業」と規定した。これがサントリー文化財団設立の原点と重なる。

以後、「おもろいやないか」精神を起点に「生活文化企業」へと一気に突き進むことになるが、それはいばらの道だった――。

「ほな、やろか」

という佐治の一声で、いつものように総合企画会議は始まった。議題は、企業ビジョンに関する事案だった。

1963年、企業名称を寿屋からサントリーに変えたのは、佐治のビールへの挑戦が契機だった。ところが、ビール事業は思うように伸びない。ウイスキーだけに依存する一本足打法では経営が危ない。ビールのほかに柱になる新たな事業が必要となった。しかし、いつまで経っても新規事業の提案があがってくる気配はなかった。

ビール事業参入から十二年を経た1975年、佐治は社内にハッパをかけるべく「超酒類企業への脱皮」を打ち出した。酒以外の飲料や食品への進出を目指した。多角化路線に踏み出したのだ。

ところが、社内はほぼ無反応に近かった。逆に、「超酒類企業」とは何なのか。その中身がわからないという声が聞こえてきた。

佐治は、いった。

「そうやな。何をやるかわからへんから、逆に『超酒類』でええんやないか、いまのところは……」

ある幹部は、反論した。

「でも、社内は『超』では引っ張っていけません」

「『超』といっても、いったい何を超えるんや、どこへいくんや」「超えてもええけど、超えたら何があるんや」という声があがった。

「そんなことはないやろう」

佐治はあくまでも「超酒類企業」にこだわった。

「方向性が見えないんですよ」とある幹部が再び反論すると、ついに、佐治の堪忍袋の緒が切れた。

「うるさい、黙っていろ。そんなのわからへん。事業なんてすべてうまくいくとは限らへん。『やってみなはれ』でやっていくしかない」

この頃、総合企画会議では、そのようなやりとりが繰り返されていたのである。

もっとも、多角化路線といっても、清涼飲料の「オレンジ50」が売れたくらいでパッとしなかった。スポーツ事業、ウナギの養殖など、さまざまな新規事業が浮かび上がっては消えた。石油を売ろうかというアイデアまで出た。かろうじて残ったのが、医薬事業だった。後日、そこからも撤退する。

紆余曲折ののち、佐治は１９８０年、新たに「生活文化企業」宣言をしたのである。

佐治は、長年にわたって「生活文化企業」という理念をあたためていた。「生活文化」という言葉こそ使ってこなかったが、そもそも創業以来、それがサントリーの理念そのものだという意識があった。だいいち、酒類は〝致酔飲料〟ではなく、〝致福飲料〟である。酒に付随した楽しさ、豊かさを売るには、事業に「生活文化」を持ち込むことが不可欠だと考えていた。

折しも日本は、工業社会から脱工業社会の入り口に立っていた。商品は、単なるモノから次第に文化的要素を含み始めた。消費は、実用性の消費から、文化的意味の消費に向かっていた。モノを売る企業からモノを通して文化を売る企業へと歩みを進めるのは理にかなっていた。山崎は、佐治にエールを送った。

> 人びとは都市の孤独にも慣れ、工業化の求める進歩主義に駆り立てられることも少なくなった。「今ここに」を「明日どこかに」の手段と見るだけでなく、現在の時間を充実して生きようとする人が増えた。それとともに、飲酒の風俗も明らかに変化をとげ、女性の愛飲家がめだつと同時に、街に野蛮な泥酔者を見かけることが減った。
>
> これに先駆けて、日本の飲酒文化の改革者といえる佐治敬三・サントリー会長が「酒は致酔飲料ではなく致福飲料だ」と述べたのは予言的であった。（山崎正和監修・サントリー不易流行研究所編『酒の文明学』中央公論新社刊、１９９９年、２２２頁）

しかし、「生活文化企業」宣言をめぐり、これまた社内は混乱した。

社長室は、いかに社内の理解を深めるべきかを思案した。おそらく「超酒類企業」と同様に、「社長は、また何をいいよったんや」となるのは目に見えている。どのように肉付けして理解を得るか。議論を重ねた。

１９８０年の創立記念日の午後、「生活文化企業」を宣言すると、案の定、社員からは「なんやねん、それ」とブーイングの声があがった。各部門で話し合いが持たれたが、「ようわからんわ」という声が噴出した。生産部門は、「何をせえというねん。一生懸命、生産の品質に努力しているのに、それだけではアカンのか」と不満をあらわにした。営業部門は、「洋酒やビールを販売しているのに、そこへ『生活文化』といったって、どうやって売っていくんや」と理解を示さなかった。宣伝部やマーケティング部門は、「要するに、宣伝するにも、文化的香りをつければ、エエということやないの」と、表面的な受け取りをした。

現実問題として、生産や営業部門の社員にしてみれば、「生活文化企業」というビジョンが、ある日突然、降ってきたのだから、「なんやねん」となるのも、やむを得なかった。

「これからの商売は、そういう発想でないと広がっていかない。生活を楽しくしたり、豊かにするビジネスを目指さなければいけない。これまでのように、ただ単に品質や効率、価格を競うだけの商売の仕方ではダメや」と、佐治は真剣に訴えた。

当時、企業が文化を語るのは相当覚悟が必要だった。でも、考えてみれば、お酒は文化と深くかかわっている。実需と無駄の間の距離がひらけばひらくほど、文化に近づく。長い時間と手間をかけて、人びとの楽しみを商品化するお酒は、文化そのものではないか。だとすれば、サントリーは「生活文化企業」を標榜してもいいのではないかとなった。

社内の合意をとりつけるのは簡単ではなかったにしろ、佐治の「生活文化企業」への思いと、山崎の財団設立による文化の支援は、以後、見事に交わり、サントリー文化財団として一気に結実する運びとなるのだ。

第3章

「知」の舞台づくり

別の選択もあった

――いよいよ、サントリー文化財団設立の核心について聞かせていただこうと思います。

山崎　一般に何事もそうだろうと思うんだけれども、企業でも財団でも組織活動というのは、まずボスがいまして、その人の意図というのは非常に開明的です。それはもちろん当たり前ですよね。ところがね、その下に必ず部局の長にあたる人がいる。これが意外と大事で、その人がいないと、ボスの考えというのは貫徹しないんだということを、私は財団を見ていて実感したんです。

セゾンもそうなんです。トップに社長がいるんだけれども、その下に生涯をかけてセゾン文化財団をやってきた人がいるんですよ。で、この人がいま理事長になっている。これを見ていてもね、やっぱり、そういう人が部局の長にいないと、なかなか動くものではないということを思います。

――ポイントは事務局だということですね。

山崎　サントリーの場合には、それが、先ほど話した平木英一さんで、彼が私を非常に助けてくださった。

さらに背景を申し上げておくと、これはみなさんご存知ですけど、関西に一つの運動がおこっていた。関西が没落しているという意識が企業人の間で非常に広がりまして、何とかしたいと、「関西復興」というテーマがおこってきたんですね。

例えば、大阪商工会議所が、その意向を受けて一旗揚げようというので、私に相談にくるというようなことがありました。私は当時、まだ40歳になったかならないかという歳ですから、生意気なんですけど、せっかく関西にいるわけだし、個人的にいってもね、関西に定住しようという決心がそのころできたんです。

――そうなんですか。

山崎　そのころはまだ、どっちにも住むことができた。例えば、東京へ出て、少し小ぶりの自由のきく大学に就職して、モノを書くことを主力にする。それは可能性としてはあったんですね。でも、当時私は、関西大学で教えていましたが、周辺にいる学者たちと仲良くなる。周りにいた高坂正堯、森口親司なんていう人たちと親しい仲になった。そう、もう一人、蠟山昌一さんがいました。この人は本来東京の人なんですけれども、関西が好きで、ここで頑張ろうといっていた。そういう雰囲気に私ものせられた。

それから、もう一つあったのは、新幹線ですね。

――ああ、東海道新幹線の東京―新大阪間の開通が１９６４年ですからね。

山崎　１９６８(昭和43)年にアメリカから四年ぶりに帰ってみたら、新幹線ができあがっていたんですよね。これはね、だいぶ私に刺激を与えました。

――そうでしょうね。

山崎　何しろ三時間でしょう？　そうすると、大阪にいながら東京での仕事はほとんどできるんですよね。まだ若かったから日帰りだってできた。そうすると、例えば座談会とかそういうような仕事も引き受けられるというので、いろいろ勘案して「関西にいよう」と決めたころに関西復興運動がおこった。

１９７６年に大阪商工会議所のおカネで、「都市の復権」をテーマに大阪都市文化会議をやった。これはね、大阪を総動員しまして、司馬遼太郎もきましたし、梅棹忠夫、開高健、小松左京、そういう人たちを呼んで三日がかりでやったんです。そこで知り合ったのが、佐治敬三さん。あの人はなかなかの大阪人で、関西ということに非常に強いこだわりを持っていました。

財団をつくる背景には、関西復興という機運があったということです。

――文化財団の事務局の人たちについて触れないわけにいかないんですが、というのは、彼らはサントリーの社員でしょう、不思議なんですよ。サラリーマンとしてもあの人たちは、ちょっと、なんて形容していいかわかりませんけど、変わっている。みんな個性があり、勉強家といったらいいですか……。

山崎　でもね、文化財団の仕事はおもしろかったと思うんです。

――はい。みんなおもしろがっているんですよ。当時から、プロパーの女性職員にしても入社していきなり、東京出張する。数年たつとアメリカ出張に出かけたりする。

山崎　もちろん、中身は私がつくったんじゃない。初代の専務理事（佐野善之）がつくったんですけど、方針だけは、私が一応青写真を描いた。少数精鋭です。

——ええ、そこですよね、ポイントは。それから、財団の専属の研究員なるものをつくらなかったというのは、またすごい。

山崎　事務局の全員、肩書は研究員ですけど、すべての事務をやるわけです。そして一人の持っている予算、つまり自分が担当する予算を大きくするというのが、私の方針でした。

——ああ、そうですか。それとね、もう一つ、文化財団は何事も〝内製〟するでしょう。

山崎　はいはい。

——シンポジウム、研究会、旅行から出版から何から、全部、自分たちでやるんだと。これも、あの時代にはなかった。シンポジウムは、普通は広告会社なりイベント屋さんに任せる。丸投げです。最初からあんなおおごとを全部自分たちでやるというのは……。

山崎　私も一緒になっていろいろやりましたよ。

大阪を選んだのは意地

佐治敬三と山崎正和の間で財団設立の意思は完全に一致しており、１９７９年２月、サントリー文化財団設立の運びとなる。「知」のプラットフォームである。

時代の潮流や、サントリーの経営の方向性、そして個性豊かな二人、すなわち佐治と山崎の思いが交差して、文化財団は奇跡的な誕生を迎えた。その狙いは、格調高い「設立趣意書」にある。以下、長いが引用してみよう。

今日、世界の先進諸国は、いずれも大衆化、情報化、国際化の道を歩みながら、その過程で当面する新しい問題の解決に苦悩している。とりわけ、わが国においては、わずか一世紀間の急速な近代工業化により、また、本来の大衆社会的な伝統とあいまって、この人類史的な変化の中で、世界に先例を見ない時代に踏み出そうとしている。社会の各分野にわたって新しい価値観が求められ、新しい生活の様式、新しい生産の目標が、人間性についての根本的な反省から樹立されることが待たれている。いいかえれば、今やわが国においては、政治、経済を含むすべての社会運営が、広義の文化の観点から再検討を迫られているといえる。

しかも、日本の場合、経済的にはすでに世界の大国でありながら、文化的には、自己の特性を普遍的な言葉で表現し、独自の地位を認められる段階にはまだ到達していない。今後、日本が世界の中で生き、また世界ののぞましい進歩に貢献をするためには、国際的な視野で日本の文化と国民性を再発見し、それを適切に表現する能力と手段をそなえることが基本的な条件となる。

このような現状の認識に立ち、わが国に課せられた問題の解決に資するために、われわれはここに、サントリー文化財団を設立する。

人びとはこれまで、国家や企業の論理で決められた働き方や学び方に当たり前のように従ってきた。国家が強いときは寄らば大樹の陰、国家や企業のシステムの中で与えられた役割をまじめにこなすことにより、社会の一員としての存在感を確認できた。それは、ある意味、幸せでもあった。

ところが、前提である国家や企業の論理がくずれたとき、一人の個人として、どうやって生きていけばいいのか。生きる上での前提がなくなってしまった以上、個人が自信を持って生きるのは簡単ではない。「もはや産業化の原理だけでは、社会の運営がむずかしくなってしまった」と前置きして、山崎はこう述懐した。「頭の中でハッキリと意識していたわけではありませんが、今日、振り返ってみると、日本社会の知的、文化的側面をなんとかしたいという気持ちが生まれていたんですね。そんな考えを日頃から持っていたから、私に文化財団の仕組みを任されたとき、わりとスンナリとアイデアが並んで出てきました。なんていうんだろうな、私の経験というか、いろんな勉強が自然にまとまってきた。日本社会を知的かつ文化的にしたいと、日頃から考えていたからなんでしょうね」

山崎にとって、サントリー文化財団設立へと一気に走り抜ける覚悟は、政治体制への危機感や、学園紛争を経て、固まっていたのである。

以下は、「設立趣意書」の続きだ——。

本財団は、社会と文化をめぐる国際的、学際的な探究の深化をめざして、広い分野に亘つて有能な人材を発掘奨励し、独創的で冒険的な研究を助成し、あわせて世界と日本との文化的な交流の飛躍的な発展に寄与したい。そして、これによつて短期的には、わが国の厳しい内外環境への対処を助け、長期的には、日本国民と世界人類の共存発展の道に貢献したいと考える。

「設立趣意書」はむろん、山崎の筆による。

文化財団設立時、佐治は59歳、山崎は44歳だった。二人とも働き盛りだった。

文化財団が事務所を構えたのは、大阪の中心部を流れる堂島川を隔てて、堂島浜の反対側に位置する、住友中之島ビルである。向かいはサントリー本社だった。テナントには、プレイボーイクラブが入っていて、山崎はしばしばレオタードに網タイツ、頭に大きなウサギの耳をつけたバニーガールを見かけたと苦笑する。

ここで重要なのは、文化財団が東京ではなく、また関西の中でも京都ではなく、大阪を拠点にしたということだ。

母体のサントリー本社が大阪にある以上、常識的な判断と考えられなくもないが、それはそれとして、山崎は「大阪を選んだのは、〝意地〟ですね」として、遠くに視線を走らせてこう語った。

「財団の運営から見れば、東京に事務所を置く方が便利かもしれません。財団を東京に置くという選択肢はあったはずです。学者も東京にはたくさんいます。振り返って、大阪に本部を置いたことの収支計算をしてみたら、損の方が大きいかもしれない。でも、やっぱり佐治さんの関西愛が働いたのだろうね。私の場合、物書きとして、東京にいた方が仕事の依頼は多かったでしょう。でも、いま振り返ると、東京に住まなかったのは賢明な選択でした。東京から離れているので、テレビなどで便利な物書き、評論家として使われることがなかった」

山崎は、関西復興の活動、そして文化財団の設立にかかわったのを機に、関西定住の意思を固めた。

「せっかく関西にいるわけですし、関西に定住しようという決意ができたんです」という。

いってみれば、その選択は、山崎の後半生を運命付けた。

彼は、関西在住の劇作家、大学教授、評論家、そして文化財団の運営に全面的に携わる組織人として、多面的、多層的な顔をもって歩むことになる。四足のワラジである。それは、関西によって育まれたのではあるまいか。多分、万事忙しい東京に出ていたら、四足のワラジはとてもムリで、マスコミの使い捨てにあっただろう。関西に住んだおかげで、マスコミとも適度の距離感をもって付き合うことができた。

大阪は古くから民間なかんずく企業の社会貢献活動が盛んな土地柄で、サントリーもその範疇に入る。そうした「地の意志」ないしは「地霊」がからんでいるように思えてならない。つまり、本拠地を大阪に構えた結果として、文化財団の性格が形づくられたといっていい。それは、一言でいえば、しなやかで柔らかい組織である。

よく知られているように、大阪の歴史は多様な「民の力」によってつくられてきた。大阪独特の「ソフト力」といっていい。文化財団が誕生した土壌の話であるが、大阪知識人の「民の力」を結集し、議論を重ねながら文化を創造し、発信していくのである。

不思議都市の「民の力」

考えてみれば、大阪は、稀有な都市である。他の都市にはあまり見られない「民の力」という摩訶不思議なパワーを秘めている。

江戸、京都、大阪のうち、江戸には幕府があり、京都には天皇がいた。大阪は、商いの町で、権力や権威とは無縁だった。すなわち、「民の力」に依存するしか生きる道はなく、民主導で町づくりをしてきた。江戸時代に「天下の台所」と呼ばれたように、商業を中心に発展し、文化や街の形成に「民の力」が大きく関わっている。その点、官からの払い下げの恩恵を受けた東京の対極にあるといっていい。

例えば、水の都の大阪には八百八橋があるといわれるが、そのうち、「江戸時代、大阪に官立の橋は一一しかなかった」というのは、司馬遼太郎である。

> 日本橋とか、そういう名前のついたところは、官立の公儀橋。あとは、多左衛門橋とか淀屋橋、心斎橋、常安橋など人の名前がついてますね。それはみんな、橋のそばにいる地元の人間が金をだしてつくり、補修費までだしつづけていた。このよさが、かつての大阪にはあるんです。（梅棹忠夫編著『日本の未来へ　司馬遼太郎との対話』日本放送出版協会刊、２０００年、１５７頁）

そういえば、大阪大学は、幕末に栄えた大阪の私塾、緒方洪庵の適塾の精神を引き継ぐかたちで半官半民でつくられた。国立大学は京都にあるから大阪には不要という国の方針に対抗し、費用の半分は大阪の経済界が負担した。また、大阪大学の学問的系譜といわれる江戸時代に創設された懐徳堂は、大阪の商人によって設けられた学問所だ。１７２４（享保９）年、〃五同志〃と呼ばれる有力メンバーによって大阪船場に生まれた。

> 五同志をはじめとする商人たちの、懐徳堂を維持・運営するための創意と工夫は、（略）入念で徹底したものであった。懐徳堂の歴史的役割は、その輝かしい学問的成果に光が当たりがちであるが、それを支え育んだ学校としての組織・運営面での実績は、今日の学校法人や財団法人等の公益法人の組織的活動に先鞭をつけたものとして、高く評価されるべきであろう。（伊木稔著『文化を支えた企業家たち――「志」の源流と系譜』ミネルヴァ書房刊、２０１６年、68頁）

いってみれば懐徳堂は、江戸時代のサントリー文化財団といってよかった。「懐徳堂の素晴らしさは、番頭さんから丁稚さんまで誰でも入ることができたんです。しかも、座席は、上から順番ではなく自由でした。授業料は番頭さんは何十銭とすると、丁稚さんは筆一本とか半紙一束でよかったんです。すごい学校でした」と、大阪大学総長を務めた鷲田清一はいう。

こうした伝統は、いまもまちづくりを牽引している。ＮＰＯや市民活動に引き継がれ、大阪を「民の力」で盛り上げようという気運は根強いのである。

１９８３年から毎年の年末、大阪城ホールで開催されるイベント「サントリー一万人の第九」がまさにそれだ。一般公募によりその都度結成される一万人の合唱団を伴って演奏される。大阪の「民の力」の一つといえる。その冠スポンサーとしてサントリーに白羽の矢が立ち、佐治は快諾した。彼は毎年、合唱団の一員として、「抱き合え、幾百万の人びとよ」――と「歓喜の歌」を合唱するのを常とし、喜びとした。

それから、大阪の「民の力」の文化、なかんずくサントリーの文化活動を考えるうえで、見逃せないのは、大阪に古くから「寄付文化」が育っていることだ。大阪の不思議なパワーの源泉である。大阪の「寄付文化」のルーツは、いったいどこにあるのか。

江戸時代の大阪は、日本中の物資が集まる商都だった。商業都市・大阪には、「きたのう貯めて、きれいに使う」という精神があった。

商売上はきたないといわれるほどにムダを省き、倹約をしても、一歩、商売から離れれば、世のため人のために、できるだけカネを使うという美徳の価値観である。つまり、大阪商人はムダ金は使わないが、必要とあれば、大胆にカネを使うということだ。心意気である。

大阪の八百八橋は、そうした心意気をもった町人の寄付でつくられたというわけである。大阪にはまた、住友家が寄贈した中之島図書館、相場師だった岩本栄之助の寄贈による中央公会堂など、「民の力」によってつくられた建築物も数多い。

この「寄付文化」の精神は明治以後も続き、公共施設や美術館、小学校などが市民の寄付で建設された。そういえば、昭和初期に再建された大阪城も市民の寄付による。しかし、第二次世界大戦で大阪が灰燼に帰し、商業の中心が東京へ移ると、そうした美徳は次第に薄れていった。

その点、サントリーは違った。佐治は、大阪の伝統ともいうべき「寄付文化」の精神を保ち続けた。

夢は大きく、愛深く、志高く

佐治敬三のモットーは、「夢は大きく、愛深く、志高く」であった。「夢」「志」を大きく、高くもつことはわかる。「愛深く」はどういうことだろうか。

佐治の人柄を語るうえで、一人の人物を紹介したい。大阪の下町に生まれ育った、建築家の安藤忠雄である。

> 私は大阪に生まれ育ったことに誇りをもっている。とくに昭和の初めに、道路幅四十三メートル、長さ四キロの御堂筋を構想した時の関一《せきはじめ》市長と、それを実際につくりあげた大阪の市民を思うと、このまちに生まれてよかったと心から思う。多くの不便があっても、私は最後まで大阪を拠点として、ここから東京へ、そして世界へ発信していきたい。独学で建築を学び、学歴も社会基盤も無い私を育ててくれたのは、大阪の街と人だと考えているからだ。（安藤忠雄著『仕事をつくる　私の履歴書』日本経済新聞出版社刊、２０１２年、65頁）

安藤にことのほか目をかけたのは、佐治である。彼は、佐治の人柄について、こう語っている。

> かつて関西に大勢おられた自由で豪胆な経営者たちとの出会いが私に与えた影響は計り知れない。

なかでも、サントリーの佐治敬三さんとの楽しい思い出は語り尽くせない。出会ったのは１９７２年。それ以降、年に一、二度だが、北新地でお目にかかるたびに、「ついてこい」と声をかけてくださった。「人間、前を向いて生きていることが一番大切」「ぶつかってもいいからとにかく自由にやれ」。教わったことは数えきれない。

佐治さんは、私のことは何も聞かず、ただ「人間として面白そうだから」という理由であちこち連れて行ってくださった。お会いしてから十数年たったころ、「お前、建築家らしいな」という。「知らなかったのですか」と問い返すと、「いちいち学歴や職業など聞いておれん。一生懸命生きとるかどうか、それだけや」と言われた。（１１８頁）

安藤は、佐治からモダンアートのサントリーミュージアム「天保山」の建築設計を依頼された。敷地は、大阪湾に面していた。経験のない規模に不安を感じていた安藤を、佐治は「失敗してもええから、全力でやれ」と激励した。１９９４年に開設されたサントリーミュージアム「天保山」は２０１０年に休館後、サントリーが大阪市に寄付し、「大阪文化館・天保山」として生きている。

安藤が１９９７年春、東京大学に招聘された際、佐治は大反対したが、東京行きが決まると、「東京でイジメられないように」と、料亭で盛大な〝激励会〟を開いた。

東大の先生方を招いての壮行会を十日戎《えべっさん》の日に大阪・ミナミの料亭で開いてくれた。元阪大総長の熊谷信昭先生や三宅一生さん、故田中一光さん、中村鴈治郎さんら友人、知人、さらに縁のある関西経済界の方々がわざわざ集まってくれた。盛り上がったところで佐治さんは一言、「これだけ接待したのだから、安藤をいじめないで下さいよ」。こうして97年から5年余り、大阪と東京を忙しく往復する日がはじまった。（１８４～１８６頁）

佐治の面目躍如である。佐治はもともと大商人であり、大旦那であり、お座敷遊びの名人だった。

　佐治さん、森下泰さん（故）、坂上忠兵衛さん（故）、辻本博さん（故）、古市実さんと皆さん新進気鋭のお集りの中、かけ出し女将の私も入れてやろうと言ふ事で男六名女一名で七福会と名づけられました。それから三十有余年、折々幹事は趣向をこらし、時には丁稚姿におちょやん（仲居の見習）姿で箱膳をしつらえ、船場汁に舌づつみ、又鉢巻、半纏に屋台ずしと、それは〳〵はしゃいだものでした。（略）

　又、こんな事もありました。

　いつものように生粋の大阪弁で、芸妓さん達をからかっていられる様子をこれも今は亡き、司馬遼太郎先生がご覧になっていて「ナア女将さん船場の大旦那は、佐治さんがホンマに最後やろナア」としみ〴〵おっしゃいました。さすがに先生、そのお言葉は、私共の思ひを全て言ひつくして下さったと耳からはなれません。（『佐治敬三追想録』大和屋女将阪口純久《きく》「最後の大旦那《おおだん》さん」４７４～４７５頁）

大阪の旦那衆は人形浄瑠璃など芸術家のパトロンになったり文化サロンを開いたりした。大阪商人の心意気である。佐治も同じだった。

開高、山崎、安藤をはじめ、惚れ込んだ相手は、徹底して面倒をみた。大阪商人の〝旦那の思想〟を受け継ぐとともに、並外れた慈愛の持ち主だった。

ニューヨークでの週末

山崎もまた、「本当の関西人じゃない」といいながらも、大阪への思いがあったのは間違いない。大阪大学で教鞭を執るかたわら、大阪の復権に奔走し、さまざまなプロジェクトの推進役をかって出た。これもまた、劇作家や教授の顔とは異なる多面的な山崎の一面である。行動する知識人だ。

例えば、関西経済連合会と一緒になって進めたのが、中之島の阪大医学部跡地に「中之島芸能センター」をつくる計画である。山崎は、「中之島芸能センター」を核に、文化による大阪復興を計画した。山崎は、ヘルシンキ、ロンドン、パリを歴訪して欧州の劇場事情を視察したが、しかし、行政はこの話に乗らなかった。山崎のソフト先行による公立劇場の構想は、彼の音頭取りで、２００５年に開館する兵庫県西宮市の兵庫県立芸術文化センターとして結実する。

続いて、山崎は、大阪市が企画した「大阪築城４００年まつり（別称・大阪城博覧会）」に参画する。１９８３年10月１日から二か月間にわたって行われたこのまつりは、財団法人大阪21世紀協会初代会長の松下幸之助が開幕宣言をし、セレモニーには当時の皇太子殿下、妃殿下をはじめ、国内外の来賓九〇〇〇人が列席した。会期中、大阪城公園一帯ではさまざまな市民イベントが行われた。先に記した「サントリー一万人の第九」は、その一つである。

山崎が、「民の力」で民が主役の社会づくりを目指そうとしたのは想像にかたくない。文化財団の活動はその延長線上にある。

山崎はもともと、文化を担い、支えるものとして都市への関心が強い。こだわりといってもいい。考えてみれば、彼は基本的に都会育ちで、田舎で暮らした経験がない。京都はもとより、満州にしてみても大都市の奉天で小学校、中学校時代を過ごしている。文化あふれる都市への愛着が強い。次のように述べている。

文化の発展ということをいえば、文化は本来、大都市がなければ内発的な成長をすることができないものだ、とさえいえそうです。（略）

わかりやすい例をいえば、現在、新劇やオペラなどというものを好む人は、日本の人口の一パーセントもいるかいないかだろうと思います。千人の村で人口一パーセントといえば十人ですが、十人しか客がいないところでは新劇もオペラも成り立ちませんから、この場合は十人の存在はゼロになります。ところが、百万の都市では一パーセントは一万人ですから、これでそれらの公演は充分に成り立つわけです。（山崎正和著『混沌からの表現』ＰＨＰ研究所刊、１９７７年、１０４～１０５頁）

アメリカ体験もまた、山崎の関心を都市へと駆り立てた。１９６４年に米イェール大学にフルブライト教授研究員として留学中に、彼は日曜日のたびにコネチカット州ニューヘイブンからバスでニューヨークに出かけ、ブロードウェイで一日に何本もの芝居を見たり、美術館巡りを欠かさなかった。その後、同大学およびコロンビア大学に勤務した。この二度のアメリカ体験を通して、都市の核であるニューヨークのリンカーン・センターやワシントンのジョン・Ｆ・ケネディ・センターなどの活動に接し、都市への関心を一層強めた。それらの運営における財団の存在に注目し、日本にも文化を推進するための財団をつくるべきだと考えるようになったのは、前述の通りである。

文化財団が〝サントリー財団〟とせずに、あえて「文化」を冠し、サントリー文化財団としたのも、なんとしても文化による関西復興をなすという、山崎と佐治、二人のきわめて強い思い入れがあったからだ。こだわりである。

それから、もう一点、事情があった。サントリーが財団をつくるとなれば、世の中は早とちりして〝酒の財団〟と受け取る可能性がある。しかし、財団設立の目的は、サントリーの本業とは無関係であり、そのことを示すためにも「文化」の付与にこだわった。

そもそも財団法人を設立する場合、活動内容に応じていずれかの省庁あるいは都道府県に設立認可を申請する必要があった。「申請先は時には二つ以上の省庁にまたがる時もある。申請を受けた役所では審査を行ない、特に問題がなければ設立を許可する」（林雄二郎、山岡義典著『日本の財団』中央公論社刊、１９８４年、３頁）ことになっていた。現在でも公益財団には税制優遇措置があるところから、三年に一度規制を守っているかどうかの立ち入り検査が行われる。

当時、文化の名を冠した財団は、非常に異色だった。名称に「文化」をつけるかどうかをめぐって、申請先の文部省（現文部科学省）と激しくぶつかった。文部省は、「文化」ではなく、「学術」にすべきだと主張した。「じつは、文部省と一か月か二か月間、やりあったんです。なぜ、学術ではなくて文化なのかとね」と山崎は語る。

例えば、文化財団は、活動の一環としてサントリー学芸賞とサントリー地域文化賞の二つの賞の贈呈を考えた。それに対する文部省の見解はいかにも役所的だった。学芸賞は学術国際局の所轄に対して、地域文化賞は文化庁の所轄だという。サントリー文化財団の活動は、いったいどちらにウエイトがあるのか。話を聞くと、学術国際局のようだが、そうなれば、地域文化賞は削らなければならないという。ずいぶん、乱暴な話である。

また、学術国際局で認可を得る以上、財団名も変えなければいけない。文化財団のように「文化」という名称がつくと、文化庁の所轄になるので、「学術財団」にすべきだとおせっかいを焼いた。文部省に顔のきいた山崎は、旧知の事務次官に会うなど、あの手この手で自らの主張を貫き通した。結果、申請からわずか五か月で認可にこぎつけた。画期的なスピードだった。

稀代のプロデューサー

山崎はこうして、たった一人で、一気呵成に文化財団のシナリオを書き上げ、設立に邁進した。

山崎は当初、友人の小松左京に「サントリーと組んで財団をつくるから、一緒に理事になってくれないか」と持ちかけた。小松は理事に就いた。ところが、意見が対立した。小松は、「やるからには、俺たち知識人が企業の上に立ってやらなければいけない。サントリーのほか、幾つかの企業に共同出資してもらって、自分たちがトップになる」と主張した。

「いや、私も多少、企業は知っている。企業の枠組みを取っ払って、何社か一緒になって財団をつくるなんていう話にはムリがある」

「一社とやると、オーナーが口を出すに決まっている。お前、もっと大きく出ろ」

そういって、小松は、他の企業や広告代理店などと組むことを提案した。

「それはムリだよ」

といって、山崎は断った。

そんなわけで、小松は文化財団との縁が薄くなる。

この際、強調しなければいけないのは、山崎のプロデューサーとしての力量である。構想力といってもいいだろう。劇作家としての手腕といってもいいかもしれない。例えば、『世阿彌』の第一幕の冒頭には、こう記されている。

応永十五年、ときは四月、ところは足利義満の営む北山第《きたやまてい》の外庭。といっても写実的な建造物などむしろ目障りである。ただ白と紺の市松模様の障壁と、金色に輝く数本の柱とが、適宜組みあわされて背景を埋める。

正面に数段の階段があって、回廊の中門のようでもある。
桜が満開。花房を洩れる光が舞台一杯に氾濫して、人の顔を上気させて見せる。下手よりに豪華な牛車《ぎっしゃ》が、これまた考証を離れた装いで、ひっそりと御簾《みす》を降ろしている。その傍らには恐ろしく逞しい侍者が一人、薙刀《なぎなた》を片手に終幕まで佇立している。
幕があがると、上手よりに、歩き巫女《みこ》の老婆、鉢叩きの老人、ささらすりの中年男（いずれも乞食藝人）が醜怪な姿でたむろし、やや離れて、鳥刺しの若者と白拍子の娘とが寄添って坐っている。

（『山崎正和全戯曲　第一巻』２６５頁）

もう、このト書を読んだだけで、芝居のイメージを喚起されるではないか。かつて観た松本幸四郎（現白鸚）の演じる『世阿彌』のピーンと張りつめた緊迫したシーンがたちどころに鮮明に甦ってくる。

山崎にとっては、戯曲を書くのも、財団設立の仕組みをつくるのも、同じ作業だったに違いない。多くの人が指摘するように、芝居を書くようにして、文化財団のシナリオを描いたわけだ。つまり、山崎は、文化財団という戯曲の作者であると同時に、プロデューサー兼演出家でもあった。

アメリカのブロードウェイでいえば、プロデューサーは興行に全責任を負う。カネ集めからキャスティングや現場の仕切りまでする。じつにクリエイティブな仕事だ。〝本読み〟で作品の解釈、演出の方針などを説明する。舞台装置を前にシーンはこうで、装置はこうで……と、すべてのプロット解説をする。

その点、日本の演出家はそこまでしない。役者の意見を聞きつつ芝居をつくっていくのが普通とされる。

山崎は肩書きを記す場合、「評論家」ではなくて必ず最初に「劇作家」をもってくるように求めた。そして演劇活動をしていたときには、「僕がいちばんなりたかったのはプロデューサー」と語った。文化財団の設立は、芝居の舞台づくりと同じで、プロデューサーとして文化財団なる劇の舞台をまわしていたという見方は、あながち間違っていないだろう。

では、文化財団のキャスティングから見てみよう。設立当時のメンバーは、理事長が佐治敬三で、専務理事は住友海上火災常務出身の佐野善之、事務局長は関西経済連合会出身の石井孝史である。平木が、手際よくトップ人事をまとめた。佐野は、佐治とは浪高の同級生である。本職は能楽師で、観世流職分だ。『世阿彌』の作者の山崎といい、仕舞や謡を習っていた佐治といい、サントリー文化財団の古典芸能度はことのほか高い。これは、縁というほかない。

理事には、高坂正堯、小松左京、山崎ら十人、また評議員には梅棹忠夫、京都大学教授の森口親司、蠟山昌一らが名を連ねた。大阪文化界のそうそうたる顔ぶれが揃った。

ここで、佐治の推薦を受けて財団にやってきた、財団初期のキーパーソンで最初の事務局長、石井孝史を紹介しよう。

石井は、「当時、関西財界の中でも、キラリと光る存在でした」と山崎がいうように、才人だった。

「しかし、彼は最初、戸惑っていたようです。財団なんて聞いたこともないわけですからね」として、山崎は、石井と次のようなやりとりをしたという。

「いったい、私は何をやればいいんですか。ヘタをしたら、区役所の窓口みたいになってしまいませんかね」

「いやいや、始めてみなければわからないけど、きっと忙しいよ」

石井は「知」に対する鋭い感性を持っていた。のちに触れるシンポジウム「日本の主張」の内容について、彼は斬新なアイデアを出した。

「日本人のシンポジウムを開いてもおもしろくないでしょう。主力は、外国人にしましょうよ」

石井は、シンポジウムのゲストスピーカーに社会学者のダニエル・ベルを推薦するなど、大いに才覚を発揮した。ただ、石井は、残念なことに、のちに私的事情から文化財団を辞めた。

事務局スタッフの役割

さらに、山崎は采配を振るった。

山崎は、平木に二つのことを約束させた。それは、注文といってよかった。じつは、この二つの約束が、文化財団を成功に導く隠れたカギである。

一つは、事務局をできるだけ少人数で運営すると同時に、一人が担う機能をできるだけ大きくすること。もう一つは、事務局のトップに定年間際の人を据えるのはやめてほしいということだった。つまり、少数精鋭主義を基本とした。そのことを、山崎は佐治に直接頼んだ。

「大きな会社の財団は、〝姥捨て山〟のような一面があると思われていたからです。実際、仕事はルーティンワークがほとんどで、クリエイティブな仕事は少ないので、それで済んだのでしょう。しかし、私は文化財団は専務理事、理事、事務局長を含めて、一緒に仕事のできる人を配してくださいとお願いしました」と、山崎はいう。

前に触れた如く、山崎はアメリカの財団について、「担当者が権限を持っていて、その場で話が決着することには驚きましたね」と語っている。いってみれば仕事のできる有能な事務局スタッフ、アメリカでいうところの「プログラム・オフィサー」的人材を求めたのだ。

こうした山崎の具体的要望に、サントリーは全面的に応じた。それは、いまも守られている。２０１０年にサントリー文化財団理事長に就いた、現サントリーホールディングス代表取締役副会長の鳥井信吾は、『別冊アステイオン　それぞれの山崎正和』の「永続するサロン、サントリー文化財団」の中で、山崎から次のようにいわれたと語っている。

（筆者注・山崎）先生から最初に言われたことは、「サントリーからの出向者で、実質的に財団をリードする財団の専務理事や事務局長は、現役で精力的に文化に貢献できるサントリーのトップクラスの人材をお願いしたい。これは佐治敬三さん、鳥井信一郎さん、佐治信忠さん、歴代の理事長にずっとお願いしてきたことでもある。よろしく頼みます」との言葉であった。（２４９頁）

このことは、想像以上に文化財団の四十年間にわたる知的活動を支える体幹を形成した。実際、事務局スタッフの献身的な活躍は特筆に値する。前述したように、本社から文化財団への人材の派遣など、事務局の構築に采配を振るったのは平木で、彼の存在なしには文化財団の活動は考えられなかった。ところが、平木は、文化財団設立十年後の１９８９年、病で亡くなった。61歳だった。普段、決して感情に溺れることのない山崎だが、通夜の席上、棺の前で号泣した。

> 平木さん。あなたの逞しい体は倒れましたが、あなたの夢は生きています。経済と文化の結びつきが時代の課題となった今、あなたの先駆的なお仕事は、これからますます深く人々の記憶に残るでしょう。（『追悼文集　平木英一さん』山崎正和「霊前にささげる」１５９頁）

山崎マジックの秘密

山崎は、文化財団設立九年後の１９８８年、事務局スタッフの活躍ぶりについて、『都市開幕——国家と世界をつないで』（山崎正和編、ティビーエス・ブリタニカ刊、１９８８年）で、次のように記している。

> わが事務局員は将来を嘱目されて潑溂としている。少ない人数で、学芸賞、地域文化賞、研究助成、海外出版助成という四つの事業をこなし、さらに研究所の運営、国際シンポジウムの企画、「季刊アステイオン」という綜合雑誌の編集まで助けている。事務局長みずから陣頭に立ち、会議の日程の調整や郵送物の処理はもちろん、海外との折衝、受賞候補の調査、研究会の報告書作成か

ら、雑誌の原稿取りの仕事まで片づけるのである。（２０６頁）

もっとも当初、事務局の活動は手探りだった。設立されたばかりで実績がない以上、その活動内容を理解している者はサントリーの本体には皆無。そこで、本体から一人の若い社員が送り込まれた。１９７６年に入社した勝田哲司である。「できれば、若手の阪大出身者をお願いしたい」という山崎の希望に沿って選ばれた。

サントリーに入社して三年目が終わろうとしていた勝田は79年2月21日、人事部労務課から新しく誕生する文化財団に出向することになった。

「2月1日の創立記念日に、サントリー文化財団をつくるという発表があって、すぐの発令でした。新しいところにいくんやなというのはわかりましたけど、自分がそこで何をするのかは、まったく想像もつかなかった。何年か後になって、周りの人からは、『あのとき、お前があそこにいったのはかわいそうやなと思った』といわれましたね」

と、勝田は振り返る。

「設立当時の職員は、プロパーの女性二人を加えて計三人だけだったので、僕は事務仕事も含めて、コツコツやっていました。いまは、ＣＳＲ部がある程度、バックアップしてくれますが、当時はそういった部署もありませんでしたから、どこの部署に何を頼みにいったらいいかというのも、自分で考えなければなりませんでした」

そんな勝田が心配だったのだろう。原籍の人事部の上司で、のちに副社長を務めた内藤俊一は、勝田をしばしば飲みに連れ出した。「参ってんとちゃうとか、ノイローゼになってんとちゃうとか、気にしてくれていたんだと思いますね。仕事は大変でしたけど、おもしろかった。財団の仕事が、私の会社人生を決めたようなところがありますね」と、勝田はいう。その後、一度、サントリー本体に戻ったあと、彼は文化財団事務局長、サントリー美術館支配人などを歴任する。

じつは、山崎も学者や研究者とは違って、事務局のスタッフに対しては同僚扱いで親しく交流を図った。勝田はお互いの自宅が近いこともあり夫婦で山崎の家に呼ばれ、ご馳走になることが少なからずあった。また、文化財団が落ち着いた頃には、関西在住の高坂などの学者グループのほか、事務局スタッフも交えてテニスに興じることもあった。「山崎先生は、事務局員のことを家族のように思ってくださっていました。もともと誰に対しても心のこもった対応をされる方でしたが、事務局についてはことさら気さくに接してくださり、そのことは、いまも彼らにとって喜びであり、励みとなっています」と、前出の鳥井信吾は語る。

勝田には、強烈な思い出がある。ある日の午後七時か八時頃、平木の常務室を借りて開かれた会議に初めて参加したときのことだ。

「じゃあ、君、黒板にメモをとりなさい」と、山崎にいわれた。それが、山崎に出会った最初である。

山崎は、勝田を書記役にして、次々とアイデアを繰り出していった。

山崎のアイデアは、以下、五つのプログラムにまとめられた。①ユニークで優れた学術書を対象にしたサントリー学芸賞、②地域文化に貢献した人たちを励ますサントリー地域文化賞、③社会と文化に関する国際的・学術的視点からの調査研究に対する助成、④学際的な交流ができるサロンのような研究会、そして、⑤日本の社会と文化についての国際理解の促進のための海外出版助成——である。

「いま振り返っても不思議なのですが、現在まで財団の活動の柱になっている事業が約三十分で次々にひらめいた。ただ、これは単なる思い付きではなかった。過去にかかわった組織で実現できなかった苦い経験や文化の現状への問題意識が発想の原点にあった」と、山崎は語る。

〝山崎マジック〟である。優れた知識人が同時に優れた組織人であることはまれである。その点で、「山崎先生は特異な存在だった」として、次のように語るのは、東京大学名誉教授の御厨貴である。

「それは、組織も資金も無視しては成り立たない演劇という世界での経験が関係しているのだろう」——。

第4章

言論界の構造改革

学芸賞の選考委員

――サントリー文化財団をつくられた際、なぜ、サントリー学芸賞（以下、学芸賞）を設置しようと思われたんですか。

山崎　私も、多少とも文壇にいましたから、文学賞をつくることはすぐ思いつく。だけど、大きな出版社がいっぱい賞をつくっている中で、新しい賞を出したって勝ち目はないですから、それはやめて、学芸賞にしようとなった。

　それにつけては、私が大学で感じていた反省もありました。というのは、当時の大学は閉鎖的で、学問といわゆる商業出版は両立しないというような考えがありました。私の直接の恩師なんかはそうでした。

――ああ、そうですか。どんな風に……。

山崎　「若いくせに本なんか書くな」といって、若い研究者には論文を学会誌に載せることを強要する。

――学術論文ですね。

山崎　うん、学術論文。それ以外のものに筆を染めてはならないというような気風がありましたね。要するに、カネで原稿を売るというのはもっともダメだというような考えがあった。

他方、学問それ自体は、その頃から非常に専門分野の力が強くなってきた。つまり、専門を持ち、その専門を深く狭く掘るのが尊いことだという考えです。これは、じつはいまもそうです。

――そうですね。

山崎　むしろ、いまも専門分野の力についていては、ある意味で強まっているくらいです。

――専門を持ってないと、学者として一人前に扱ってもらえない。

山崎　一つには競争がある。非常に学者同士の競争が激しくなってきた。自分が狭い専門家になっていると、侵略されないから怖くないですよね。

とにかく、そういう反省もあったので、逆に自分の分野を少し超えるとか、自分の分野で仕事をしたとしても、少なくとも読者層は広いという姿勢でモノを書く人を奨励しようではないかという意図で設けたのが学芸賞だったんですね。

――学芸賞の受賞者の顔ぶれを見ていると、僕も知っている先生が多いんですが、よくああいった学者や研究者を選ばれたなと思うんです。個性の豊かな人が少なくない。今日の知的世界を背負っている人ばかりですよね。

山崎　ああ、その意味でも、あっちの方面からの妬みとかそういうものがなかったというのが、大変よかったですね。不思議なことに、学芸賞の受賞者には、それまで非常勤講師だった人がどこかに呼ばれて、職を得たというケースもあります。

――学芸賞が果たした役割というのは、本当にとてつもなく大きい。新しい人が学芸賞を取ると、その世界で一人前と認識される。

山崎　そうです。

――学芸賞は、新しい人たちを意識的に発掘していったわけですね。

山崎　まあ、そういうことでしょう。

――学芸賞から新しい学者、研究者が生まれていることは確かですよ。

山崎　私は根本的に文壇嫌いで、小林秀雄という人について、非常に違和感がありました。だから、ああいうことはやるまいという気持ちが非常に強かった。立場の違いを明らかにするなら、江藤淳は小林秀雄の跡継ぎになりますよね。

――そういう気を持っていましたよね、あの人は。ある作家の誘いで、私はお座敷でお会いしたことがあります。

山崎　彼は実際に文壇をつくって、私を家来にする気持ちだった。『季刊藝術』をつくり、同人誌をつくって、そこへいろいろな伝統的な手法を全部盛り込んだ。

――江藤淳さんは、お正月になると若手を呼んで新年会をやっていました。呼ばれて喜ぶ人もいたといわれています。

山崎　だから、そういうやり方とは、全部逆をやったのが文化財団でしょうね。

――新年会なんかは、やらなかったですか。

山崎　財団として研究会をやっていて、終われば打ち上げはやりますけどね。いわんや私個人が、誰かを招待してっていうのは絶対やらなかった。

――学芸賞を続けるうえでは、選考メンバーが重要ですね。

山崎　その点については、いまだにもって感謝しています。例えば五百籏頭眞さん、猪木武徳さんという人たちは、もう世代も違う。お二人は京都大学ですが、私よりも若いんですよね。高坂さんのお弟子くらいにあたる。こういう人たちにどんどん任せていったら、この人たちが次々と若い人を呼んできた。結果、その人たちが財団の雑誌(『アステイオン』)に書くようになったり、積極的に発言するようになったということです。

――ああ、すそ野が広がったんですね。なんというか、スムーズに進んだ。

山崎　運もよかったんです。でもね、努力もしましたよ。これもいっていいと思うけどね、主要なメンバーになってくれている文芸評論家の三浦雅士さんなんて、留学先のニューヨークまで私が会いにいった。お互いに全然知らない。文通もない。

――そうだったんですか。

山崎　書いたものは読んでいた。いまだに覚えているけど、この人は入ってもらおうというので、たまたま私たちもニューヨークへいく機会があったので、あるホテルに会いにいった。彼、キョトンとしているんですよ。でも、しばらくしゃべっていたら打ちとけてくれて、いまや重要なメンバーですからね。

――そうなんですか。

山崎　ええ。こっちが足を運んでお願いにいくような人もいたけど、人がひとを呼んでくれたというのがいちばん大きかったんですけどね。

——さらにいえば、学芸賞を取った人たちが、後に、今度は文化財団を支える側に回りましたよね。

山崎　それも、もちろんあります。いまとなってはかなりの数、理事も評議員も、もうほとんど受賞者でしょう。不思議にみんな財団のことを好きになってくれるんです。

——それは、やっぱり山崎さんの存在があるからじゃないですか。

山崎　いやいや。それはね、結果的にだけど、財団という事務局を含めた人の集まりが、なんとなく皆を惹きつけている。

——なぜこれほどの研究者が集まったかという理由は、そこでしょうか。

山崎　一つには、財団の飯がうまかったということもあるよ（笑）。

——おもてなし（笑）。謝礼は弾んでもらっても、楽しくない集まりもあるそうですからね。文化財団の場合は、選考会が終わった後の懇親会も楽しいという声はよく聞きます。

山崎　それは大きいよ（笑）。

〝隙間産業〟に注目

サントリー文化財団の金看板は、サントリー学芸賞である。

山崎正和が行った学芸賞の制度設計を見てみよう。精緻な構想があったからこそ、学芸賞は今日まで続いているのである――。
１９７９年の学芸賞の設置にあたり、「政治・経済」「芸術・文学」「社会・風俗」の三部門を設けた。翌80年「思想・歴史」部門を加えた。当時の受賞金は一〇〇万円だったが、２００８年に二〇〇万円に引き上げられ、２０１９年以降は三〇〇万円である。

山崎が学芸賞を設けたのは、各種の充実した助成がある芸術分野ではなく、すでにサントリーが手掛けている音楽分野でもない。「〝隙間産業〟としての評論分野に焦点を合わせた結果だ」という。彼は、かねてから評論の分野にある課題を見ていた。その課題とは、アカデミーとジャーナリズムの分裂である。学芸賞を通じて、この二つの再結合を実現したいと、大きな絵を描いた。

思い起こせば、明治時代の福沢諭吉や夏目漱石、坪内逍遥、吉野作造、上田敏ら知識人は、アカデミーとジャーナリズムの両方に足場を築いて活躍した。ところが、その状況は昭和初期になると、明らかに変化した。アカデミーに進む人とジャーナリズムに進む人との分裂が生じた。

アカデミーの大学は、若い学者の言論界への道を遮断した。一方、ジャーナリズムの論壇は独自の書き手を生み出して独立した言論界を形成し、アカデミーを遠ざけた、と山崎は分析する。その点について、こう説明している。

> 少なくとも昭和二年、岩波文庫が創刊されたころにはこの分裂は広く意識されていたようである。この文庫の創刊の辞には、「今や知識と美を特権階級の独占より奪い返す」とあるが、これはジャーナリズムの側が大学に向けた挑戦状だったと読むことができるし、裏読みをすれば、大学を

追われた不遇な学者が、ジャーナリズムに手を染めるための遁辞だったと見えなくもない。いずれにせよ表面的にはともかく、アカデミーとジャーナリズムの対立は陰湿に深まりつづけ、第二次大戦を越えて私の学生時代まで名残をとどめていた。（『サントリー文化財団30周年記念・サントリー学芸賞選評集』サントリー文化財団刊、２００９年、「学芸賞の三十年と歴史的な意味」５～６頁）

なぜ、このような分裂が起きたのか。

山崎の同論文によれば、「福沢諭吉から吉野作造まで、一代目の知識人は日本のアカデミーを造ったばかりか、近代国家としての日本そのものを造った世代」（６頁）であり、その視線は「国民を啓蒙して近代社会を育てることに向けられていた」（同頁）のに対し、「二代目の大学人にとって国家はもはや所与の現実と化し、その庇護と抑圧のもとで大学を守ることが至上命題になり始めた。大学の権威を守り、世俗の侵入を防ぐためには、内部の階層秩序を維持することが不可欠であり、若い学者を言論界から遮断しておくことが必須となった」（同頁）という。

昭和初期の論壇は、主に『中央公論』『改造』『文藝春秋』『日本評論』の四誌で構成されていた。とくに当時の『中央公論』は、かなり専門的な論文を掲載していた。これら総合雑誌に原稿を載せることは一部の人びとの特権と化し、若い研究者は紀要か学会誌への寄稿が関の山という雰囲気が形成されていった。そうした時代背景の中で、研究者の評価はアカデミーとジャーナリズムとの間で、必ずしも一致しない状況が生まれた。

その一方で、人文・社会学系の研究者の成果発表の場は、学会誌、大学や研究所の紀要、学術書などの公式ルートと並び、ジャーナリズムが含まれるようになった。なかでも、ジャーナリズムを中心とする論壇は、研究者のステータスを規定する役割をもつようになった。

ジャーナリズムは大衆化していく一方で、アカデミーは専門分化が進み、それぞれの仲間内にだけ通じればよい業界用語ばかりが使われる閉鎖的な場となっていった。いわばタコつぼ化である。山崎は、このアカデミーとジャーナリズムの分裂を「不幸な分裂」ととらえる。

アカデミーとジャーナリズムの分裂

第二次大戦前に論壇を形成した総合雑誌は、戦後多くが復刊を果たした。そして、新たに『世界』が創刊された。

1960年代初頭になると、後期昭和ヒトケタ世代が論壇に登場し、発言を始めた。彼らは終戦時、中学生以下だ。戦争に対する責任感や後ろめたい思いを持たず自由に発言した。昭和9(1934)年生まれの山崎は、まさしく後期昭和ヒトケタ世代である。それ以前の前期昭和ヒトケタ、大正世代は、先の戦争中「軍国イデオロギー」に参加した罪悪感から、戦後に葛藤を抱え込んでいた。このことはすでに触れた。

戦後、アカデミーとジャーナリズムの「不幸な分裂」が進んだ背景には、復興の波に乗った企業の台頭があげられる。産業発展の過程で、優秀な人材、多くの情報が産業界に集中するようになった。

結果、質の高い人材や情報は、アカデミーより新聞社や出版社に集まった。メディアの地位が高まって、大学の権威は相対的に低下した。その中で、１９６０年の日米安保改定をめぐる論争を頂点にイデオロギー対立が生じた。その動きがとりあえずの収束を見たのが、70年前後の社会であったとして、山崎は次のように述べている。

> 当時、日本の思想界には、すでにある種の沈滞状況が訪れていたと思います。少なくともその予感がありました。左翼イデオロギーがしだいに地盤沈下し、そこからはクリエイティヴなものは出てこないとわかった途端に、良識ある、あるいは知性ある学者たちは、すべて専門化の方向に向かいました。つまりマルクス主義イデオロギーを否定した勢いで、およそ広い分野を総合的に考えることは馬鹿馬鹿しいし、インチキ臭いし、はったりだと、それを敬遠し始めたわけです。（『舞台をまわす、舞台がまわる』２１４頁）

山崎は当時、大学の運営形態が、学者を狭い領域に追い込んでいることを憂いた。研究者は、自分がオンリーワンになれる範囲に閉じこもり、学問の細分化はますます進んだ。タコつぼ状態は深刻化する一方だった。

少し前にinter-disciplinary（インターディシプリナリ）という言葉が流行《はや》りました。inter-disciplinaryは、「学際的」と訳していますが、本来はdisciplineのinterです。disciplineとは訓練および長年の精進です。disciplineがあってこそ、interがあり得るわけなのに、inter-disciplinaryを叫んだ人たちは、率直にいってdisciplineの点で弱かった。弱い人にかぎってinter-disciplinaryを唱えた。その虚妄さも薄々気づかれていて、inter-disciplinaryという言葉自体がすでに廃れつつありました。

私はこの事態を憂慮しました。本当の意味のinter-disciplinaryを復活させなければならないし、総合的に考えることを放棄してはならないと考えました。イデオロギーは擬似宗教みたいなものだから、ないのならなくてもいい。しかし思想というか、ものごとを総合的に考えようという意欲が衰えたらおしまいだ、と思いました。それで「学芸賞」というものを創設して、比較的若手の学者を顕彰することを財団設立の条件に入れました。その趣意はいまでも財団の規則に書かれているように、学際的・国際的な研究・評論を行う若い人に賞を出すということです。（２１４〜２１５頁）

つまり、学芸賞において、山崎はタコつぼを破壊し、国際性や学際性を重視して、真のインターディシプリナリを復活させようとした。そのために、若手の研究者の取り組みの中から、より広く様々な分野を横断的に見渡す新しい試み、視点に注目し拾い上げようとしたのである。

私の野心は学界と言論界の構造改革にあって、それを学閥、講座閥、結社閥などの組織支配から解放することであった。文壇、論壇のボス支配はもちろん、就職斡旋と研究費配分を通じて保証された大学、学会組織に修正を加えることであった。（前出の「学芸賞の三十年と歴史的な意味」11頁）

アカデミーとジャーナリズムの再結合は、山崎の夢であり「野心」だった。彼は、学芸賞をそれを実現する手段の一つにしようと考えた。学芸賞設置の背景には、このような深い思考と構想があった。

党派をつくらず

授賞の対象は、若手の研究者、学者とした。当初、40歳以下を想定したが、思いのほか、若手に贈賞にふさわしい研究者が見当たらなかった。そこで、50歳以下とした。

さて、問題は選考委員だ。「選ぶ人」によって、学芸賞の性格が決まってくる。どんな人をいかにして選考委員に選出するのか。難題だった。それも、山崎一人でその人選を行わなければならなかった。彼の手腕にかかった。

各部門に六人の選考委員とすると、第一回の選考を行うだけでも、三部門計十八人の選考委員を集めなければいけない。地域文化賞や評議員などを合わせると、三十人から四十人の人材が必要になる。山崎には、多彩で幅広い知的活動で得た知識人の友人、知己が少なからずいた。彼が信頼できると踏んだ、あるいは「筋のいい学者」と思われる人びとに対し、「学芸賞で後進を励ましませんか」と声をかけていった。多くは後期昭和ヒトケタ世代である。

心配なことがあった。当時、山崎自身は44歳だった。若手だ。つまり、後期昭和ヒトケタ世代の当時の年齢といえば、ちょうど学芸賞の受賞者の年齢層と重なる。すなわち同世代である。彼らを学芸賞の選考委員とするのか、受賞者として表彰するのか、難しい判断を迫られた。それ以前に選考委員を受けてくれるかどうか。「振り返って、何より感慨深いのは、選考委員をお願いした彼らが、まだ何でもなかった私に協力してくれたことです。私は当時、大阪大学の教授ではあったけれど、本を何冊か書いて賞をもらった程度の新人でした」と、山崎はいう。

心配事はまだあった。それだけの知識人を結集すれば、何か企てていると見られかねない。「山崎は党派をつくるつもりか」と疑心を持たれかねない。嫉妬といっていい。足を引っ張られるのは必定だ。これがいちばん怖い。幸いにも、「妬まれたのは江藤淳からだけでした」と、山崎は語る。江藤の件はのちに触れるとして、山崎はもとより、学芸賞にもこれといった妬みや反発が起きず、明確な「敵」なるものはあらわれなかった。

もっとも学芸賞は、逆風にあった。波風がたったのも確かだ。評判がよければよいほど嫉妬が生まれるのは世の習いである。元『中央公論』編集長で、現在「ほぼ日の學校」校長を務める河野通和は、『サントリー学芸賞選評集』刊行記念企画ｖｏｌ．４「自由で闊達な社交の場を」（ウェブエッセイ）の中で、こう指摘する。

> これまで日本の言論界をリードしてきたと自負する人たちは、内心穏やかでないものを感じたようです。論壇、文壇的な主導権を奪われるのではないかという党派的な疑心暗鬼からです。

山崎の学芸賞の設置意図は、そもそも論壇の破壊にあったから、結果は後述するように、狙い通りだったともいえる。

「嶋中（鵬二、当時中央公論社社長）さんは、ムッとしていましたよね。本当は自分がやりたかったことを、組合闘争やら何やらでやりきれず、粕谷がサントリー文化財団でやっている。出版社でもなんでもないサントリーが、なんでそんなことをやるんだと、悔しい思いがあったんでしょう。出版社としてのプライドもあり、『山崎、高坂、裏切りやがったな』みたいに思っていたのではないでしょうか」と、河野は当時を回想する。

サントリー学芸賞の設置を知った嶋中は、河野に、次のように漏らした。

「賞を創設するのは簡単ですが、それを存続させるのは並大抵じゃありません」

負けず嫌いの嶋中らしい。寂し気な無念の表情を、河野は忘れられないという。

河野は、粕谷一希に憧れて中央公論社に入社し、『中央公論』編集長などを歴任した後、新潮社に転身、『考える人』編集長を務めた。山崎とのかかわりは１９８１年、『中央公論』の山崎の「演技する精神」の連載を担当して以来だ。

「山崎先生の原稿は、〝頭が痛くなるだけで誰も読まない〟といって、編集部内では評判が悪かった」と、彼は笑う。しかし、河野自身は、山崎に強く惹かれ、彼の評論はすべて読んでいた。

「敬愛してやまない山崎先生ですから、連載の担当は、喜んでホイホイやりましたよ」と、振り返る。「あんな現代の世阿彌みたいな人は、ちょっとほかに思い浮かばない。いないでしょうね」と、語る。

さて、では、山崎は友人や知己のほか、どのように人選したのか。

「優等生みたいで気恥ずかしいけど、私は、書いたもので判断していました。しゃべるのがうまいというので選ぶと、間違うんですよ。こっちも巻き込まれて、ほだされちゃうでしょう。ですから、もっぱら書いたものを読んで選びました」

学芸賞の選考基準は、どこを焦点に定めたのか。この点についても、山崎のこだわりがあった。

論文に求められる「芸」

山崎は当初から、部分ではなく全体でとらえる眼差しを重視した。学問の細分化、専門化へのアンチテーゼといっていい。また、一般の人たちの素朴な疑問や常識的な感覚からものを見ているかどうかを選考の重要なポイントとした。専門を深く掘るだけでなく、一般読者がおもしろいと思えるように書かれていること、商業的な要素を加味していることを重んじた。「異分野の学者と語り合うこと、素人にわかる言葉で語ること」として、「とんがった専門知識をもんでほぐし、畑違いの人に伝えてほしい」と、山崎は語っている。

つまり、「専門のところはきちんとまとめなければいけませんが、加えて、大きいフレームで物事をとらえ、上から見ている広さのようなものが感じられなければいけない」という。「芸」を求めたのだ。学術賞ではなく、あくまで学芸賞であるのは、その意図の表れである。

しばしば学芸賞は「論壇の芥川賞」といわれるが、その意味で「むしろ直木賞に近いのではないか」と、前出の待鳥聡史はいう。

選考基準をめぐっては、こんなエピソードがある。あるとき、山崎は作家の塩野七生に対して、こういった。

「あなたの作品はどの賞からも少しずつずれている。賞には縁遠いかもしれないね」

これに対し、当の塩野は、次のように記している。

「年齢ならばさしたる差はないのにすでに山崎さんは確固とした地位にあったので反論は遠慮したが、胸の内ではつぶやいていたのである。それって、選考する先生方が対象を広げてくれさえすれば多くの賞の対象にもなりえるってことですよね、と」(『サントリー文化財団40周年記念・サントリー学芸賞選評集』「サントリー学芸賞と私」１６９頁)

その後、１９８１年に塩野は「思想・歴史」部門において『海の都の物語――ヴェネツィア共和国の一千年』(中央公論社刊、１９８０年)で学芸賞を受賞した。「当時のサントリー文化財団を動かしていた人たち、山崎正和、粕谷一希、高坂正堯等々の人たちが、対象作品のわくを広げてくれた結果と思う」(同頁)と、塩野は記している。いずれにしろ、その頃から学芸賞はアカデミーの世界からも高い評価を得ていた。現に、塩野は、「西洋史の学者の一人に面と向って言われた。あなたがもらう賞は他にあるでしょう。あの賞は、ぼくたちのためにあるのです」(１７０頁)とつづっている。

これは、学芸賞の「芸」の解釈をめぐっての興味深いエピソードといえよう。数々の文芸賞や学術賞の対象から外れるような研究者こそが、学芸賞の受賞の対象となったのだ。

具体的な選考作業は、まず、学芸賞の選考委員が夏前にこれと思う書籍各三冊から五冊を推薦する。

六人が持ちよるので数十冊になる。それらを八冊ほどにしぼり込むが、選考委員は二次選考会までにそれらのすべてに目を通さなければならない。現役の大学教授や知識人たちにとって、小さくない負担だった。重い任務である。「夏休み中にそれらの本を読まなければいけない。私たちは〝夏休みの宿題〟といっていました」と、鷲田清一は語る。

１９８７年度の「政治・経済」部門を受賞し、その後、選考委員を務めた大阪大学教授の猪木武徳は、『サントリー文化財団40周年記念・サントリー学芸賞選評集』の所収論文「『見つける』から『育てる』へ」で、次のように記している。

> 書く人は、自分が書いたことに最終的な責任を負えばよい。しかし選考の仕事の責任は、ある意味もっと重い。書き手のキャリアに影響を与えるような判断をしなければならないからだ。実際、賞は書き手のその後の研究や執筆活動を少なからず左右する。中・長期的には、評価する者が結局評価されるということなのだ。（１７３〜１７４頁）

当時、論壇に贈られる賞といえば、１９６６年に『中央公論』が創設した吉野作造賞だった。政治学者の吉野作造の業績を記念したもので、政治、経済、社会、歴史、文化をテーマにした論文、単行本に贈られる。ただし、吉野作造賞は、社会科学系のしっかりとした賞であるがゆえに、アカデミーに寄る傾向がある。

その点、サントリー学芸賞は、論壇にとって新鮮な風となって吹き込んだ。山崎が意図した通りに、学芸賞の受賞者は、世に出て活躍するようになる。実際、青木保、五百籏頭眞、東浩紀、飯尾潤、井上章一、岩井克人、鹿島茂、苅部直、川本三郎、北岡伸一、玄田有史、佐伯啓思、島田晴雄、竹中平蔵、中沢新一、西垣通、野口悠紀雄、三浦雅士、山内昌之、養老孟司、鷲田清一など、論客がキラ星の如く並ぶ。西部邁、上野千鶴子など、明らかに立場が異なる論客も含まれていた。多彩だった。２０２０年の四十二回までの受賞者は、三百五十四人にのぼる。

それぞれが屹立し、全体で巨大な「知」の山脈を形成している印象だ。「学芸賞の受賞者の一覧表を見ると、右から左まで、みごとに並んでいます。そのバラエティの豊かさは、文化財団の実力をあらわしています」と、朝日新聞東京本社編集委員の村山正司は語る。

学芸賞は、気鋭の論客の登竜門になり、多くの論客を輩出し、雑誌『世界』などに執筆する「岩波文化人」に対して「サントリー文化人」とまで呼ばれるほどの〝権威〟を獲得した。論壇内の山崎の評価も、自ずと上がった。

朝日新聞は１９８４年から85年にかけての「文芸時評」に続き、１９９６年から二年間にわたり、山崎を「論壇時評」の執筆者に起用した。朝日からすると、山崎を〝保守派〟と見ていただけに、「論壇時評」への登場は社内に少なからずハレーションを巻き起こしたといわれる。

「二〇〇〇年代の日本の言論界を展望して、その半ば以上をサントリー学芸賞の受賞者が支えているといっても、傲慢のそしりを免れるはずである」(「学芸賞の三十年と歴史的な意味」11頁)と、山崎が自負するのは、当然だろう。

負けなしの理論闘争

学芸賞がスムーズに始まり、今日にいたるまでわが国の知的空間の中で大きな位置を占め、成功をおさめていることは、山崎の積極的に敵をつくらない人間性というか、人柄というか、友人のつくり方、付き合い方と深くかかわっている。彼の対人関係には、彼のいうところの「社交」が貫かれていた。べたべたとした友人関係を好まなかった。それが彼の友人をつくる具体的条件といってもいい。「こいつはできる」「信頼できる」と見込めば、徹底的に付き合った。といっても、個人的な親交を育むのではなく、互いに一知識人として評価し合う「社交」を基本とした。相互の距離感を大事にした。自らがボスになることもなかった。

例えば、財団設立時に協力を得た盟友の高坂正堯とは、同じ京都大学出身であり、同学年だったが、しかし、互いに「高坂さん」「山崎さん」と呼び合い、「くん」や「先生」という呼び方はしなかった。また、家庭の事情や病気など個人的な話題をお互いに避けた。君子の交わりといったらいいだろうか。山崎は『高坂正堯著作集　第二巻　豊かさの試練』（高坂正堯著作集刊行会編、都市出版刊、１９９９年）所収の「解説『精神の外交家』を友として」と題する一文で、高坂についてこう記している。

> 氏との関わりが本当に深くなったのは、一九六〇年代の後半、佐藤栄作政権の最盛期であった。首席秘書官だった楠田実氏の画期的な着想によって、大学人や言論人が政権に助言をする経常的な

機会がつくられた。高坂氏は政治学者として早くからそこに招かれ、外交問題の全般、とくに沖縄返還という最大の懸案をめぐって知恵を貸していた。私は二度目のアメリカで教師生活を終えて帰国してから、やや遅れておもに学園紛争に対処することを契機に、この仲間に加わった。（略）

それから三十年、内閣官房や総理府や外務省の勉強会で席を並べ（略）やがて大阪にサントリー文化財団が創設されるのを手伝い、数かずのシンポジウムや国際会議で座をともにしながら、私たちは終始変わらず「公の友」でありつづけた。（略）

私たちはニューヨークやボストンへの旅に同行し、ときに中年からのテニスに興じ、研究会の夜の酒杯を傾けもしながら、けっして私生活の幸不幸を口にすることがなかった。健康について年齢について、心情的な人間関係について、過去と現在の家庭事情について語ることがなかった。（592～593頁）

もっとも、失礼を顧みずにいえば、山崎の発するエネルギーは並外れていた。長く付き合っていると、その強烈かつ爆発的エネルギーや強力な磁力に、友人といえども、吹きとばされかねない。実際、「僕は十年ごとに付き合う友人がかわる」といった趣旨の発言をしている。それに、「知の鎧」を装着した彼は理論闘争をしても負けたことがなかった。これは、多くの人が認めるところだろう。「知」に加えて、弁説が鮮やかだった。必ず勝った。誰も山崎に歯が立たなかった。

例えば、大の親友の高坂正堯とも、京都論をめぐっていつも議論になった。いや、戯れのような言い合いである。京都大学の大先生の高坂正顕を父親に持つ生粋の京都生まれの高坂は、京都擁護論者である。対して、京大出身とはいえ、満州育ちの山崎は京都になじまなかった。二人はしょっちゅう京都論でやり合った。ガンコな二人は譲らない。あるとき、虫の居所が悪かったのか、高坂はプイッと帰ってしまった。彼はしばらくして亡くなった。さすがの山崎も後悔の言葉を口にした。

山崎が中央公論社から引っぱってきた粕谷一希とも、最後は疎遠になった。

ついでながらいえば、「昭和ヒトケタ世代は、弟子をとらない」という話を、私は山崎から何度も聞かされた。

「グループ内に、コアになるような親しいインナーサークルができると、とかく周囲は離れていく。でも、ここ文化財団にはインナーサークルができなかった」と、山崎は語る。それは、彼がもっとも嫌ったことだ。だから、学芸賞の選考委員会では、先輩や後輩の関係にとらわれることなく自由に討論し、公平に受賞作品を決めることができたのである。

要するに、山崎は「社交する知識人」だった。彼独特の、絶妙な間合いをとった人付き合いを好んだ。それが妬みを生まず、反対派をつくらず、学芸賞を軌道に乗せ、大量の「サントリー文化人」を生み出していった遠因といえよう。「文化財団は〝人団〟といっていいほど、人を大切にし、人に支えられています。その根底には、山崎先生が大切にした『社交』を重視する姿勢がありますね。『社交』によって気づきが生まれ、人脈が生まれ、次の『社交』の場につなげる永続的な繰り返しによって人の輪と思索が深まっていく仕組みづくりです」と、前出の鳥井信吾は語る。

時代の気分

前出の河野通和は、学芸賞を次のように評価する。「第一回の『社会・風俗』部門には、藤原房子さんの『手の知恵――秘められた可能性』が選ばれました。まず、『社会・風俗』部門というのを立てることに驚きました。木村尚三郎さんの選評を読んで、こうした論評を選びあげるところに、新しい大衆社会の到来を感じたんですね」。

藤原房子『手の知恵――秘められた可能性』（山手書房刊、１９７９年）は、日常、何気なく見過ごされ、軽視される家事について、熟練した手の美しさを「手の知恵」として克明に記したものだった。東京大学教授の木村尚三郎は、選評でこう記している。

> 近ごろのような家庭の具体的な仕事の軽視は、女性が長い間手塩にかけて育て、伝えてきた文化への軽視、つまりは形を変えた女性蔑視になりはしないか。このように述べつつ、家事における見る訓練、習熟の値打ち、能動的な方向づけ、環境との対話を説いた冒頭論文は、それ自体堂々たる文明論である。
>
> そして、いまなお「混ぜる」「切る」「刻む」「縫う」「絎ける」「結ぶ」「拭く」など、衣食住の習熟した動作三十五の一つ一つに抜群の観察眼を働かせ、熟練の素晴らしさとその秘密を解きあかしてくれる。（『サントリー文化財団30周年記念・サントリー学芸賞選評集』27～28頁）

それまでどれだけ優れたものを書いても、賞とは縁遠かった分野の書き手たちにとって、学芸賞は大きな励みになったことは間違いない。「こうした著作を顕彰する賞そのものが斬新でした。既存のジャンルには分類しにくいボーダレスな作品をすくいあげる枠組みは、それまでの賞には見当たりませんでした」と、河野は評する。「学問も大事ですが、大衆、社会、風俗こそが大事だというメッセージを感じたんですね。本人の感覚の基礎をつくる社会や風俗がどう移り変わり、時代の気分を醸成し、そこからどのような知的なものが生まれてくるか、というところに、サントリー学芸賞は注目していたわけですよね」と語る。

山崎の著作『おんりい・いえすたでい’60ｓ』を見ればわかるように、彼は、社会や世俗なものなど時代の気分、空気、現象に対して強い関心を寄せる。だからこそ、それらに注目し、その分野の研究を顕彰したいと考えたに違いない。

『サントリー文化財団40周年記念・サントリー学芸賞選評集』の「サントリー学芸賞四十周年によせて」と題するコーナーに受賞者が受賞時の思い出を寄せている。それを読むことにより学芸賞の実相や狙い、重みがより明らかになると思われる。「選評」はいずれも力作である。

論より証拠、丸谷才一は、「サントリー学芸賞のこと」と題する文章を２００９年11月23日の『朝日新聞』紙上に寄せている。「特筆に価《あたい》するのは、その選評の質の高さである。一篇《ぺん》がたいてい四百字詰め原稿用紙三枚半で、普通の賞のそれよりも有利なことはたしかだが、内容の紹介ぶりと言い、美点や特質の賞揚《しょうよう》の仕方と言い、ほとんどすべての選評が模範的な出来ばえを見せている。とりわけすばらしいのは類書のなかに当該書を位置づける大局観のたしかさだ」――。

以下、『サントリー文化財団30周年記念・サントリー学芸賞選評集』掲載の「選評」と『サントリー文化財団40周年記念・サントリー学芸賞選評集』掲載の受賞者による一文をあわせて引用してみよう。

――青木保（１９８５年　社会・風俗部門）『儀礼の象徴性』（岩波書店刊、１９８４年）

〈選評〉

辻静雄（辻調理師専門学校校長）

本書は、青木氏のタイでのフィールドワークと、文化人類学、社会学の両方向からの儀礼に関する研究の分析・批判を基に、儀礼の人間社会にとっての必要性の解明を試みた意欲的な論文である。

（略）

本書全体を通じて認められる説得力にややもすれば欠ける点をあげるとすれば、それは儀礼に対する一方の極である遊びの解明が不充分な点であろう。（略）

このような欠陥を持つとはいえ、儀礼に関する文化人類学的視点からの精緻な分析によって、人間社会における儀礼の普遍性を証明し、儀礼の今日的な意味を浮きぼりにした点で本書は大きな価値を持っているといえるであろう。（１３１〜１３２頁）

〈受賞者の思い出〉「サントリー学芸賞について」

実は私にとってサントリー学芸賞を頂いたのは全く思いがけないことだった。一九八五年、この年はハーヴァード大学の人類学部のスタンレー・タンバイア教授に招かれて客員研究員をしていた。（略）サントリー文化財団の方がサントリー学芸賞に受賞が決まったから受けるか、とのことであった。もちろん喜んでお受けしますとご返事したが、正直言っていまひとつ実感が迫ってこなかったことを覚えている。（略）選考委員に料理研究家の辻静雄氏がいらして、私の著書を強く推薦して下さったとのこと、また選評も書いていただいている。辻氏はかねてその著書を愛読し敬愛していたので、ことのほかうれしかった。（171～172頁）

——東浩紀（1999年　思想・歴史部門）『存在論的、郵便的——ジャック・デリダについて』（新潮社刊、1998年）

〈選評〉

佐伯啓思（京都大学教授）

八〇年代のポスト・モダン的思惟の中で育った若者が書いたデリダ論が本書であるが、ここで、著者は、なぜ自分が今デリダを論じるのか、「ポスト・モダン以降」のこの九〇年代の思想状況の中で、本書の占める位置はいかなるものであるのか、こうした自己認識、状況認識に対してきわめて明晰でかつ意図的であるように見える。そのことが、本書における、できるだけ端的で正確であろうとする文体や手際よい議論の進め方にも示されている。（略）

デリダ、クリプキ、ラカン、ジジェック、柄谷行人等の八〇年代から九〇年代にかけての現代思想を自由に往来した上で著者は、いわゆるポスト・モダン思想がどこで行き詰まったのかを極めて

的確に描き出すのである。（略）

著者は別のところで、「私」と「世界」の中間にある社会、国家といったものをまっとうに考えてゆくことが必要だという趣旨のことを述べているが、アカデミックな議論とジャーナリスティックな議論を架橋するであろう著者の今後の幅広い活躍に期待したい。（３８１～３８２頁）

〈受賞者の思い出〉「十九年越しのお礼」

ぼくが『存在論的、郵便的』を記した一九九〇年代は、日本で本格的な大学改革が始まり、伝統的な人文学が権威を失い始めた時代だった。哲学を学ぶためには必ずしも哲学科に行く必要はない、生きた哲学は大学の外に飛びだすものなのだ、とまことしやかに語られた時代でもあった。ぼくはその時代の空気を一身に浴びて学生時代を送った。だからぼくは「表象文化論」なる新設の専攻を選び、博士論文の各章もまず商業誌で発表することを選んだ。結果として受賞作は、現代哲学の問題を従来の研究にない切り口で取り出す仕事になったと、いまでもその点は自信をもっている。

（略）

むしろ当時聞こえてきたのは、哲学科出身でもフランス科出身でもない「素人」が徒手空拳で哲学書に挑んだことに対する、嘲笑にも似た批判ばかりだった。出版後に慌てて留学を企てたのは、そのような状況に強い劣等感を感じるようになっていたからである。とはいえ、そんな動機の留学がうまく行くはずもなく、ぼくはパリでノイローゼになりかけていた。

受賞の報は、そんなときに突然届いた。それがどれほど当時のぼくに勇気を与えてくれたか、その大きさはいくら強調してもしすぎることはない。（１７５～１７６頁）

――田中優子（2001年　芸術・文学部門）『江戸百夢――近世図像学の楽しみ』（朝日新聞社刊、2000年）

〈選評〉

芳賀徹（京都造形芸術大学学長）

　田中優子さんの江戸学は『江戸の想像力』に始まり、『江戸の音』、『近世アジア漂流』などをへて、いまこの『江戸百夢』にいたって、いよいよ円熟の境に達したようだ。江戸＝田中用語で言う「めでたい」豊かさが、まさにここに現出している。（略）

　たとえば開巻劈頭、「大根だって死ねばスター」と題して伊藤若冲の『野菜涅槃図』を語った一章。横たわる一本の大根を釈迦に「見立て」、まわりにその死を嘆く野菜を「尽くし」て並べたという、江戸図像得意の二方法を指摘するのは、田中江戸学としては当然の手続きだが、さらにこうも言うのはその円熟度をよく示す。――「こんな江戸人が西欧に生まれ、十字架のキリストを大根なんぞにしてしまったら、どんな目に合うことか。（色男業平の涅槃図もあったように）ドンファンやカザノバにでもしようものなら、火あぶり間違いなしだ」。（略）

　このように、江戸を論じながらしばしば江戸を離れて空高く舞いあがり、同時代・後代の世界をはるかに鳥瞰したと思うと、江戸の獲物の上にまっすぐに舞いおりる――この比較文化的跳躍のみごとさは、並の国文学者、あるいは美術史家にはとうてい期待しえないものだろう。（411〜412頁）

〈受賞者の思い出〉「境を越える研究者たちのために」

「あれ？まだサントリー学芸賞取っていなかったの？」

そう。サントリー学芸賞は「新進の評論家、研究者」も受賞できるが、「これまでの一連の著作活動の業績を総合して選考の対象とすることも」あるのだ。私は後者なのだと思う。しかし嬉しかった。なぜならサントリー学芸賞の選考委員たちは、斬新なアプローチ、従来の学問の境界領域での研究、そしてフロンティアの開拓に深い関心を持っているからである。つまり、いわゆる本流の学者たちのための賞ではない。

> では傍流のための賞なのかと言えば、それも違う。境を越える執筆者たちのためにあるのだ。たとえば江戸時代研究の場合、おおまかに言えば「文学」と「歴史」に分かれる。その上、歴史なら「美術史」「思想史」「出版史」「法制史」「科学史」等々に分かれ、さらに前期、中期、後期に分かれる。（略）しかし江戸時代の文化は、このような分担では研究できない。私は同時代の海外も含め、思考が連結するにまかせて可能な限り広く研究し執筆すべきだと考え、実行してきた（181〜182頁）。

受賞者はいずれも発想は柔らかく、自由さ、伸びやかさがあった。それが、論壇にとっての新鮮な風だったわけだ。興味深いのは、学芸賞の受賞者には〝脱落〟がないといわれていることだ。どういうことか。「政治・経済」部門の選考委員を務める、待鳥聡史はいう。

「学芸賞は、単独の著作に賞を差し上げるのですが、受賞がその一冊だけで終わるケースはきわめて少ない。みなさん、その後、飛躍を続けて活躍されている。これは、すごいことだと思います。学芸賞の価値、評価を高めていますね」

　むろん、それは受賞者の精進によるものだろうが、加えるならば、選考委員の目の確かさ、および真剣度合いもあってのことではないだろうか。

　さらに、待鳥はこうコメントする。

「選考委員として、最初に本をリストアップするのは楽しい作業です。いちばん意識するのは、自分が推薦する本を他の委員にどう納得させるかということなんですね。あの人はこう思うだろうかとか、ここは納得するだろうか、この点は嫌いだろうな……と、いろいろと考えるわけです。一方、他の人が推した本でも、その人の本気度がわかれば、受け入れるとか……。ずいぶんおもしろい経験をさせてもらっています」

　前出の三浦雅士は、「選考会では修羅場とはいいませんが、かなり激しい議論をして決めていますよ」と語る。

　いってみれば、山崎が当初、学芸賞を制度設計したときの考え方がみごとに今日まで生きているといえよう。

学問のタコつぼ化

　近年、インターネットの普及とともに、若手の研究者が自ら意見を発信する機会は増えている。出版社「ゲンロン」を設立した哲学者の東浩紀など、言論界の既存の枠組みとは別の場所で、独自路線を走る例が出てきており、支配の構造は薄れつつある。

山崎が野心と語った「学界と言論界の構造改革」「学閥、講座閥、結社閥などの組織支配からの解放」「文壇、論壇のボス支配はもちろん、就職斡旋と研究費配分を通じて保証された大学、学会組織に修正を加えること」――は、半ば以上、成し遂げられたといってよいのではあるまいか。

しかし、賞が権威をもつことは、山崎が当初、意図したことではなかったはずだ。

彼の野心、目的は一応果たされたとしても、学界、すなわちアカデミーの分野でのタコつぼ化は依然として指摘されている。改善されていない。猪木武徳は、次のようにいまの言論界に苦言を呈する。

> 選考者になって痛感するのは、社会科学において専門化と科学論文のような様式化が進み、知的活動が細切れになりがちで、書き手が「全体」を意識した思考に無関心になり、一種の「知性の瑣末化(intellectual fragmentation)」が進んでしまったことだ。若い研究者の多くは、自然科学のように分野ごとの専門誌への投稿に熱心だ。経済学はもちろん、政治学、さらには歴史の分野でも、研究がモデル分析や史料と実証だけの勝負になって来たようだ。資料を用いた実証研究が大切なことは否定すべくもないが、資料で実証できないことに関しては「何も言わないことが安全だ」、という風土は研究者の想像力を奪いかねない。(前出の論文「『見つける』から『育てる』へ」１７４頁)

河野もまた、「文化財団だけの問題ではない」としながら、近年の学芸賞の課題を指摘するのだ。

学際的なおもしろみがなくなり、再び、タコつぼ化が進行しつつあるという懸念を表明したうえ、「学問はだんだんと細分化します。その流れに乗りすぎると、木村尚三郎が持っていたような、ゆったりとした感じ、リベラルな幅の広さが失われてしまう」として、次のように言葉を継ぐ。

「大学では、博士論文を書く際、『ターゲットをしぼれ』『風呂敷を広げるな』と教えますね。『これについて書きなさい、視点をあちこち動かすと弱くなる』と指導するわけです。ところが、ターゲットを狭くすると、タコつぼになる。一方、間口を広くするとフニャフニャして、ちょっと『学芸賞ではないな』となってしまう。これは、選考委員だけの問題でもないでしょう。作品としても、出版社としても、著者としても、同じ課題があります」

その意味では、学芸賞は、「知」の形が変化している以上、曲がり角を迎えているのは間違いない。論壇を形成してきた雑誌すなわちジャーナリズムも、インターネットの普及の影響を受けて、部数減少や廃刊に追い込まれるなど深刻な課題を抱えている。いま、求められる「知」とは何だろうか。インターネットの普及によって、かつて論壇誌が好んで掲載したような、「〝マッチョ〟な読み物」（河野）からは、読者が離れつつある。より「知」に幅を持たせ、柔らかな要素を秘めた「知」が世界中で嘱望されている。

社会の「分断」がいわれ、「フェイクニュース」が問題となり、「知」の本質が問われ続ける今日、日本から発信する「知」の一端を学芸賞、ひいては文化財団が担っていかなければならないはずだ。山崎亡きいま、新たな学芸賞のあり方が問われている。

第5章

文化が地域をつくる

地域文化賞の仕組み

――学芸賞と並んで、文化財団が主催するユニークな賞に、サントリー地域文化賞（以下、地域文化賞）があります。これは、どういう経緯で設けたんですか。

山崎　学芸賞と同様、地域文化賞も、ある意味では私の経験との関係で出てきました。私自身が、京都の小さな地方劇団のおかげでデビュー作を上演してもらったんです。だから、地域に文化活動がいろいろあって、それの質がかなり高いという実感があった。

――そうなんですか。

山崎　『凍蝶』という、22歳のときの若書きがあって、それを『悲劇喜劇』という雑誌が載せてくれていたんです。それを見た毛利菊枝という、東京出身だけれども京都に過ごしていた女優さんがいまして、その家来が、劇団くるみ座というんですけど、上演してくれた。私が全国版になったのは『世阿彌』ですが、それまで四作くらいはずっと京都で仕事をしていた。ですから、地域で文化活動をやるということが、大変ではあるけれども、質は決して低くないという自信があったんです。

　きっとこういう例は、全国にあるに違いないとなった。折から、あらゆることに東京一極集中が目立っていたんです。一番ひどかったのが新聞社。例えば、毎日新聞京都支局といえば、優秀な記者がいっぱいいて立派なものだったんですよ。それが、一斉に東京へ集中しちゃった。これは、じつはファクシミリの発展と関係がある。ファクシミリで原稿を送るというのが主流になっちゃった。もう一つは、大阪万博のときに一斉に東京から大阪へぶち込んだ反動で、万博が終わったらもう終わり、東京だというので全部東京へ引き揚げた。

　このことは、私たちの物書きの生活に関係します。それまで、例えば、朝日新聞京都支局は、私や当時大売れだった高橋和巳を、「飯食ってくれ」「酒飲んでくれ」って何の理由もなく呼ぶ。呼ばれたらワーッといって帰るだけですよ。でも、そういう人間関係というのを新聞社がつくってくれていたんですね。そういうことがなくなった。

　だから、東京一極集中というのはね、私たちにとっては切実な問題なんですよ。そこで、私の負けず嫌いというのかな、時勢に反して、じゃあ「地域文化賞というさかさまのものをつくってみよう」となった。それでつくった。

——それにしても、大学教授をしながら、なぜそれほど精力的に財団の仕事ができたのかと。

山崎　うーん、やっぱり、いろいろなことが重なっていますよ。でも、何ていうんでしょう、恩義に応えなきゃならないというのが一つある。

——はい。

山崎　もう一つは、仕事ができる喜びがある。だって、いいですか。私は当時44歳なんです。その年齢は、学芸賞の受賞の年齢なんですよね。そんなときに財団をつくらせてもらったんだから、それはまあ、破格の抜擢を受けたわけです。そりゃやる気になりますよ。

――それにしても、芝居をつくり、劇団も持ってらっしゃった。大学教授もやった。それに加えて文化財団だと。

山崎　大学からは、多少の妬みは受けましたよ。

――受けましたか、やっぱり。

山崎　あのね、全学ではなく学部長から。この学部長っていうのが、私の京都大学の先輩だものだから、威張っているんです。私を呼んで「財団などに深入りするのもいい加減にしろ。そのくらいのカネは、大学の方でちゃんと調達できるから」っていうんですよ。それは嘘なんだね。私は何もカネが欲しくて財団にいっているわけではありません。これはちゃんとした大学の仕事の延長のつもりでした。

ちょうど、うまいこと、その頃文部省が地域文化に対して大学が関与しろという命令を出した。「あれを見なさい」ってやったら、怒った、怒った。怒ったけど、大御所のお墨付きがあるからやり返せないじゃないですか。

――ものすごくアグレッシブですね。だけど、京都の劇団でのデビュー作上演は大きなステップだったとしても、それで地域文化をやるという発想は、普通、なかなか出ないと思います。だいたい、当時、地域の人はみんなコンプレックスを持っていました。それを表彰しようというのは、確かに逆転の発想です。あの時代に、地域という視点はなかった。あえていえば、田中角栄の日本列島改造論。ただ、あれは、地方を開発しようという発想だった。地域文化賞は、地域のオリジナリティを大事にするという方向ですね。先駆的な賞だった。

山崎　ありがたいことに、あとは連鎖が起こってくれた。これはもう、私の力でも何でもないんで、運がよかったとしかいいようがない。

――それと、時代ですかね。

山崎　その間、日本社会が大きな枠をつくってくれましたからね。

――文化財団は、地域に関する研究会をいくつもつくられている。御厨貴さんにお話を聞いたんですが、現場へいくことを非常に重視されていますね。現場主義で、お祭りも現場に見にいくんだとおっしゃる。

山崎　ええ、だから、地域文化賞は大変なんですよ。財団の事務局や先生が下見にいくんです。事務局の人がいくと、みんな身びいきになって帰ってくるからおもしろい。

――御厨さんに聞くと、研究会では、現場でまず酒を飲まなきゃいけないとおっしゃる。

山崎　御厨さん自身が好きになって、やってくれているんでね。

――僕、御厨さんに、地域文化の研究について「書いていらっしゃらないでしょう」っていったら、「書いたらダメなんだ」とおっしゃっていました。「研究者になっちゃったら、向こうが信用してくれますか」と。すごいなと思いました。

山崎　ありがたいことですよ。そこまで入り込まれるんですね。御厨さんが、あそこまで地域文化賞にのめり込んでくれるというのも、いってみれば予想外ですからね。だって、本来、彼は政治学者ですから。

「田園都市国家構想」を仕掛ける

文化が地域をつくるという考え方のもとに、地域文化賞が設置されたのは文化財団設立と同じ1979年である。賞金は現在、学芸賞と同じ三〇〇万円だ。

山崎正和が地域文化賞の構想を口にすると、彼が〝相棒〟と呼ぶ平木英一でさえも、意外な顔をした。文化財団の初代事務局長を務めた石井孝史も、「五年で終わりでしょう」と悲観的だった。当時、地域文化賞は、それほど奇異な眼差しで見られた。

佐治敬三は、地域文化賞十五周年を記念して行われたインタビューで、次のような話をしている。

> 最初の贈呈式のことは、よく覚えています。
>
> この賞をつくろうとしたとき、こういうことに対して皆さんが関心を持って下さるのか、ふさわしい受賞者が見つかるのか、そんなことを心配しておりました。でも、第1回目から非常に立派な活動をしておられる方々にご受賞頂けましたし、会場の雰囲気もとても良かったので嬉しかったですね。（サントリー文化財団発行の「地域文化ニュース」第13号、1994年4月掲載）

佐治も当時、地域文化に光を当てるという賞の趣旨や意義が、世間に受け入れられるのか、不安があったわけだ。

しかし、山崎の考え方は違っていた。山崎正和編著『文化が地域をつくる』（学陽書房刊、１９９３年）の中で、彼は次のように述べている。

> かつて、文化輸入と産業化の時代、すなわち、文化生産の一極集中の時代には、地域につくられるものは、いわば配給品を受け取るための容れ物だけでした。全国津々浦々に文化会館や市民会館がつくられながら、その大部分は年中閑古鳥を鳴かせていたのが、長い間の実情でした。こうした動きに対する反省が芽生え、むしろ美術や芸能の内容をつくる、文化のソフト生産へと大胆に踏み出していったのが、たとえば、水戸市の芸術館であり、兵庫県の財団、兵庫現代芸術劇場などでした。（15～16頁）

東京一極集中の弊害で、地域の文化は豊かさを失いつつあった。地域の地盤沈下がいわれるもとで、地域で頑張っている団体や個人に光を当て、地域振興の力にしようというのが、地域文化賞の設立意図であった。

その背景には、山崎自身の地域文化活動とのかかわりや、東京一極集中への抵抗があったのは間違いない。しかし同時に彼は、この賞を、国家、政治、文化、都市と地域の関係性といった、より大きなコンテクストの中に位置づけていたことを忘れてはならない。

日本は明治の近代化以降、人、モノ、カネなどの資源を地域から都市へと集中させ、高度経済成長の原動力とした結果、人口集中による都市の過密化、人口流出による地域の過疎化が進んだ。都市では、交通渋滞や公害問題などの副作用を引き起こした。国、地方自治体は対応に苦慮した。

田中角栄政権は１９７２年、彼の著作『日本列島改造論』（日刊工業新聞社刊）を旗印に、地方から東京に吸い上げられた人、モノ、カネ、情報を逆流させようと考えた。都市部にあった企業の工場を、全国へ配置し直す。つまり、「都市の移転」により、都市部と地方の格差の解消を目指した。

地域は、大手企業の工場を競ってわが町に誘致し、雇用を確保し、人口の定着を目指した。都市の工業化を地方にコピーすることを地域振興の最善の策とした。しかし、オイル・ショックが日本を襲い、思惑通りにことは運ばなかった。

次なる地域活性化に向けた政策は、１９７８年から１９８０年にかけ、第一次・第二次大平正芳政権で掲げられた「田園都市国家構想」である。「都市に田園のゆとりを、田園に都市の活力を」というスローガンのもと、地方の自発的な意思による活性化を目指した。このとき強調されたのは「地方の時代」「文化の時代」である。現代にも通じる問題意識だ。

山崎の著作『柔らかい個人主義の誕生』には、以下のような興味深い記述がある。

> 示唆深いのは、七〇年代の末期に、にはかに「地域の時代」といふ言葉が流行したことである。（略）従来の地方新聞もこの時期に部数を伸ばし、また、地方を基盤とする小規模なラジオ局が若い聴取者を増やしてゐた。（略）
>
> 一方、全国の各地で自治体や青年団体が中心となり、それまでにない新しい住民運動が盛んになったのも、七〇年代であった。（略）活動の内容は、趣味や教養を中心とする文化的な性格のものが

> めだち、なかには進んで、地域の経済振興を文化産業によって計らうとする運動も見られた。（略）これからの地域社会は、前近代の地縁や血縁によるのでもなく、近代の政治や利害の関係によるのでもなく、紐帯としてはよりゆるやかな、いはば文化的共感によって結ばれて行くことが考へられるからである。（23〜24頁）

山崎は、佐藤政権に続いて大平政権のブレーンを務めた。大平政権は、「大平政策研究会」なる九つの研究グループを立ち上げた。各研究グループには、気鋭の研究者に加え、各省庁のえりすぐりの課長を参画させた。大平は、「大平内閣で役に立たなくても構わないから、歴史を踏まえて将来を展望していただきたい」と語った。研究グループの一つが政権の最優先課題「田園都市構想研究グループ」だ。梅棹忠夫を議長に、香山健一、山崎正和、黒川紀章、浅利慶太ら十七人がメンバーである。このほか、山崎は「環太平洋連帯研究グループ」、「文化の時代研究グループ」にも研究員として参加している。

この田園都市構想研究グループについて、梅棹は、次のように語っている。

「私はむしろ引っ張り込まれたほうですね。あれを仕掛けたのは香山健一さんと山崎正和さんです」

（前出の『文化が地域をつくる』２１７頁）

公文俊平・香山健一・佐藤誠三郎監修『大平正芳　政治的遺産』（大平正芳記念財団刊、１９９４年）所収の評論「大平総理と地方の時代」で、大平の女婿で衆議院議員だった森田一はこう述べている。

> 日本では、明治維新によって、藩という優れた文化の伝統をもった地域コミュニティが崩れた。その後は特に戦後、人々は職場のみならず、住居（社宅）も余暇（福利厚生施設）も老後（退職金や第二の職場の斡旋）も会社に依存し、会社がコミュニティの役割を果たしてきた。山崎正和先生は、明治以降地域社会を扱った小説は暗かったが、会社を扱った小説は特に戦後明るかった、しかし最近この傾向は変わってきている、と述べておられる。地域にそういうコミュニティが育ってきているのである。（２７６頁）

「地方の時代」「文化の時代」を謳った田園都市国家構想は、大平の死によって幕を閉じた。

山崎が地域文化賞を設けた背景には、この「田園都市構想研究グループ」での議論があったのは間違いないだろう。そこには、産業優先、偏重への警告が含まれていた。

室町から始まる地域文化

地域とは、そもそもいったい何なのか。地域文化とは何なのか。

山崎は、室町時代に目を向ける。彼の著書『室町記』（朝日新聞社刊、１９７４年）の中で、次のように論じている。

京都を中心に最初の「都市文化」を築いた室町時代は、また一面、全国に城下町を生み出した「地方文化」の時代でもあった。いくつかの町が京都を模した「小京都」として作られ、そのなかには今日も地方の政治や文化の中心として残っている町が少なくない。（略）
大名たちの根拠地として力を蓄えた各地方は、たんに政治的な区分にとどまらず、経済的な意味でもこの時代にそれぞれ特色ある地域として育っていった。すなわち、各地の「名産」という観念が生れたのがこのころであって、そのいくつかは今日でも地方の伝統産業として知られている。
（17～18頁）

文化はかつて、日本の各地域から生み出された。文化による地域振興は、室町時代以降に築かれ、多様性に富む地域のイメージを形成していった。江戸時代の文化的な拠点も、江戸、大坂、京都の三つに分かれていたと、山崎は指摘する。

また、地方都市でも、土地の大名たち、すなわち戦国大名の庇護により、芸術や芸能が栄え、学問の振興も熱心に行われていた。

ところが、明治時代に突入し、日本経済の工業化がはじまって以降、１９７０年代に至るまで、工業社会が続き、地域の疲弊を招いた。まさしく産業優先の結果である。

コピー化された文化が、東京から洪水のように次々と地域に流れてくる中で、地域固有の文化は苦しい時代を迎えていた。地域で文化活動を行う人びとは孤立し、仲間内で慰め合うような状況にあった。工業化のもと、コピー化された文化は、地域経済にも一定の恩恵をもたらしたために、それに異を唱える必要はなく、危機は見過ごされていき、それを気に留める者はいなかった。

そうした潮流に大転換が起こった。70年代である。脱工業社会の到来であると山崎はいう。

> おりから日本の経済は、かつての古い工業中心主義から、俗に言う「脱工業化」、あるいは高度工業化へと、その体質を変えはじめていました。商品が単に物質的な利便の手段であることを越えて、それ自体の内部に文化を含みはじめていたのです。ファッションが重視され、商品のデザインが高く評価され、さらには人間が人間相手に仕事をする、サービス部門が拡大を始めました。経済自体が文化的な価値によって支えられ、しかもその中で、消費者の個人的な多様性が注目され始めたのがこの時代でした。
>
> それぞれの個人は、単にコピー化された文化を受け取るだけではなく、もっと多様で、生まの形で与えられる文化を求めるようになりました。美術全集ではなく版画を求め、テレビドラマではなくて、劇場の舞台を必要と感じ、ファッションですら自分に合った、自分のためにデザインされた商品を捜し出すことが、時代の流行になりつつあったのです。人々が身近かに生まの文化を求めるこの時代に、文化の配給拠点が東京一極を離れ、それぞれの個人の住む多様な世界、言い換えれば地域に移らなければならないのは当然のことでしょう。（『文化が地域をつくる』12～13頁）

地域文化賞は、こうした時代の曲がり角、すなわち「脱工業社会」や「柔らかい個人主義」といった、山崎の生涯のテーマと無縁ではない。

山崎がそもそも、地域の文化に強い思い入れを込めて関心を寄せたのにはほかにも理由があった。インタビューで述べているように、学生時代の演劇活動である。

「私自身が地域文化上がりなんです。私の学生時代に書いた最初の戯曲は、京都のくるみ座という劇団が上演してくれました。私は、地域文化の活動家がどういう人かをよく知っていましたし、尊敬もしていました。だから、この人びとを応援したいという気持ちがもともとあったわけですね」

山崎は、地域文化や人びとが東京の文化や文化人に比べて正当に評価されていないと感じていた。地域応援の思いは、彼にとって、かねてからの課題であった。『舞台をまわす、舞台がまわる』の中で、次のように語っている。

> 地域文化は二流の人がやることだ、というのが常識でした。優秀な人はみんな東京に出てくる。芸術家も文学者も社会活動家もそうだ。駄目なのが田舎に残ってやっている。それが当時の通念でした。（２１６頁）

この事実に、山崎は忸怩たる思いを抱いていた。自身の経験上、地方に優れた人がたくさんいることを知っていた。「彼らを何とか顕彰できないか……」と、純粋な思いを持った。都会に対して、地域が劣っているわけではないからだ。

さらに、もう一点、地域文化賞の設置の理由には、山崎の政治的な視点があった。左翼的イデオロギーへの対向だ。『舞台をまわす、舞台がまわる』で、彼はこう語っている。

私は地域の文化に左翼イデオロギーが独占的に入り込むことを防ぎたかった。当時はそういう政治的意図をはっきりと持っていました。放っておくと経済的にも文化水準の点でも階層化が起こることを危惧しました。

語弊のある言い方かもしれませんが、自分を二流と考えている人がいるわけです。一流になろうと努力しない。早々に諦めて、二流でいいやと考えている。家庭が貧しいとか、いろいろな事情が重なって、東京に出られなかった。だから二流のままでいいから、ここで好きな芸術活動や文化活動をやりたい。そういう人には往々にして左翼イデオロギーが容易に浸透してしまう。（略）不思議なことに、少なくとも日本における左翼理論は、二流であることを権威づける思想でした。考えてみれば、一流、二流なんて簡単にいえないことです。本当はそうではないのに、ある種の思い込みが自他ともにあって、俺は二流だと考える人がいる。（２１６頁）

文化は「遊び」

地域文化賞の選考方法は、じつにユニークである。示唆に富んでいる。まず、選考基準は、活動の継続性、独創性、発展性、地域への影響力の大きさなどを考慮し、原則として全国から毎年五件を選定する。

当初まとめ役だった梅棹は、創設時から2005年までの二十六年間にわたり、地域文化賞を見守り続けた。「一文の得にもならん阿呆らしいことを一生懸命やるのが、本当の文化だ」というのが、彼の持論だった。こう語っている。

> われわれが今「文化」と言っているのは、まあ言ってみたら「遊び」のことだと、私は考えています。つまり、儲からん話、それから腹の足しにならん話、そういうものを文化と考えていったらいいと思います。（『文化が地域をつくる』222頁）

> 遊びというのは、奇想天外な思いつきを生み出す。独創性があるんですよ。これはとてもいいことだと思います。毎年、何か一つは腹を抱えて笑うような、遊び心に溢れたものがあって、私はあの選考委員会を楽しみにしているんです。（『サントリー地域文化賞二十年の歩み「地域は舞台」』サントリー文化財団刊、2000年、269頁）

ただし、全国で行われている活動から「遊び心に溢れたもの」を選ぶのは容易ではない。どうしたか。

少数精鋭主義で財団を運営している以上、選定だけのために人を割くことはできない。かりに、役所に頼めば、おそらく優等生的な団体や個人を推薦してくるから、おもしろい賞にはならない。知恵をしぼった。

全国各地の地方新聞社とＮＨＫに候補の推薦を依頼した。誤解を恐れずにいえば、他人のフンドシで相撲を取る仕掛けだ。そのうえで、書面選考を行った。そして、しぼり込んだものについて、事務局のスタッフが現地調査し、その結果をもとに最終選考をする——。

ここで、地域文化賞の代表的な例を見てみよう。

「ＹＯＳＡＫＯＩ　ソーラン祭り」は今日、北海道の代表的な祭りである。しかし、生まれたのは１９９２年のことである。その意味で、伝統芸能の分類には入らない。

たまたま北海道大学の一人の大学生が高知に旅行し、よさこい祭りに出合った。この祭りを、札幌でもやりたいと思った。高知のよさこい祭りと北海道のソーラン節を合体させた祭りは、どうだろう……と彼はアイデアをめぐらせた。

「ＹＯＳＡＫＯＩ　ソーラン祭り」を立ち上げたのは、当時、北大一年生だった長谷川岳である。北海道に戻った彼は、仲間の学生五人で実行委員会を立ち上げ、他の大学にも参加を呼びかけ、一〇〇人をこえる組織をつくり上げた。彼らは、よさこい祭りとソーラン節を単に合体させるのではなく、祭りとして独創性のあるものへと仕上げていった。審査員をつけたり、さまざまな仕掛け、工夫をこらして、見るおもしろさ、競うおもしろさを付け加えた。北大生が種を蒔き、芽を出させて、猛烈なスピードで、祭りを全国区に育てあげていったのである。

文化財団の事務局のスタッフとして三十年以上にわたって働き、現在、特任研究フェローを務める小島多恵子は、地域文化のカリスマ的存在だ。「公私あわせて、年間五十日前後、地方にでかけた年もある」と、自ら語っている。彼女は、「ＹＯＳＡＫＯＩ　ソーラン祭り」について、次のようにレポートしている。

> 当初、行政や警察への協力依頼や札幌大通りと公園の使用許可申請などに対して返ってくる応えは、無理だ、駄目だの連続だった。協賛金もさっぱり集まらなかった。（略）
> だが、できてしまったのだ、結果的に。若者たちは決して夢を捨てず、智恵を絞り、粘り抜き、全力でぶつかっていった。その結果、一千万円を超える協賛金を集め、道路の使用許可を取り、高知から「よさこい祭り」のトップチームを招待し、札幌市内外から十チーム千人の踊り手を集めた。
>
> （小島多恵子著『ふるさとをつくる――アマチュア文化最前線』筑摩書房刊、２０１４年、26〜27頁）

長谷川らは、１９９２年6月、第一回の「ＹＯＳＡＫＯＩ　ソーラン祭り」を実現した。そして、「十年目には四万人の踊り手と二百万人を超える観客を動員するようになり、地域活性化の救世主のように注目され始めた」（32頁）と、小島は指摘する。まさしく地方創生の手本といっていい。文化が地域を活性化した典型的なケースといえよう。

文化財団は98年、「ＹＯＳＡＫＯＩ　ソーラン祭り」に地域文化賞を贈った。

小島は、「賞の値打ちは受賞者が決める」という山崎の言葉を、いまも覚えている。

ちなみに、２０２０年までに地域文化賞を受賞した個人・団体は二百二十五件、四十七都道府県のすべてにのぼる。それこそ全国津々浦々まで、草の根をかきわけるようにして探索し、地道な活動を続ける個人や団体に光を当てるユニークな賞だ。今日、高い評価を得ているのは当然といえよう。

手渡すバトンは心

東京大学名誉教授の御厨貴が地域文化賞にかかわるようになったのは、『政策の総合と権力——日本政治の戦前と戦後』（東京大学出版会刊、１９９６年）で学芸賞を受賞してからである。その翌97年7月、小島から電話がかかってきた。

「地域文化について、お話を伺いたい」という主旨で、よく聞けば、「21世紀の地域文化の担い手研究会」の座長を引き受けてほしいという依頼だった。地域文化賞の仕切り人ともいうべき小島は、なんとか、現場と研究者をつなぐ研究会をつくり、地域文化を伝承するための次代のリーダーづくりのお手伝いができないかと考えていた。それが、「21世紀の地域文化の担い手研究会」である。

佐治敬三は、前出のインタビューで、次のように話している。

> 財団も、せっかくこれだけの受賞者の方がいらっしゃるのだから、受賞者の方のネットワークとか、全国的な動きになるような工夫をせないかんな。（略）
>
> 地域文化のリーダーたちというのは、言うなれば偉大なマラソン・ランナーです。長い道のりを全力で駆け続けてこられた力というのは、大変なものです。でもこういうことは、バトンを次々に渡して走り続ける駅伝にしていかなければ。これは文化活動も経済活動も同じことだと思います。手渡すべきバトンは、金やモノよりも心の方ですから、これがなかなか難しい。だけど是非とも必

要なことでしょうね。（「地域文化ニュース」第13号、１９９４年4月掲載）

佐治のこの意向が、小島を後押しした。じつは、「21世紀の地域文化の担い手研究会」は、彼女が長年にわたってあたためてきたアイデアでもあった。単に、地域の個人、団体を表彰するだけでなく、受賞後のアフターフォローにも目を配ろうとした。よくありがちな〝表彰して終わり〟ではないのだ。政治学者である御厨は「そっちは専門ではありません」といって丁重に断った。ましてや御厨は、東京生まれ、東京育ちだ。

ところが、小島は簡単には引き下がらない。

「94年夏号の『アステイオン』の社会時評に、『地域を生きる』をお書きになりましたよね。『国家を生きることと、地域を生きることとの両方が日本に必要だ、その両方に目配りしていきたい』という趣旨のことを書かれていましたよね」

不意を突かれた御厨に対して、小島は次のように畳みかけた。

「『アステイオン』にお書きになった以上は、責任があります。先生にお願いすることは、もう決まっていますから、研究会の座長をお願いします」

御厨は、当時のことを、次のように物語る。

「当時は、小島さん、なんだかすごく怖かったですよ。とにかく『やれ』っていうわけです」

御厨が、その研究会に参加する研究者について尋ねると、意外な答えが返ってきた。同研究会に参加する学者は、御厨だけだというのである。

そのほかのメンバーは、地域文化賞を受賞した中から、長く続きそうな活動を担っている現地の人たちだといわれた。

「先生はインタビューなどお上手そうですから、大丈夫ですよね」

と、小島はこともなげにいった。むろん、オーラルヒストリーの専門家である御厨は、インタビューは得意だ。

「でも、そりゃ、いくら何でも無理ですよ」

と、彼は答えた。

「だいたい、地域の文化活動は職人気質の人たちがやっていて、彼らは学者のことを基本的に信じていない。僕なんかがエラそうなことをいったら、ツーッと帰ってしまいますよ。僕には無理です」

「無理じゃありません！」

小島は引き下がらなかった。結局、御厨は小島に押し切られ、この研究会の座長を引き受けることとなった。

しこたま飲んで議論する

御厨は、「現場」に飛び込んでみて、地域文化の現状を肌身で感じた――。

「21世紀の地域文化の担い手研究会」は、約一か月に一度の会合を持ち、二年間にわたって行われた。

その間、ゲストとして呼ばれた学者は、東京工業大学教授でリベラルアーツ研究教育院長の上田紀行、精神科医の安克昌、鷲田清一の三人だ。御厨のいうところの「おもしろそうな学者」である。それぞれのフィールドで地域文化に結び付く話をした後、出席者から質問を受け、聞きたいことやいいたいことを話してもらった。研究会のあとは、食事会である。

「しこたま飲んで議論をしたイメージがありますね」と、御厨は振り返る。

ある日の研究会には、ゲストとして地域文化の担い手を呼んだ。「ＹＯＳＡＫＯＩ　ソーラン祭り」を始めた長谷川岳や、ミニコミ誌『谷根千』をつくった森まゆみ（１９９２年地域文化賞受賞「谷根千工房」）などだ。

御厨のほか九人のメンバーは森と一緒に、東京の谷中、根津、千駄木地域を歩きながら議論をした。フィールドワークは、会議室の議論とは対極である。事務局のメンバーも加わり、総勢十五人が現地に足を運んだ。一行は、地域文化賞の受賞者が活動する三重県松阪、大分県湯布院にも出かけた。

現場を踏めば、普段とは違う発想が湧いてくる。思考の飛躍も生む。互いにお酒を酌み交わすことで、話が弾み、仲間意識も強まる。メンバーの多くは中間管理職であり、抱える悩みも共通していた。

「やっぱり、夜、飲まないとダメですね。酔わないと、みんな信用しない。地元にいくと、現地の人も最初は警戒してしまう。エラい先生がきたと、斜に構えてしまいます。だから、僕が前面に出るのではなく、一応、私が代表だけども、みんなそれぞれ、地域の文化の担い手だという話をして回りました」と、御厨は語る。

二年間の研究会の最後に、御厨は、メンバーを都内の自宅に呼んだ。それぞれが地域の名物を持って集まり、食べて飲んだ。これによって、さらに距離が近づいた。彼は手ごたえを感じた。

この研究会を通して、御厨が実感したのは、「地域文化は研究するものではない」ということである。つまり、高見に立って見下ろすのではなく、「現地」に足を運び、「現場」の感覚、肌触りを大切にすることだった。御厨が専門とするオーラルヒストリーの底流に現場主義の精神が流れていることと無関係ではないだろう。

> 「研究」というものが、必ず何がしかの業績を伴うものだとするならば、今年で二十年に及ぶ「地域文化」との関わりは、私の「研究」の範疇には入らない。私はこの二十年、「地域文化」を自らの学問的対象とついぞ考えたことはなかった。しかしだからこそ営々と「地域文化」に対峙してこられたのだ。では「研究」ではない「地域文化」とはいったい何であったのか。「好奇心」や「面白がる精神」を総動員して、それこそ全国の数ある「地域文化」の現場へ飛びこむことがすべてであった。
>
> そこに理屈や予備知識は何もいらない。自らの五感を全開にして、地域のイベントや担い手とむきあうのだ。その「地域文化」が醸し出すえも言われぬ雰囲気を存分にかぎ味わうことだ。宿に帰ったらすぐに忘れぬうちにその感動や印象をノートに記し、パソコンに打ちこむといったよくある行為は、厳につつしむべきだ。そんなことをしたら元も子もない。自ら閉じたはずの「研究」そのものへの封印を開いて、平々凡々たるツマラヌ考察になるのは火を見るより明らかだからだ。

それが可能だったのは、コトの発端が大学の研究室にはなく、サントリー文化財団の「サントリー地域文化賞」をめぐる活動であったことによる。（御厨貴著『平成風雲録　政治学者の時間旅行』文藝春秋刊、２０１８年、１９０〜１９１頁）

研究するのではなく、自らがプレイヤーとして、地域に参加する。ここにこそ、地域文化の本質がある。それが、御厨自身の地域文化とのかかわり方である。彼は、自宅にギャラリーを開設したり、京都の小劇場「ＴＨＥＡＴＲＥ　Ｅ９　ＫＹＯＴＯ」をつくる会の発起人代表になるなど、地域文化とは参加するものだというスタンスを貫き実践している。

地域文化は、地域の中に閉じこもりがちだ。しかし、環境の変化の中で活動を続けていくには、視野を広げ、他の地域の工夫や成功例からヒントを得ることも必要だろう。

四つの目標

地域文化賞の受賞者は、当初、集団の組織者が多かった。というのは、地域文化が苦しい時代の中で、何とか生き残るためには強い統率者を必要とする。したがって、授賞の対象は組織のリーダーがなるケースが多かった。近年は、例えばプロデューサーやマネージャーとして、複数の組織をまたいで全体を見る立場の人に授与されるケースが出てきた。地域文化活動が市民レベルにまで理解されてきたからだと、山崎は考える。

御厨らは、2019年、地域文化賞四十年を記念して、『続けるヒント』（サントリー文化財団刊、2019年）と題する小冊子を制作した。2017年に設置された「地域文化の未来を考える研究会」の代表で政策研究大学院大学教授の飯尾潤をはじめ、研究会のメンバーの東北大学大学院教育学研究科准教授の青木栄一らが編集したものだ。

これまでに地域文化賞を受賞した二百二十五の個人・団体のうち、後継者がいないとか、人口減、次期リーダーの不在などの理由によって途絶えてしまった活動は、約五分の一にのぼるという。見えてくるのは、続けることの難しさである。そこで、どうやったら続けられるかのヒントをまとめたのが、この小冊子である。

指摘するまでもなく、地方の活性化にはリーダーが必要だ。それも、自ら現場に出かけて、現場での苦労や問題点、課題を自分の身体でつかみ、それを具体的に政策に反映し、整理し、決断して実行するリーダーが望ましい。これまでは、戦後の地域の文化活動を担ってきた初代ともいうべきリーダーがその役割を果たしてきたが、高齢化が目立ち、第一線から退く人が多くなった。いまや担い手は二代目、三代目にかわろうとしている。

御厨はまた、四半世紀にわたって地域文化賞に携わる中で、前述したように、本業の政治研究とは一線を画し、地域を研究対象として見ることは、一切してこなかった。「研究対象にしないからこそ、続けてこられた」として、御厨は『続けるヒント』で次のように語っている。

> 私にとって地域文化とは何であったのか。それは趣味でもなければ、好奇心でも、単なる面白がりでもありません。
>
> もちろんそういう要素は十分にあるのですよ。しかし私にとって地域文化というのは、現場があって、その現場に私がどう関わるかという、その主体性の度合いがポイントなのです。それ以外はおそらく全く意味がないものだと当初から考えていました。（6頁）

　地域文化賞の生みの親の山崎は、今後の地域文化について、前出の『文化が地域をつくる』の中で、四つの目標を目指して発展していくべきだとし、その萌芽がすでにみられるとしている（16〜19頁）。これらは、インターネットの普及によって一地域の情報がまたたくまに世界に拡散される現代において、また、パンデミックによって地域間の自由な移動が制限される環境下にあって、示唆に富んだ処方箋である。以下、山崎の提案をまとめてみよう――。

　第一に、「地域文化はその地域の一般住民のものである」ということだ。地域文化は、住民たちが土地の芸能や美術、文学、ファッション、味覚を鑑賞し、味わい、判別し、価値づけることによって創造される。「パリにしても、そこに住む一般市民の趣味の高さがなければ、かつてのフランス映画も印象派の絵画も、あるいは今日のパリ・コレクションも成り立つはずがないし、またそれが世界に対してみずからを発信することもなかったでしょう」と、山崎はいう。

　第二に、「文化の創造にあたって、消極的な地域の特殊性に閉じこもるのではなく、積極的な独自性を打ち出していくこと」だとする。

ここでいう消極的な地域の特殊性とは、その土地の過去の伝統や自然条件によって与えられた特殊性を指す。これにこだわりすぎると、文化は発展のダイナミズムを失う。また、「普遍的な理解の可能性を失って孤立する」と、山崎は指摘する。

よりわかりやすいいい方をすれば、地域文化を「守る」とか、伝統の「保存」といい出すと、若者たちは途端に興味をなくす。そうではなく、地域の外の人たちにも普遍的に通じる文化を目指すことが重要だとする。「ＹＯＳＡＫＯＩ　ソーラン祭り」や、いまや世界から観光客が足を運ぶ湯布院の町づくりなどは、地域外にも通じる文化が地域をつくっている代表例だろう。自分たちの地域文化のあり方を住民が主体となって自ら考え、行動することが求められている。

第三に、「全国的な発信」だ。かつて、地域と全国、世界の間には、一極集中の極である東京があった。しかし、いまや地域文化は東京を経由せずに全国へ、あるいは全世界へと発信される。インターネットの普及が、それに拍車をかける。２０２０年に地域文化賞の特別賞を受賞した愛知県瀬戸市の「せとひとめぐり」は、日本三大陶器祭の一つ「せともの祭」がコロナ禍で中止となる中、代替イベントとして若者たちが自発的に企画した。ツイッターやウェブサイトなどインターネットを活用して工夫をこらし、混雑をさけた「対面交流型」の企画を実現したことが評価された。インターネット世代がつくり出したイベントとして、これからの地域活性化のヒントになるだろう。

最後に、文化によって地域を豊かにすることを越え、「地域が人類文化そのものに貢献する」ことが、第四の目標だとする。人類にとって普遍的なおもしろさ、価値ある文化は、地域から始まる。地域文化賞の目指すところは、まだ先にある。

いま、多くの地域は、人口減少、少子高齢化、後継者不足、次代のリーダーの不在など、文化活動を続けるうえでの困難を抱えている。

御厨らは、小冊子『続けるヒント』で、「三年だけでいいから」といって祭りへの参加を頼んだり、「年齢や性別による仕切りを取り払う」「学校と連携する」「働き盛りの世代にうったえる」など、まさに現場の目線で、活動を継続するための具体例を示している。

大平政権の「田園都市国家構想」のあと、竹下登政権の「ふるさと創生」、さらに安倍晋三政権の「地方創生」と呼び方は変わっても、地域活性化の取り組みは続いている。環境の変化や進展するテクノロジーを味方につけ、本当の意味で文化が地域をつくり、輝かせることができるか。戦後日本が抱える人口減少、過疎化、少子高齢化などの社会課題が待ったなしの状況下で、山崎がいうようにその解決の一歩として「文化が地域をつくる時代」を構築できるか。その意味で、地域文化賞の真価が問われるのは、まさにこれからである。

第6章

躍動する「知」のリーダー

なぜ国際シンポジウムか

――佐治敬三さんという経営者は、もっといろんな方面から光が当てられていい経営者だと思うんです。とてつもない人です。印象的なのは、会ってもまったく威張ったところがなかった。山崎さんの活動には、口をはさまれなかったとお聞きしていますが、いかがでしたか。

山崎　そうです。あえていえば、「シンポジウムというものをやって欲しいな」と、それだけはいわれましたね。「おもしろそうだからね」といった。佐治さん、どこかで聞いてきたらしいんだよ。「じゃあ定期的なシンポジウムをやりましょう」となった。

――佐治さんは、こまめにシンポジウムにいらっしゃって、一生懸命にメモをとられていたと聞きました。ご自身が研究者を目指していたというだけあって、勉強がお好きだったんでしょうね。

文化財団は、設立以来、たくさんのシンポジウムを開催します。私は、第一回目の「日本の主張」を聞きにいきましたよ。大阪へ出かけました。

山崎　そうですか。ありがとう。

――鮮明に覚えているんですよ。シンポジウムというのを初めて聞きにいきましたからね。前の方で聞いていました。舞台にみなさんがズラリと並んでいて、その中に山崎さんや高坂（正堯）さんがいらっしゃったのを覚えています。

70年代から80年代、日本は高度成長を経て自信を持ってくると同時に、世界に向けて自らが何者であるかを発信することが求められるようになった。それが「日本の主張」なのだと感じて、非常に新鮮だったんです。

山崎　そうでしょうね。じつはね、「日本の主張」が欠けているという声が多かったんですよ。「顔のない日本」という言葉が、ずいぶん流行りましたからね。経済成長で体は大きくなったけど、顔がないじゃないかといわれた。

――それが「日本の主張」の背景ですか。

山崎　そうです。英語では「JAPAN SPEAKS（ジャパンスピークス）」っていうの。

――なるほど。こういう切り口のテーマがあるんだ、と思いました。言葉そのものが、ものすごくアグレッシブで斬新に感じました。タイトルは誰がどう決められたんですか。

山崎　たぶん、私と高坂さんとの相談で決めたと思います。ただね、自分で矛盾を起こしたんだけど、呼んだ人が偉すぎた。

――そうですか。

山崎　だってダニエル・ベルでしょ。レヴィ＝ストロースでしょう。

――レヴィ＝ストロースなんて、失礼ながら、まだ生きていらっしゃったのかと思いました。

山崎　こんな二人を呼んできたら、「日本の主張」もへったくれもない。偉すぎるから、ただただ拝聴するほかない。だから、ジャパンスピークスっていうのを撤回し、私的な席でジャパンリッスンズとした（笑）。

――それにしても、ダニエル・ベルやレヴィ＝ストロースを呼んでこられるなんてびっくりしましたよ。

山崎　例えば外国の学者の情報なんかはね、佐治さんの推薦の初代事務局長の石井（孝史）くんは非常に豊かだった。ダニエル・ベルも、彼が推薦した何人かの中に入っていたんです。

――へえ、そうでしたか。

山崎　ただ、当初は私の描いた絵があるだけで、石井くんは何をしていいのか戸惑っていた。財団の初期のころは、私がまだもちろん若いということもあるし、責任意識もあるから、かなり細かいことまで全部やったんです。

シンポジウムを開くことになりましたが、「日本人を集めてシンポジウムを開いたって、おもしろくない」となり、主力は外国人にした。それが、この一回目の「日本の主張」です。

二人に加えてもう一人、ロバート・リフトンを呼んだ。アメリカおよびフランスを回って、直接会って、説得してお願いするのを全部私がやったんです。一回目から三回目くらいまでやったかな。

石井くんは、そばについてきて、私のいうことを聞いてるわけ。だんだんおもしろくなってきたんでしょうね。当時の会社でいうと、入社して四、五年で海外出張なんてこと、あんまりなかった時代です。彼はポケットに大枚のドルを入れて、私についてくるわけですよ。とにかく、足と口を使って、呼んできた。あのシンポジウムは全部、手づくりだったんです。私もうまくいったなという感じでした。

シンポジウムというものが、やっと日本に定着し始めたくらいのときだからね。それが何かを知らない人もいるくらいだったところへもって、すごい名前の人を呼んだでしょう。ちょっとしたお祭りになりましたね。

――そのあとも、驚くようなビッグネームがたくさん出てきます。

山崎　ミルトン・フリードマンは、おそらく財団が早い段階で国際化していなければ、まず現れなかったと思います。私は妙にフリードマンと仲良くなってね。いまだに、彼がくれた、経済学者の顔が刺繍されているネクタイを持っている。

――文化財団が始めた一連のシンポジウムは、「知の爆発」みたいでしたよ。ロケットスタートというか、あそこから一気に、世の中での文化財団の存在感が高まったように思います。

山崎　運もよかったんです。

――時代もありましたね。

山崎　もちろん、時代がありました。ただ、一年くらいしたとき、〝外敵〟が現れた（笑）。

――というと？

山崎　亡くなった人を一方的に批判しちゃあ悪いけど、江藤淳。私とか高階秀爾さんとかが加わって、一緒に『季刊藝術』という雑誌をやっていた。彼は、私を家来にしたつもりでいた。何というかな、一党一派をつくろうとしていたんです。そこに、もう一人、粕谷（一希）さんがいた。二人は喧嘩をしていた。ところが、彼は『中央公論』を辞めてサントリー文化財団にかかわった。そんなこともあって、江藤淳は「ユダの季節」という悪名高い雑文を書いたんです。

——そう、そんなエピソードもありましたよね。

山崎　そんなこともありました。

演劇プロデューサーの顔

国際シンポジウムは、いまでこそ珍しくないが、サントリー文化財団がそれを手掛けたとき、日本ではまだ、シンポジウムという言葉さえ市民権を得ていなかった。『シンポジウムって何？』という時代でしたよ」と、山崎正和は振り返る。そんな時代に文化財団は、なぜ国際シンポジウムを次々と手掛けていったのか。

そのキッカケは、山崎に投げかけられた佐治敬三の一言だった。

「シンポジウムというものをやって欲しいな。おもしろそうだからね」

佐治が、文化財団の活動内容に口をはさんだのは、これが最初にして最後である。山崎に全幅の信頼を寄せていた佐治は、日頃から「山崎先生にお任せしているのだから」と、事務局スタッフに話していた。つまり、国際シンポジウムの開催は、佐治の文化財団に対する唯一の要望だった。

サントリーは１９８０年代を目前にして、Ｍ＆Ａによる事業拡大を視野に入れていた。佐治は、しばしば海外出張に出かけた。海外を回る中で、国際シンポジウムの存在を知り、関心を持った。知識人たちが政治、経済、文化など各方面で積極的に発言し、政策にも少なからず影響を与えていることに興味を持った。

佐治はまた、財界活動を重ねる過程で、危機感と焦りを覚えていた。敗戦から三十年余りが経過し、日本は経済的な豊かさを達成しつつあった。これまでのように国益ばかりを追求するのではなく、国際社会にどう貢献できるかという視点を持つことが求められた。世界との協調である。海外から著名人を招いて、国際シンポジウムを開き、日本と海外との相互理解を促進したいと、佐治が考えても不思議ではない。

山崎に異論があるはずはなかった。むしろ、先駆的なものを手掛けてみたいと野心を燃やした。

「びっくりするようなシンポジウムをやって見せましょう」と、山崎は答えたが、ただ、国際シンポジウムなるものをいかに仕切るか、当時の日本には、まったくノウハウがなかった。

「いまでこそみなさん、シンポジウムなんて昔からあるものだとお思いでしょうが、しかし、日本でかなり早い時期にそれを計画した人間の一人が私なんです」と、彼は自負する。

シンポジウムを仕切るプロデューサーは、まず、企画の立ち上げから始めなければならない。コンセプトを練り上げ、テーマ設定をする。これは、山崎のもっとも得意とする分野といっていい。彼の評論領域は、政治から経済、社会、哲学、歴史、芸術までと幅広いし、時代への鋭い感性を備えている。時代の気分を読む嗅覚も並外れて鋭い。日頃から脳裏にはたくさんのコンセプトがあたためられている。討論のテーマは山ほど持っていた。

ポイントはコーディネート力である。どんなに立派な企画を立てたとしても、コーディネートに失敗すれば、シンポジウムの成功はおぼつかない。パネラーの招聘からはじまって、会場選び、概算予算の算出、事務局の分担準備作業、広報宣伝活動に至るまで、その内容は多岐にわたる。人、モノ、カネ、情報、そして時間をどのようにコーディネート、マネジメントするかにより成否は決まる。大阪の文化振興活動を通して、彼はそのコーディネート力を身につけていた。

とりわけ、国際シンポジウムの場合、海外から著名なゲストを招くケースが多い。そうなると、渡航費用や滞在費のほか、夫婦での来日に備えて、夫人のアテンド費用も必要である。また、大物になればなるほど、早い時期に出演依頼をしなければいけない。要するに、国際シンポジウムのコーディネートは、経験や知恵、段取り力や調整力、さらには圧倒的な実行力が不可欠だ。誰にでもできる仕事ではない。

幸いなことに、山崎はこれらに関して国際的なノウハウと経験値を有していた。フットワークも並外れていた。

というのは、山崎は、前述したように演劇プロデューサーとしての顔をもつ。１９６４年、イェール大学の演劇科に客員研究員として招かれ、自作の戯曲『世阿彌』を現地で上演する稀有な経験を有していた。配役や演技指導などを含め、芸術監督として海外で作品をトータル・プロデュースした経験は、国際シンポジウムをコーディネートするうえで役に立った。アメリカの財団巡りをして上演のための資金を集めた経験もある。さらに、ニューヨークでの上演から七年半後の１９７１年、『世阿彌』のイタリア公演も経験している。

当時の日本に、山崎ほど国際コミュニケーションの素養を身につけ、国際的行動力を備えた知識人はいなかった。国際シンポジウムのプロデューサーとしてうってつけだった。その仕切り役を務めることは、自らの手腕を発揮する絶好の機会だった。

文化財団の「事業計画」には、「向こう三年間、『日本の主張』をメインテーマに、文化・社会・政治・経済の分野にわたって、日本の伝統および現実の分析から未来の可能性をさぐる国際的なシンポジウムを開催する」と記されていた。

「お祭りならいくらでもできるけれども、一発勝負ではつまらない。長続きする事業をやりたい。定期的なシンポジウムをやりましょう」と山崎はいった。

> この財団では国際関係を重視しようというのも一つの柱でした。やがて、これが私にとって中心的な仕事になりました。旗揚げを兼ねて、三年連続の国際シンポジウムを企画しました。当時「顔のない巨人」といわれた日本の「顔」を何とかしようと、「Japan Speaks」と銘打って討論会を開催したわけです。(『舞台をまわす、舞台がまわる』２２４頁)

ダニエル・ベルとの付き合い

ある日の夕方、事務局の勝田哲司は、例のごとく「会議室にくるように」といわれた。それが、国際シンポジウムの号砲だった。

財団の会議室には、山崎と高坂のほか、森口親司、蠟山昌一が集まっていた。勝田の役割は、山崎たちの議論をかたっぱしから黒板に書き写すことだった。

「クリシエ（決まり文句）を出してまとめれば、テーマになるんじゃないかと、山崎先生がいわれる。すると、みなさんが次々と発言される。それをどんどん黒板に書いていきました。ところが、固有名詞がわからないわけですよ。しかも、みなさん略語でおっしゃる。横文字も出てくれば、もうまともに書けない。それ以来、猛勉強しましたね」

三年連続の「日本の主張」は、文化財団設立二年目にしていきなりの大型企画だった。

パネリストの人選にあたり、ひっかかる点が一つあった。欧米の日本論の研究者は、いま一つマイナーな存在だということだ。ドナルド・キーンやジェラルド・カーチスは例外として、日本論研究者は、概して世界の知識人の間では知名度や影響力があるとは思えなかった。

「日本人のシンポジウムを開いたっておもしろくない。パネリストは全員、外国人でもいいくらいだ」という事務局長の石井孝史の意見もあり、新たな視点で外国人パネリストを開拓することになった。石井が推薦した候補者をあらためて紹介すると、ハーバード大学教授で社会学者のダニエル・ベル、コレージュ・ド・フランス教授で社会人類学者のクロード・レヴィ＝ストロース、イェール大学教授で精神科医のロバート・リフトンらである。

リフトンは、山崎とはイェール大学でともに仕事をした間柄であるから、承諾をとりつけるのは比較的容易である。問題は面識のないダニエル・ベルとレヴィ＝ストロースだ。

ダニエル・ベルといえば、１９６０年に出版された著作『イデオロギーの終焉』（岡田直之訳、東京創元新社刊、１９６９年）が世界的なベストセラーになり、その名は世界中に知られていた。そして、１９７５年邦訳の『脱工業社会の到来』は、今後の日本社会がどのように発展するかを予測するうえで必読の書だった。ベルが提唱した工業社会にかわる新しい社会の到来を意味する脱工業社会の概念に、山崎は共感していた。

ダニエル・ベルとレヴィ＝ストロースに手紙を送り、直接、訪ねていくことになった。「あのシンポジウムは、ぜんぶ手づくりです。自分でもずいぶん努力したなと思います」と、山崎は回想する。「手づくり」とは、いま考えても、ずいぶん無鉄砲な話だが、彼は象牙の塔にこもる学者とは違って、抜群にフットワークがよかった。同行したのは、石井である。

まず、ダニエル・ベルをアメリカのマサチューセッツの自宅に訪ねたところ、歓迎されなかった。「ベルを押してもしばらく出てこない。やっと出てきたと思ったら、眠そうな顔をして、『まだ寝ていたんだ』なんていうんですね」という。山崎は、『舞台をまわす、舞台がまわる』で、そのときの様子を次のように話している。

ダニエル・ベルのところには、何日に伺うとあらかじめ手紙を出していました。ところが、あちらに着いて電話をかけたら、眠そうな声で、怖ろしく機嫌が悪い。「私は二、三日前に日本から帰ったばかりで、まだジェットラグに苦しんでいる。そんな手紙、受け取ったかな」なんていうんです。「手紙は出した。とにかく会ってくれ」と、ケンブリッジ（マサチューセッツ州）の彼の家を訪ねました。あれだけ著名な人が、比較的質素な家に住んでいるなという印象でした。奥さんはパールという名前で、気さくな愛想のいい御婦人でした。初めに十五分くらい趣旨を述べて帰るつもりだったのが、結局、三時間くらいしゃべりました。それで友だちになった。シンポジウムに行きましょう、という返事をもらいました。（２２４〜２２５頁）

山崎は、ベルが打ち解けたときのことを、あらためて次のように語ってくれた。

「最初は手ごわいなと思ったんだけど、三十分くらいしゃべったあと、急にくだけてきた。なんというか、解けてきた。なぜだかは私にもわからない。その後、彼は書斎を見せてくれたり、集めている日本の版画を見せてくれたりして、あっという間に時間がたってしまった。それで、仲良しになって、『いくからね』といってもらえたんですね」

山崎は後年、自ら翻訳したダニエル・ベルの著作『知識社会の衝撃』（山崎正和ほか訳、ティビーエス・ブリタニカ刊、１９９５年）の解説「希望を捨てない悲観論者——二十世紀の思想家の歩み」で、次のようにベルを紹介している。

かつて、あるシンポジウムでダニエル・ベルと同席したとき、私はこの高名な知的先輩を次のような言葉で紹介した。

「ダニエル・ベルは、二十世紀のカール・マルクスである。ただひとつ違う点は、マルクスの預言は百年後にすべてはずれたが、ベルの予言は半世紀を経て、ことごとく現代の状況を言いあてていたことである」。（略）

『イデオロギーの終焉』でも『脱工業社会の到来』でも、著者は現代の状況を冷静に分析しながら、つねにそのなかに置かれた人間の運命について憂えている。彼がひとつひとつの問題を根源的に考え、哲学の深みにまで降りて行くのは、もちろん抑えがたい知的衝動の産物である。だが、彼がそれらの問題をたがいに関連づけ、そのことの困難を知り尽くしながら総合的に考えるのは、彼の人間への責任感の現れである。（３３１～３３２頁）

続いて山崎は、レヴィ＝ストロースに会うために、その足で彼の仕事場であるパリのコレージュ・ド・フランスに向かった。ニューヨークからパリへは、コンコルド機に乗った。

レヴィ＝ストロースは、それまでに日本で何回か講演をしていて、日本とは縁が深かったし、日本の人類学者の中には、彼の弟子筋の人がたくさんいます。しかし今回は、全然筋の違うのが来たということで興味を持ったらしく、長々と話すまでもなく、すぐに来てくれることになって、思ったより簡単でした。（『舞台をまわす、舞台がまわる』２２５頁）

実際、レヴィ＝ストロースは、１９７７年から１９８８年の間に五回、日本を訪ねている。日本を深く理解し、『古事記』や『日本書紀』に造詣があり、文楽や歌舞伎の戯曲にも関心を寄せていた。「近松《ちかまつ》、出雲《いずも》、松洛《しょうらく》、千柳《せんりゅう》、南北《なんぼく》が、文楽のために書いた戯曲や、その歌舞伎に脚色されたものを読むと、私はその豊かさ、筋立ての巧みさ、メロドラマと詩の結合、庶民生活の情景に融合した英雄的感情の描出に、すっかり魅惑されてしまいます」と、著作『月の裏側　日本文化への視覚』（川田順造訳、中央公論新社刊、２０１４年、29頁）で述べているほどの日本通だ。初対面ではあったが、戯曲の世界は山崎の得意分野なのだから、話が盛り上がらないはずがなかった。

三回にわたる「日本の主張」

第一回の国際シンポジウムは１９８０年3月、大阪のロイヤルホテルで開かれた。タイトルは、前述の通り「日本の主張　１９８０」、副題は「JAPAN SPEAKS」である。

「あのシンポジウムは、ちょっとしたお祭り騒ぎになりましたね」と、山崎は当時をなつかしむように語る。もちろんシンポジウムは単なるお祭り騒ぎで終わるわけがない。それは、山崎によって考え抜かれた「知」の仕掛けだった。つまり、日本の新しい国家モデルを世界に問うためのイベントである。

国際シンポジウムほどの大舞台ともなれば、その運営を広告代理店に丸投げするのが通例だが、しかし、常識には従わないのが文化財団である。あらゆる行事において自前主義を貫いた。それがもともとサントリーのやり方だ。

なぜ、自前主義なのか。当時、サントリー東京広報室に在籍し、２００８年に文化財団専務理事に就任、十年間にわたって専務理事を務めた今井渉は「外の人に任せてしまっては、先生方とのつながりが残らない。ノウハウも蓄積できない。それに、事務局メンバーも育たないですからね」とこともなげに語る。

準備からしてすべて初めてのことばかりであったが、当時の文化財団事務局長の黒澤清治は、「自分たちの手でシンポジウムをやる」と腹をくくった。平木英一を中心に事務局はフル稼働した。勝田は、１９６５年に発足した国際会議の通訳者グループの草分けのサイマル・インターナショナルに足を運び、同時通訳者の手配から始めた。

勝田が苦労したのは、関西の経済人をはじめ、国内の学者やジャーナリスト、メディア関係者からなる招待客の名簿づくりだ。人手もなく、パソコンどころかワープロも普及していない時代で、彼は夜遅くまで手書きで名簿を作成した。「夜の十二時前に帰宅できる日はほとんどなかった」という。結婚して一年目だった。

「名簿は三〇〇〇件くらいだったと思います。ダブリのチェックとか、肩書きの確認とか、気が遠くなるような仕事でした。それに佐治さんはぜんぶ目を通すんですね。字の間違いはないかとか細かくチェックされました」と、勝田は苦笑する。

パネリストの顔ぶれは、海外勢がロバート・リフトン、クロード・レヴィ＝ストロース、ダニエル・ベルに対して、日本勢は山崎正和、高坂正堯、森口親司、東京大学教授の公文俊平、東京工業大学教授の永井陽之助、京都大学助教授の米山俊直、東京大学教授の佐藤誠三郎、同大学教授の芳賀徹、小松左京である。

私は、「日本の主張」というタイトルに衝撃を受け、聞きたいと思った。このシンポジウムを聞くため、東京から大阪に駆け付けた。敗戦後、焦土から立ち上がり、高度成長を成し遂げ、１９６９年に米国に次いでＧＤＰ世界第二位になった日本とはいえ、その頃の日本人はいまひとつ確固たる自信はなかった。そこに「日本の主張」というタイトルを示され、ああ世界に向かって堂々と「日本の主張」をしてもいいのだと感じた。多分、敗戦を知らない人たちには、そのときの気持ちはわからないだろう。

ホテルの会場の聴衆席はぎっしり埋まっていた。舞台の正面に掲げられた「国際シンポジウム　日本の主張　JAPAN SPEAKS 1980」のタイトルにスポットライトが当てられ、雛壇よろしく演台にパネリストたちが並んで座っていた。華やかだった記憶がある。

高坂正堯が「ちょっと待って」といって、通訳者に「これ、きちっと訳されているのかな？」と聞いていたのを妙に覚えている。

ただ、第一回目のシンポジウムは必ずしも、山崎の満足のいくものではなかった。「日本の主張」のタイトルもあって、「日本人がしゃべるぞという触れ込みだったけれど、実際は日本人は聞いている方が多かったんだよね」と、山崎は苦笑した。

当時の日本は、確かに高度成長を背景に、イケイケドンドンで経済的膨張をしていた。日本は、世界からアグレッシブだと見られていることに微妙な後ろめたさを感じていた。まだ初心だった。だから、「日本の主張」と打ち出しても、遠慮がちにならざるを得なかった。それを象徴するかのように、こんな印象的なシーンがあった——。

小松　このシンポジウム全体の疑問ということで最後に出しておきたいのですが、アグレッシブということは、いつから悪いことになったんでしょうか。
森口　それはだれに対する質問ですか。
小松　ここのすべての人たちに……。
森口　少なくとも私は、悪いといった覚えはありませんし、そうきめつけた議論はポジティブには出ていないでしょう。
ベル　その質問は、アグレッシブにきいていらっしゃるんでしょうか（笑）。
（山崎正和ほか著『「顔のない巨人」の顔　日本の主張'80』文藝春秋刊、１９８１年、65頁）

小松左京の質問は、鋭かった。
開催の意義は十分あったと、山崎は語っている。
さて、このシンポジウムは結果として、Japan Speaks ならぬ Japan Listens に終わりました（笑）。でも大変面白い対話はできたし、しかも佐治敬三さんの取り持ちが見事で、あっという間に外国からの客を魅了して、友だちにしてしまった。ああいうところが佐治さんの人徳というか、才能でしょうね。（『舞台をまわす、舞台がまわる』２２６頁）
シンポジウム終了後は、パーティーが開かれた。

「ダニエル・ベルが私の肩をつついて、こういうんです。『知ってるか？ 俺たちみんなユダヤ人だ』と。もちろん、私は知っていました。日本側は、このシンポジウムを密かに〝JJ Conference〟つまり〝Japanese Jewish Conference〟といっているんだといったら、ベルは喜んでいましたね」と、山崎は楽しそうに振り返る。

山崎とベルは、第一回目のシンポジウムを機にますます意気投合し、その後、三十年にわたって家族ぐるみの私的な付き合いをするようになる。パール夫人の淹れた濃くて芳醇なコーヒーの味が忘れられないと、山崎は折に触れて語っている。のちに詳しく述べるが、海外英文ニューズレター『コレスポンデンス』の発刊も、ベルなしにはありえなかった。

ダニエルは私よりも十五歳上ですが、経歴もある意味で似ています。二人とも同じような年頃に左翼運動を経験していて、彼はトロツキストです。それを聞いてこちらは「僕はスターリニストだ」と（笑）。「そんなのは少年非行だから、アメリカでも許されるんだ」とダニエルはいっていました。すでにこちらがダニエルの著書を読んで会いに行っていますし、政治経済から芸術まで、幅広く議論できるので、まず気があったということがあります。でも、そうでないところでも妙に一致する。例えばポストモダニズムの「ディコンストラクション（脱構築）」がどうも好きじゃないと話すと、ダニエルも辛辣《しんらつ》でした。「彼らは同じタネで本が二冊書ける。まずコンストラクションをやっておいて、ディコンストラクションでもう一冊」と（笑）。（『舞台をまわす、舞台がまわる』２２６頁）

翌１９８１年3月には、「日本の主張　１９８１」が同ホテルで開催された。パネリストは、ブルッキングス研究所主任研究員のフィリップ・トレザイス、EC本部のエンディミヨン・ウィルキンソン、バージニア工科大学教授のジェームズ・ブキャナン、山崎正和、高坂正堯、森口親司、蠟山昌一、永井陽之助、総合研究開発機構理事長の下河辺淳、京都大学教授の馬場正雄、小松左京、衆議院議員の坂田道太である。

さらに、１９８２年3月には「日本の主張　１９８２」が同ホテルで開かれた。パネリストは、梨花女子大学教授の李御寧、コロンビア大学教授のドナルド・キーン、サセックス大学教授のロナルド・ドーア、山崎正和、高坂正堯、森口親司、蠟山昌一、永井陽之助、馬場正雄、佐藤誠三郎、公文俊平、開高健である。

三回連続で開かれた「日本の主張」シリーズは、いかなる内容だったのか。それを知るため、各回のテーマ設定を見ておこう。

第一回は「日本は攻撃的な国か」「わかりにくい日本？」「日本は中流国家か」、第二回は「日本は豊かな国か」「日本は変わり者の国か」「日本はまとまりのよい国か」、そして第三回は「日本の伝統はどこまで伝統的か」「第二次産業革命と日本」「リーダーシップの分業は可能か」「日本人は何を信じて生きるか」――である。

いまとなって振り返ってみると、ずいぶんと素朴で、素直な設問ではないか。「日本の主張」とうたっていながら報告者が外国人であり、第三回目となって、ようやく報告者が日本人となったのは、あの時代の限界だったといえようか。したがって、「日本の主張」とは、いささか背伸びをした印象をぬぐえなかった。

ミルトン・フリードマンを招聘

文化財団の国際シンポジウムは、「日本の主張」シリーズを皮切りに、次々と開かれた。例えば、第一回「日本の主張」の開催と同じ１９８０年9月に、シカゴ大学名誉教授のミルトン・フリードマンを招いて、「自由社会と日本」と題するシンポジウムを東京で開催した。コーディネーターは、立教大学教授の西山千明である。西山は、シカゴ大学でフリードリッヒ・ハイエク門下に入り、フリードマンらと自由主義経済哲学、貨幣理論を学び、フリードマンの『選択の自由　自立社会への挑戦』（日本経済新聞出版社刊、１９８０年）などの翻訳者である。

「じつは、意外なことに、ミルトン・フリードマンを紹介してくれたのは、ベルなんです。フリードマンは自由主義でしょう。ベルはどちらかというと、政府コントロール派で立場は違うんだけれども、紹介してきた。それで、私とフリードマンとは妙に仲良くなったんですね」と山崎は語る。

パネリストは、高坂正堯、東京大学教授の内田忠夫、日本経済研究センター理事長の金森久雄である。シンポジウムをまとめた『フリードマンの日本診断』（M・フリードマンほか著、講談社刊、１９８１年）のあとがきで、西山千明は次のように記している。「サントリー文化財団がフリードマンに来日して講演することを要請し、これが昭和五十五年九月に実現した。講演会はたいへんな盛会であったばかりでなく、あまりにも聴講希望者が多かったので、全体で約一万人にもおよぶ人びとが参加表明をしたにもかかわらず参加できずに終わってしまった」（２９１～２９２頁）。

よく知られているように、フリードマンが提唱した新自由主義は、政府による市場や個人への介入を最小限とする経済思想である。自助の精神が取り戻されたとする評価の一方で、格差社会を拡大したという批判がある。いち早く新自由主義をテーマにした国際シンポジウムを開催した先見性に加えて、引く手あまただったに違いない彼を、誕生して間もない文化財団が日本に招いた実績は評価されてしかるべきだろう。

フリードマンの新自由主義は、各国の政策に影響を及ぼした。代表例には、イギリスのサッチャー政権によるサッチャリズム、アメリカのレーガン政権によるレーガノミクスがある。日本の中曽根康弘政権の経済政策にも大きな影響を与えた。国鉄や電電公社の民営化がそれである。小泉純一郎政権も新自由主義的政策を推し進めた。

一連の国際シンポジウムの開催は、その後の山崎の「知」の海外ネットワークの構築に寄与したことは指摘するまでもない。

シンポジウムといえば、１９８１年８月には、サンフランシスコ対日講和条約三十周年記念シンポジウムとして「吉田茂　その背景と遺産」を東京で開催した。このシンポジウムでは、ある事件が起こった。

パネリストは、プリンストン大学教授のマリウス・ジャンセン、ハーバード大学教授のエズラ・ヴォーゲル、山崎正和、高坂正堯、江藤淳、衆議院議員の木村俊夫である。当時の日本は、戦後の大転換期であるとともに、国際情勢が大きく動いた時期だった。いま一度、戦後日本を振り返りつつ、国家のあり方を問う気運が生まれていたといえる。

山崎がコーディネートし、司会を高坂が務めたが、二人は、事前に江藤を寿司屋に招き、パネリストとしてシンポジウムに出てくれるよう丁重に依頼した。山崎と高坂が江藤に気を使ったのは、理由があった。

江藤は、中央公論社の粕谷一希の「サロン」に出入りしており、そこで一党一派をつくっていた。江藤にしてみれば、山崎がサントリー文化財団をつくったことがおもしろくなかった。また、江藤はしばしば粕谷とぶつかっていた。その意味で江藤は、サントリー文化財団に恨みをもっていたと思われる。

その恨みをはらすかのように、江藤は同シンポジウムの席上、おかしなことをいいだした。司会を務める政治学者の高坂にとって、吉田茂は師匠のような存在である。まるで、高坂の顔をつぶすかのように、吉田茂批判を口にした。

「男たるもの小糠三合もったら、養子にいくものではない。そういう養子根性の男が日米協力を始めたから、日本はアメリカの養子になったという話をはじめた。もうパネリスト一同、しらける中、江藤は席を立つようにして帰っちゃったんです」――と、山崎はいう。

財団は、帰宅する江藤にタクシーチケットを渡した。すると、江藤は、東京から軽井沢までいくのに、このタクシーチケットを使った。後日、財団に法外な請求がきた。

戦後、アメリカに留学した者は親米派になるか、反米派になるか、どちらかだといわれる。その点、山崎と高坂は前者である。逆に、江藤は後者である。その差も、対立の背景にあったのだろうか。「ユダの季節」と題する論文を『新潮』（１９８３年８月号）に発表。その論文は、彼の著作『批評と私』（新潮社刊、１９８７年）に収められているが、その中で、山崎や粕谷を批判しているのだ。

「これは、控え目にいっても、かなり大ざっぱな文章である。粕谷氏の肩書を見ると、『評論家』となっているが、近頃では『評論家』というものは、これくらい大ざっぱな文章を書いていても通用するものか」（同15～16頁）、また「それにしても、劇作家・文芸評論家の山崎氏が、いまだかつてこれほど無内容で、現実遊離を露呈した文章を書いたことがあっただろうか？」（同36頁）――と、悪口を並べたてたうえ、次のように文化財団を斬った。

　調べてみたところ、山崎正和氏はサントリー文化財団の理事であり、粕谷一希氏は同じ財団の評議員である。そして中嶋嶺雄氏は、『北京烈烈』（上下二巻・筑摩書房刊）によって、サントリー文化《原文ママ》賞を受賞している。なんのことはない、中嶋氏が粕谷氏の短文を「珠玉の短編」と持ち上げ、粕谷氏が山崎氏の文章を「不可欠な洞察」と称讃し、山崎氏が中嶋氏に賞を出すというふうに、この「徒党」の構造は円環をなしているらしいのである。（38頁）

　これに対する山崎のコメントは以下の通りだ。

「これは果たし状みたいなものです。もちろん、私はそれに対して応答はしませんでした。無視しました。粕谷さんにも応答するなといいました。ですから、彼の意図に反して、何の問題もなく終わっちゃいました」

編集者として江藤淳と長く付き合った平山周吉は、『江藤淳は甦える』（新潮社刊、２０１９年）で、山崎の語る江藤像をめぐってこう弁論している。

これでは、なんとも困ったちゃんのお山の大将、ということになる。山崎の見方は一面の真実を衝いていたとしても、それだけで片付けるのは大きな間違いだろう。江藤はこの後に、吉田「養子」論をさらに突き進めて、「『吉田政治』を見直す」（「正論」昭58・3）方向に行くのだから（６６１頁）

早い話が、文化財団と山崎は、江藤から目のカタキにされるほどの影響力を持つ存在になっていたということである。

文化財団の国際シンポジウムの開催地は、間もなく海外に広がった。文化財団の実力は侮りがたいものがあった。日本の公益財団法人は２０２０年１月時点で五千五百二十一あるが、その中で文化財団ほど国際化に熱心に取り組んだ財団はなかった。

文化財団のシンポジウムは、１９８４年２月に伊木稔が事務局長に就いて以後、さらなる活況を呈した。しかし、90年代後半になると、さすがにシンポジウムは一時、トーンダウンする。いくつかの理由が考えられるが、文化財団創立二十年目の99年11月に、最大の応援者で「シンポジウムというものをやって欲しいな」と熱望した佐治が亡くなったことが大きかったと思われる。

サントリー文化財団の主催するシンポジウムは、この後、長い空白状態を迎える。その背景には、例えば、ＩＴの進展が考えられる。大勢の人が一所に集まり、知識人の意見を拝聴するというシンポジウムのあり方は、必ずしも歓迎されず、インパクトもなくなってきた。２０２０年以降のパンデミックの影響を鑑みても、今後、オンラインサロンの開催や討論会の配信など、日本の知のレベルを高めるための情報発信の方法が、さまざまに検討されるべき段階にある。

とはいえ、山崎が日本の国際シンポジウムの先駆者であると同時に、民間として日本の海外発信に先鞭をつけたのが文化財団であることは間違いない。これからの文化財団はその成果をいかに引き継ぎ、発展させるかが問われているといえよう。

第7章

究極の到達点「社交」

お金は〝消えモノ〟に使って

――サントリー文化財団は多くの研究会に取り組んできました。これだけさまざまな研究会をやり遂げるというのは、ものすごいパワーですね。

山崎　もちろん、これら全部を私が管理したわけじゃありません。財団の成長は連鎖が起きたとお話ししたように、研究会も自動的に増えていった産物が非常に多いですね。

――研究会は、どのようにして立ち上げるのですか。

山崎　研究会は、自発的に事務局に申し出て、理事会で決定したらできるわけ。

――本人が申し出て、理事会で決定する。それで、いくつも同時に走っているわけですね。

山崎　そうです。

――山崎さんご自身も、いろんな研究会にほぼすべて出られるそうですね。

山崎　まあ、私も最近はちょっと齢ですから、全部は出られませんけどね。なるべく出たいと思っています。

――現在も五つの研究会が進行中で、新たに四つ、近々立ち上がると聞きました。これは、何年間続けなくてはならないという規定があるわけではないんですね。

山崎　ありません。

――そういうフランクなところがいい。

山崎　文化財団は、いちいちへそ曲がりでね。例えば、研究助成です。文部科学省と日本学術振興会がおカネを出してくれる「科学研究費（科研費）助成事業」という制度があります。理科系はまたちょっと別ですけれども、文化系に出るおカネは、全部モノに使わなければいけない。つまり、「消えモノに使ってはいかん」という規定があるんです。本を買う、文献を買う、資料を集める。そういう後に残るものに使えという。

――ああ、なるほど。

山崎　そこで、私はね、さかさまに出た。文化財団の助成金は、内側のものと外側のものとがあるんです。とくに、外側の方は、ただ「ご自由にお使いください」と差し上げるだけですね。こちらを、科研費とは正反対に、「全部消えモノに使ってください」とした。つまり、人が移動する費用、旅費、会合費に集中してください。ついでに酒も飲んでください（笑）。そういうことをやった。

――それは、山崎さんの経験から出た案ですか。

山崎　多少、経験もありますね。だって、科研費って、本当に厄介なの。例えば、私が阪大のときに頂戴した科研費は、かなりたくさんだった。本をどかんと買うでしょ。でもね、収納する場所のおカネは出ない。だから本が積みあがって困っちゃうわけですよ。

私は自分の過去の経験で、人に会うこと、人と話し合うことが、研究を進めると知っています。人と人とが会って話をする、意見を交換する。それは、重要なファクターですからね。学問の中に「社交」というものが絶対必要だというので、そのための助成金をつくりました。

――まさしく「社交」ですよね。じつは先日、サントリー生命科学財団（佐治敬三が設立した「食品化学研究所」が前身）も同じようなことをいっていましたね。若手研究者に五年間にわたって年間一人一〇〇〇万円助成します、何に使ってもいいです、といって公募しました。十人です。それも、いかにもサントリーらしく〝やんちゃな研究者〟募集とありました。

とにかく、何かを買うとか、そういう発想ではなくて、「自由に研究のために使ってください」というのが、助成の本来の姿なわけですね。海外でもそうなんですか。

山崎　海外といっても国によって違いますが、アメリカの財団はかなり自由です。ただ、そうですね、もちろん政府関係、とくに軍のおカネというのは、いまのアメリカでは非常に大きいんですが、これはよくわかりません。

――研究会の開催は、だいたい、どれくらいの間隔ですか。年に何回ですか。

山崎　インターバルは、どうですかね、年に三、四回。多いのは六回というのもあります。ケースバイケースです。やり方も任せています。

――研究会は、「サロン」に近いのかなと思うんです。山崎さんは、「サロン」について書かれていらっしゃいますよね。

山崎　「サロン」、それはかなり意識的でしたね。

――学者が「サロン」をやるような「場」は、文化財団が設立された１９７９年当時、なかったですよ。

山崎　ないでしょう。いわゆる学会というのは組織ですからね。

――タテ型組織でしたからね。ヨコのつながりなんて、ありえなかったわけだから。いわゆるアカデミーもタテでした。ヨコ型組織の研究会は「サロン」であり、「社交の場」なんでしょうかね。

山崎　うん。「社交」といえば、もう一ついえるのは、佐治敬三さんの性格も表れているんですが、シンポジウムや研究会など、いろいろな会合があるでしょう。その中に、一年に一回の旅行がありました。

――以前、山崎さんにお聞きしたことがあります。それも夫婦揃っていくんでしょう？　通称「財団旅行」には、誰がいくんですか。

山崎　財団の理事、評議員、選考委員。

――一泊ですか？

山崎　一泊旅行。その前に、事務局は必ず下見にいっているんですよ。

――それは、東京の会社とはちょっと違うな。

山崎　佐治敬三という人のおもしろいところは、例えば、シンポジウムにちゃんと自分で出て、終わりまで聞いているかと思ったら、財団の評議員や選考委員も全部入れたメンバーを旅行に連れていくといい出す。

――いつごろからですか。

山崎　財団設立の二年目からです。旅行にはみなさん夫婦で、我々も女房連れでいくんですよ。

こういう会では、主催者の一番偉い人は、普通は飯食ってさよならって寝てしまうんだけど、佐治さんはね、飯を食っても引っ込まない。最後まで一緒になって我々としゃべってる。

――付き合うんだ。

山崎　我々はそれぞれの専門について、勝手なことを話すわけですよ。佐治さんはその全部に付き合って最後までいるんです。みなさんのところに入って車座になって。それが楽しいらしいのよ。そこがおもしろいところ。結局、そういうことが好きだったんだろうね。努力もあるんだろうけど。

――夫婦でお連れするとなると、御一行様で四、五十人になるんじゃないですか。

山崎　そうですよ、全部でそれくらいになる。バス二台。

――それも全部セッティングするわけでしょう。事務局は大変ですね。

山崎　そう、事務局に是非、話を聞いてください。

研究会は「知のサロン」

サントリー文化財団の研究会活動には、他のさまざまな研究会とは明確に一線を画する決定的、絶対的側面がある。研究会の「知のサロン」化である。つまり、知的活動と「社交」の一体化だ。どういうことか――。

山崎正和は、著作『世紀末からの出発』（文藝春秋刊、1995年）で、ベルリン高等研究所長のヴォルフ・レペニースを訪ねた折の印象を次のようにスケッチしている。欧米の現代版「知のサロン」の姿だ。

> 扉を開くとピアノの音が響いてきて、聞けば、ルーマニアの音楽家が滞在しているという。人文、社会科学が中心だが、自然科学も含む多分野の知識人が、世界各国から招待されてここで寝食をともにする。義務は、一回の講演と食堂で昼食の歓談をするだけで、要するにこれは、国際的、学際的な常設の知的サロンなのである。常勤の研究者は、だからレペニース教授を含めて四人しかおらず、これが管理にも資金集めにも奔走する。一方、四十人の招待された学者にたいして、総員四十人の助手、司書、事務職員がいて、個人研究に至れり尽くせりの援助をする。その資金はドイツの企業財団が負担していて、この研究所は基本的に民間の機関なのである。
>
> 今日、日本でも共同研究というものは盛んである。シンポジウムというものは流行にすらなった。だが、知的活動の根本は個人の創意にあるものだし、相互の啓発は長期にわたる、自由で全人格的な社交のなかから生まれる。これは数々のサロンから知恵を生み出した、いかにもヨーロッパらしい発想の産物なのだが、日本はまだ、これを羨むほど成熟した社会になってはいないのだろうか。
>
> （173〜174頁）

当時の日本の言語空間は、目に見えない障壁に閉ざされており、「成熟した社会」におけるオープンな知的活動とはほど遠かった。論壇は、これまで触れてきたように、左翼系の党派的色彩が強かった。ボス支配がはびこり、仲間内の隠語で語り合う閉鎖的な空間だった。関西には当時、民青（日本民主青年同盟）系の学派があった。山崎は、それをどこかで打破しなければいけないと思っていた。

また、山崎や高坂は、京都のある学派、学党だけが集まって研究会を開くことを嫌った。学問を組織支配から解放し、当時の思想界の沈滞を破ろうとした。それは、日本の知的社会の構造改革といってよかった。閉鎖的な知的空間に異を唱えるかのように、山崎は文化財団にヨコ型の「知のサロン」をつくり、自由で開かれた知的コミュニティを目指した。それが、文化財団の「知のサロン」化だった。

対話と論争の「場」

じつは山崎は、研究会が目指すべき明確なイメージを抱いていた。雑誌『中央公論』が気鋭の論客を集めて開催していた「中公サロン」である。山崎は、次のように回想している。

> 財団設立に向けての私の方針の中で、何よりもはっきりしていたのは、その昔、粕谷（一希）さんが中心となり、嶋中（鵬二）さんをスポンサーにして開いていた、あの研究会の再現でした。私どもが三十代の初め頃に経験した自由な社交を再現したい。佐治さんも平木さんも、その発想を非常に

喜んでくれました。（『舞台をまわす、舞台がまわる』２１８頁）

中心人物は、『中央公論』編集次長だった粕谷一希である。月に一度程度、東京・京橋の中央公論社七階のレストラン「プルニエ」の個室で、『中央公論』の執筆者たちとお酒を飲み、食事をしながら雑談をする会を催していた。それが「中公サロン」である。

60年代から70年代にかけて、出版業界は好景気に沸いていた。社長の嶋中鵬二は、「中公サロン」に惜しむことなく、おカネを使った。最高級のフランス料理とふんだんな酒で、知識人をもてなした。その意味で、出版社のトップとして、嶋中もまた、佐治と同様にパトロン気質の持ち主だった。

「中公サロン」の出席者は、当時の若手および中堅の知識人たちだった。高坂正堯、山崎正和、萩原延寿、永井陽之助、富永健一、金森久雄、村松剛らである。粕谷は、『中央公論社と私』（文藝春秋刊、１９９９年）の中でこう回想している。

　別に謝礼も出さなかったと思うが、ある時期、皆さんが熱心で、結構楽しい会がつづいた。後年、山崎正和氏がサントリー文化財団をつくる際に「あの中公サロンがヒントでしたよ」といって下さったが、財団の組織的運営とは比較にならず、私の思いつきに止まり、会社としての制度化もできないで終わってしまった。

　しかし、異分野の人々の間の対話と交流は私の信念であり、いまでも機会と金があればやりたい事業である――。（１６９～１７０頁）

その頃、粕谷は、日本の論壇に危機感をもっていた。自由な論争が成り立つように、論壇の空気を変えたいと考えていた。「中公サロン」は、異なる立場の知識人たちの対話や論争の場だった。

「このほか、中央公論社は『自然』という雑誌を発行していたのですが、そこには朝永振一郎さんたちが加わっている『知的サロン』があったんです。とてもいいサロンでした。雑誌の編集長が仕切って、ノンフィクションライターを集めた会を開いたり、小説家を集めた会を開いたりもしていました。安部公房とか開高健たちも集まっていました」

と、河野通和は語る。

ポイントは「学際性」

「知のサロン」を目指した研究会のスタートは、１９８２年にさかのぼる。この前年、サントリー文化財団は自主研究のマネジメントを目的とする「生活文化研究所」を立ち上げた。研究所といっても何かを直接、研究、開発するというわけではないので事務所はなく、財団内部に部屋が一つあるだけである。文化財団を立ち上げて四年目のことである。

以下、文化財団の研究会はいかにつくられ、何をテーマにして、どんな知的活動をしてきたのか。そして、研究会で「社交」がいかに実践されたのかを順次みていこう——。

研究会を立ち上げるには、いくつかのステップを踏まなければいけない。その仕組みはこうだ。まず、発起人が、研究会の構想を文化財団の事務局に申し出て、理事会の承認を得る。理事会での承認のポイントは、「学際性」があるかどうかである。「英文科の人がシェークスピアについて研究するというのはお断りです。シェークスピアとラシーヌの関係についての研究は歓迎です」と、山崎はいう。研究会のメンバーは、発起人や山崎ら理事、そして事務局と相談のうえ決定する。勝田哲司は、こう語る。

「事務局は、研究会を100％サポートします。まず、ヘッドになる先生のところにお願いにいって、『どういうメンバーでやりましょうか』と相談します。次に、先生から名前があがった人を訪ね、研究会に出てもらうよう交渉します。その際に大事なのは、先生方におもしろいと思ってもらうことです。おもしろいと思ってもらわなければ、研究会に入ってもらえませんからね」

発起人を中心にして研究会のタイトルを決定したあと、研究会の概要をつめていく。テーマは、アップ・トゥ・デートだ。いずれも、その分野の専門家を中心に十人以上のメンバーを迎え、二、三年かけて議論を重ねる。研究会の日程調整や議事録作成などの業務は、文化財団の事務局スタッフたちが精力的に行う。

開催は通常、年に三、四回だが、なかにはそれを上回る開催数となる研究会もあった。研究会の運営は、基本的に発起人に任せられる。発起人自らの発表で完結することもあるし、別のスピーカーを呼んできて、発起人の発表と二本立てにすることもある。

研究会の第一号は、1982年の「1970年代研究会」である。続いて、翌83年に「新しい個人主義研究会」、84年に「アメリカ社会の動向研究会」と「現代社会の経済現象研究会」、85年に「大都市の時代研究会」、86年に「ソフト化社会における生涯生活設計研究会」と「現代社会と賃金研究会」、87年に「税と経済社会研究会」、88年に「文化と企業研究会」と「日本の意思決定システム研究会」——という具合に続々と生まれた。

研究会の名称を見れば、その時代に対する文化財団の関心事が推測できる。

「知の浪費」はいけない

例えば、１９８５年に発足した「大都市の時代研究会」は、足かけ二年、九回にわたって開かれた。幹事役は、山崎正和と高坂正堯が務めた。参加メンバーは、森口親司、蠟山昌一、大阪大学教授の鳴海邦碩、京都大学教授の山田浩之、同大学教授の村松岐夫、コロンビア大学名誉教授のハーバート・パッシンら十六人だ。

この「大都市の時代研究会」は、前出の『都市開幕——国家と世界をつないで』として出版された。編者の山崎は、「編者あとがき」で次のように振り返っている。

> 財団にさまざまなかたちで関わる研究者、知識人であるが、たぶんなによりも誇りうるのは、その顔ぶれの多様性だといえよう。研究所（筆者注・生活文化研究所）の幹事にダニエル・ベル、ハー

バート・パッシンの両氏を迎えたのを始め、各種の研究会に招いた外国人は数十人にのぼる。日本人関係者の専門は社会、人文科学の万般にわたり、さらに文学、演劇、音楽、建築、フランス料理の実際にまでおよんでいる。(略)

要を約せば、サントリー文化財団は少数気鋭の組織人に支えられ、雲をなす非組織人が自由を享受する場所であって、まぎれもなく、そのまま都市の精神を体現する小宇宙にほかならない。この本の内容は、そういう恵まれた舞台で行なわれた研究会の報告をもとに整理したものである。(206～207頁)

山崎が誇るように、特記すべきは、この「大都市の時代研究会」に限らず、研究会のほかシンポジウムにおけるメンバーにしても、すべて「顔触れの多様性」が確保されていることだ。このように多様で、そうそうたるメンバーを集められたのは、山崎の人的ネットワークの広さとその人柄によるといっていい。山崎の組織人としての力量である。研究会は知的で、熱量が高かった。

彼らがいかなる議論を行ったかは、第一章「都市の歴史」、第二章「都市の骨格」、第三章「近代都市の理念」、第四章「現代都市の夢と課題」――といった同書の章タイトルを見ると推察できる。「ひとことでいえば、現代は、国家よりもむしろ都市が目立ちはじめた時代であり、文明というものが、国家単位ではなく、都市を単位として議論される時代になった、といえるのかもしれない」(10頁)と記したうえ、山崎は、次のように述べている。

ひと言で譬喩的にいえば、都市の思想は昼と夜の思想ではなく、その中間に立つ夕方の思想であるといえるかもしれない。夕方は、人間が「公」と「私」の中間に生きる時間であり、快い緊張のなかに安らぐ時間であり、一献の酒を傾けて、人生の複雑さに寛容になる時間である。それは、都市がもっとも華麗に輝く時間であり、いささかの危険をはらみながら、その毒のゆえにもっとも創造的になる時間なのである。（28頁）

ここに、山崎がいうところの「社交する人間」の姿の具体的光景、展開を見ることが可能だろう。

このほか、文化財団理事の蠟山昌一がコーディネーター役になって開いたのが、「ソフト化社会における生涯生活設計研究会」だ。この研究会は１９８６年から二年間、毎月一回のペースで開かれた。参加メンバーは、粕谷一希、高坂正堯、山崎正和、森口親司、猪木武徳、大阪大学教授の林敏彦、同教授の本間正明、慶應義塾大学教授の井原哲夫、電通マーケティング局の角野幸博、お茶の水女子大学教授の篠塚英子、京都大学教授の西村周三、国立民族学博物館助教授の端信行、国際日本文化研究センター教授の浜口恵俊、上智大学教授の目黒依子らである。

蠟山はもともと、１９７５年に三木武夫首相への私的提言として提出された「生涯設計（ライフサイクル）計画」の立案にかかわった。この「ライフサイクル計画」は、これからの福祉社会制度が、「強い安定した個人」を想定して設計されなければいけないと同時に、「強い安定した個人」が育つようにしなければならないという発想に立った画期的な提言だった。彼は、提言から十一年後、「ソフト化社会における生涯生活設計研究会」を立ち上げた。

研究会の成果としてまとめられた『21世紀へのライフデザイン——生活から人生へ』(蠟山昌一編、ティビーエス・ブリタニカ刊、1989年)の章タイトルを見ると、これまた討論の様子が浮かび上がってくる。

第一章「人はどう生きたか—歴史を鏡に」、第二章「人はどう生きるか—マルチデザインの時代」、第三章「人生を支える制度・環境」、第四章「人生を見る視点」という具合だ。いずれも、高齢社会における今日的課題を先取りしている。蠟山は、同書の序章で、次のように自らの思いを吐露している。

提言の作業にとりかかったのは昭和五〇年になってすぐのことだったから、あれから一五年弱の年月が経過した。(略)思い出を詳細に語るには早すぎる。しかし、年号(筆者注・平成)も変わったいま現在、これからの時代を考えるとき、あの「ライフサイクル計画」立案の原点に立ち戻り、必要な修正を加えつつも、再登場させたい。そうすべきではないか。私はこのような思いを断ち切れない。(14頁)

蠟山は、人びとが生産の義務から解放され、生きることをじっくりと噛みしめる時期にきているにもかかわらず、いまだに「生産的生活」から解き放たれていないことに、焦燥感に似た思いを抱いていた。蠟山の問題意識は、山崎のそれと相似形であった。研究会では、個人の自由な消費活動を支えるには、福祉計画が不可欠だという観点から、税制、社会保障、労働、余暇、住宅、医療など、諸制度の見直しについて議論が展開された。

そして、この際、見落とせないのは、研究会の知的活動の成果のほとんどが、書籍化されていることである。これも、文化財団の研究会の特徴といえる。御厨貴は、山崎の次の言葉が忘れられないという。

「研究会は、放っておいたらいつまでたってもまとまらない。お終いがないのがいちばんいけない。だらだらやって飽きてきて、いつのまにか消えてしまう。これは、『知の浪費』である。君たちは、サントリーのカネを使って文化活動をしているのだから、商品を生まなきゃいけない」

強烈な叱咤激励である。

山崎は、「知の浪費」ではなく「知の財産」として、研究会の成果を何らかの形にして残し、世に問いたいと考え、書籍化を次々と推し進めた。こうした例は、他にないだろう。

「研究会を終了して、だいたい二年くらいの期間を設けて、本にして財産にしてきましたね」と、勝田は語る。

幸い、サントリーには、傘下に収めた出版社ティビーエス・ブリタニカがあった。せっかく資産を有するのだから、利用しない手はない。研究会から生まれた書籍は、ティビーエス・ブリタニカを始めとする出版社から、これまで三十冊以上が発刊された。サントリー文化財団の輝かしい成果といっていい。

それにしても、なぜ、本が売れないといわれる時代に、このように研究会の成果を次々と出版物として出すことができたのか。今日的テーマを扱っているとはいえ、堅い内容の本ばかりである。しかも、見てもわかるように、版元は一流出版社が多い。不思議ではないか。ここには、文化財団のぬかりない広報戦略が垣間見える。

「大阪には、新聞社の気軽な〝たまり場〟がないというので、財団事務所の一角に学芸部の記者が気軽に集まれるようにしました。それから、記者たちを集め、財団の先生方にきてもらって、しばしば勉強会を開きました。学芸賞の受賞パーティーに出版社の編集者を招くなど積極的にコンタクトをとりました。各種の研究会のテーマや内容についても、各社の編集者にお知らせしたり、フォーラムを開いてお集まりいただいたりしてきました」

と、今井渉はいう。正直、事務局はそこまでやるのか……である。

時代を反映したテーマ

こうした文化財団の研究会活動は、その後もペースを落とすことなく続けられた。いかに文化財団の知的活動が日本の抱える内外の課題を網羅しつつ、継続的かつ熱心に行われてきたかがわかる。

考えてみれば、1980年代から90年代にかけて、時代は大きく変わった。内外とも歴史的な大転換期であった。国内についていえば、内需中心の経済構造への政策転換が叫ばれ、中曽根首相の諮問機関「経済構造調整研究会」の報告書「前川レポート」が発表されたのが1986年である。そして、昭和の時代が終わり、平成の時代が幕をあけたのは三年後の89年だ。同じく89年にベルリンの壁が崩壊し、戦後世界を支配してきた米ソ対立による冷戦構造が終焉した。バブル経済が崩壊したのは91年である。さらに、90年代半ばにインターネットの普及が一気に進み、情報化社会が到来した。歴史的な大転換期を前にして、取り組むべき研究テーマは山のようにあった。

文化財団がいかなる問題意識のもとに研究会を立ち上げていったか、巻末の「サントリー文化財団支援の主たる研究会一覧」を見ていただくと見当がつくが、そのテーマの多様性に息をのむというか、時代感覚の鋭敏さ、旺盛な知的活動には目がくらむ思いがする。

研究会は２０１０年、「自主的な調査研究活動」としてリニューアルされ、今日も続けられている。晩年になっても山崎は、しばしば研究会に足を運び、若手メンバーと語り合い、第一線の研究者との「知の融合」を楽しんだ。後輩との「社交」は、若手の育成そのものだった。

例えば、「コモンズ研究会」は、２０１５年9月から足掛け四年にわたり、合宿も合わせると十三回の研究会を開いてきた。発起人は待鳥聡史、メンバーは田所昌幸、東京大学教授の宇野重規、小樽商科大学教授の江頭進、苅部直、神戸大学教授の砂原庸介である。ゲストとして、京都大学名誉教授の間宮陽介、北海道大学教授の遠藤乾らが招かれた。山崎はそこにもぶらりとあらわれては含蓄のある話をし、研究会を一層意義深いものにした。

以下は、山崎正和が亡くなったあとの２０２０年8月28日に「国際政治チャンネル」で放映された『アステイオン』編集委員の池内恵、細谷雄一、待鳥聡史の文化財団の若手三人による「次世代から見た山崎正和とその時代」と題する鼎談の冒頭部分である。

池内　山崎先生は私たちの共通の、何と言うんでしょうね？
細谷　「メンター」じゃないですか？
池内　私たち三人にとって山崎先生は、弟子とか上司とか、そういう関係ではなかったのですが、仕事上でも非常にお世話になっています。
（略）
待鳥　私が最初にお目にかかったのは、サントリー文化財団の研究会「文明論としてのアメリカ研究会」（二〇〇六年三月～二〇〇八年三月）です。最初の印象は、「わっ、本物がいる！」です。池内さんと同じで「文学史の教科書に出ている人」なので、まさかそこにいるとは思わないわけですよ。ですから、お目にかかって、まさに「動いてる！」みたいな感じでした。
（『別冊アステイオン　それぞれの山崎正和』２１６～２１８頁）

待鳥は、「メンター」について次のように説明した。

「学芸賞にしろ、研究会にしろ、あるいは『アステイオン』にしろ、山崎先生はどういう気持ちで、また何がしたくて、そうしたさまざまなフォーマットを考えられたのだろうと想像しながら活動するというのは、非常に気持ちがいいことなんです。研究会のメンバーに加えていただく中で、そのことが習慣のように入っている。『メンター』というのは、そういう意味だろうと私自身は思っています」

そして、山崎の印象についてこう語るのだ。

「山崎先生の印象は、謙虚です。自分より若い人が自分の知らないことを知っているのは当たり前。

そのことで、ご自身の考えが揺らいだりしない。非常に強い好奇心があり、自分の知らないことを聞かされても、無視したり怒ったりは絶対にしない。本当に快適です。ですから、ご存じないかもしれませんが、いまはこうですよといっても大丈夫なんですね」

先輩は敬うべき存在だとか、先輩のいうことは絶対だという雰囲気はなく、自由な立ち位置で仕事ができたということだろう。ただし、その場合、個人は自分の足で立っていなければいけないというのが、山崎の考えであったとして、さらに、待鳥はこう続けるのだ。

「自分の足で立つというのは、ある意味でフィクションの部分がある。それは、あくまで前提というか想定なんですね。山崎先生もそこは先刻承知のはずです。それはある種の理想像、理念型である。完結するのは見果てぬ夢である。しかし、理想に基づいて物事を考えていくことは大事だとおっしゃっていたと思います」

「組織社会」から「社交社会」へ

山崎が、「社交」という明確な狙いをもって研究会を組織したことは、前に触れた。そこにこそ、山崎の強い思いが込められているのだ。

いずれにしろ「社交」は、山崎が目指した究極の到達点といっていい。知識人の内面の精神性をみがきあげ、文化的かつ知的な日本社会を築き上げたいという壮大な夢への挑戦である。もとより、

「知のサロン」は文化財団の設立当初から制度設計に組み込まれていたと、田所昌幸は、次のように語る。

「山崎先生がいう『社交』というのは、哲学的な深い意味があると思います。お互いにある種のことを共有している穏やかな関係であり、相互承認の世界です。逆にいえば、ガチガチに固まった関係性ではなくて、嫌だったらいつでも出ていける自由な世界でもある。

他者との相互承認の中では、つまらない人に認められても仕方がない。あの人にこそという人に褒められたい、相互にそういう関係性ができると、関係性の中で一つの安定した人格みたいなものができる。文化財団は、山崎先生のそういう考え方のもとに設計されています」

山崎には、『社交する人間　ホモ・ソシアビリス』という著作がある。代表作の一つだ。三浦雅士は、文庫版『社交する人間』の解説で次のように記している。

> いまでは社会という抽象のなかに社交という具体などおよそ含まれていないが、意味としては、社交のほうが古く、社会のほうが新しい。かつて社会の実質は社交だったが、いつのまにか社交が抜きとられ、ついには社会主義という語が登場するまでにいたった。社会主義と社交主義といえば、まるで正反対だろう。社会学と社交学といってもいい。社交学に抵抗を感じるならば世間学といいかえよう。社交主義であれ世間学であれ、名称はともあれ実質は、社会主義や社会学よりはるかに古いことは歴然としている。たとえば『老子』であれ『論語』であれ、社会学ではないが世間学ではある。社会主義ではないが社交主義ではある。違ったかたちであれ、礼を説いていることに変わ

りはないからである。

人間は社会的動物であるよりも、むしろ社交的動物なのだ。（３８０頁）

山崎は問う。「社交」とはいったい、いつから始まったのかと。「おそらくそれは人類の歴史とともに古く、有史以前の社会にまでさかのぼると考えるのが穏当だろう」（『社交する人間』１１１頁）として、先史民族の社会において「敵対的な家族や部族のあいだを調停し、現実の闘争を名誉の競争に変える儀礼や作法があったというのが、現代人類学の標準的な認識だといえそうである」（同頁）と山崎は述べている。少し長い引用になるが、以下、山崎の社交論に耳を傾けてみよう。

現象として見れば、社交の時間は人が適度の緊張を保ってくつろぐ時間であり、社交の場所はなかば公的な形式を備えた私的空間である。社交する人間は、労働の要求する固い時間割からは解放され、しかしなお一人きりの休息が与えるじだらくは許されない。一方で自由に選んだ親しい仲間に囲まれながら、他方ではその仲間が暗黙のうちに強制する規律に従わねばならない。いいかえれば、時間も空間も、友人仲間を囲いこむために閉じられていなければならず、同時に第三者を受け入れるために開かれていなければならない。この二重にも三重にも矛盾した要求を満たすために、人類は歴史のなかでさまざまな工夫をこらし、慣習的にも制度的にも特別の時間と空間をつくりあげてきた。（26頁）

山崎は、「社交」の先駆的事例として、15世紀のルネサンスの社交界、17世紀のフランスの宮廷サロン、そして室町時代の茶道の世界を指摘する。

> そこでは人間が空間的に適切な距離をおいた他人を持ち、その批評的な視線のまえで行動のリズムを活性化しうるだけではない。社交のなかでこそ、人は典型的に歴史的な過去をつくり、あらためてそれを現在に蘇らせる時間的な営みを繰り返してきたからである。じっさい十五世紀に栄えたルネサンスの社交界でも、十七世紀フランスの宮廷サロンでも、さらには日本の室町、桃山期の社交集団でも、その背後には必ず規範となる異質文化が大きな影を落としていた。（２５６頁）
>
> 乱世の時代に優雅と繊細を習わしとした日本人も、やはりそれを規範とするには幻想の王朝の美意識に拠ることになった。世阿弥の「幽玄」はそのもっとも直截な表現であったし、村田珠光から千利休にひき継がれた「わび」の理念も、いわば王朝の優雅の逆説的な再現であった。（略）人びとはそのルールに従うためのアルスを要求され、それを身につけるための練習を課せられたのであった。（２５７頁）

このように、室町時代のサロン文化の象徴としての茶道のほか、乱世における政治シーンでも、「社交」は大きな役割を果たした、と山崎は言及している。『社交する人間』より二十九年前に刊行された『室町記』の「戦争と社交」と題する小見出しのもとでの一文で、次のように記述している。

> 戦争がより多く政治的駆引に似ているとすると、そこで大きな力を持つのは綜合的な人心操作の能力であろう。勇気や戦術や経済力も重要であるが、それ以上に人あしらいと社交の能力が事を左右する力を持つ。この時代、社交ということがいかに重視されたかを示すものに、義政の養育係で政所執事を勤めた伊勢貞親の残した家訓がある。彼によると、他人にうしろ指をさされることが家門断絶の始めであり、上下を問わず他人に悪くいわれぬよう心がけるのが第一の処世術だという。（72頁）

ところが、時代が下り、近代工業社会が到来すると、都市は変質し、もはや「社交の場」ではなくなってしまった。この点に関して、再び、三浦雅士による中公文庫版『社交する人間』の解説を開いてみよう。

> 近代工業社会によって切り捨てられた社交が、脱工業社会といわれる現代において生き返るとき、身体表現の専門家としての劇作家がしかるべき役割を果たさねばならないと考えるのは当然だろう。社交がつねに演技する精神とともにあったことは疑いをいれないし、演技が身体を抜きにありえないこともまた自明だからである。いま要求されているのは、演奏、演技、舞踊の側に身を置く身体的な知恵なのだ。（文庫版384頁）

山崎は、ズバリ「組織社会」から「社交社会」への転換を次のように予言する。

二十一世紀の社交はこれまでの組織に代わるものであるから、何よりも人びとに帰属感を与えるものでなければならない。人びとに身許証明の安心と、人生の予測可能性の感覚を保障するものでなければならない。もちろんこうした安心の感覚は個人が抱くものであるから、個人それ自体の内面の変革なしに、外側の社会の設計のみによって与えられるものではない。いいかえれば、組織社会から社交社会への転換はたんに社会構造の改組ではなく、社会のなかでの個人の生きかた、個人の感受性の変革を含めて予想しなければなるまい。裏返していうなら、もし個人がいつまでも組織的人間であることに固執し、権力の指導と階層内部の地位に安心を見いだそうとすれば、社交社会は文字どおり寄りどころのない、不安な社会に見えるはずである。（『社交する人間』３０３頁）

では、「社交社会」は、今後いかなる展開が考えられるのか。山崎は、「ポスト工業化が工業そのものの衰退を意味しないように、社交社会の到来もけっして組織集団の死滅にはつながらない。国家も企業も生き残るだろうし、それにたいする帰属の感覚も容易に滅びないだろう」（３０５頁）としたうえで、次のように示唆している。

ただ予見されるのは、社交社会ではこの組織への帰属が唯一のものでなくなり、個人の身許証明にとって絶対の重さを失うということである。じっさい労働時間が短縮され個人の平均余命が長く

> なるにつれて、人びとはいまも余暇の集団に参加したり、生涯に複数の企業に勤務したりしている。それにつれて人びとはやがてどんな組織にも付かず離れずの態度で臨み、組織内の地位もあたかも芝居の役のように、ゲームの競技者の役割のように演じ始めることが考えられる。いいかえれば、将来の組織集団は階層構造の形式だけは残しながら、実質は（略）ネットワーキングに近づくことが予想されるのである。（同頁）

いってみれば、山崎が追い求め続けた「知のサロン」こそが、21世紀の「社交社会」を具現化した姿といえよう。

実際、文化財団の研究会は、互いの「知」の触れ合いを通して、情報を受け取ると同時に、自らも情報を発信する、まさに開かれた「知のサロン」である。

加えて、サロンは若手を育てる「場」でもあった。「分野の違う人が、選考委員会や研究会などの前後でいろいろ会話をする。外部への社会活動に加え、財団の内部に社交があった。そして受賞者が社交をしつつ、後輩を育てている」と、山崎は、『朝日新聞』（2019年3月18日）紙上で述べているのだ。

つまり、文化財団の研究会は、若手の研究者にとって、専門分野を超えて総合的に深く語り合う、真に知的考察を深める格好の場となっている。「山崎先生は、『社交』を通して、人を再生産する仕組みまでつくられたということですね」と、田所はいうのである。

群れるのは論外

山崎には、持論があった。理想論といっていいかもしれない。彼は、個人がつかず離れずの関係を保つ中でこそ、創造的な「知」が生まれると考えた。つまり、サロンでは、酒を飲み、食事を楽しむが、そこに必要以上の人間関係を持ち込まない。ましてや群れることは論外である。派閥を形成するなど、もってのほかで、サロンはあくまでも、自由な知的社交の場でなければならない——と考えていた。

山崎は、敗戦とともにあらゆる秩序が崩壊した満州で、わずか14歳のときに、病死した父にかわって、母、妹、弟を守りつつ生き延びた。壮絶な体験の持ち主だ。群れる仲間など何の役にも立たないと、山崎は腹の底から知っていた。ことのほか「個」の自立にこだわった。御厨貴は、こう語る。

「満州体験が大きいんじゃないですかね。10代で、すごいところにいて、壮絶な体験をしている。だから、群れない。つまり、完全に『個』が確立している人だと思いますね。普通は群れるんですよ」

山崎は、目に見えない紐帯、親分子分の関係を〝小隊長の精神〟として徹底的に嫌った。「私たちの世代は、弟子というものをとらないんです」と、私は彼から何度も聞いたことがある。

田所も、次のように語る。

「山崎さんの言葉を借りれば、〝若衆宿〟ですね。ボスに気に入られようと、若い弟子たちが競争するようなのは大嫌いだったと思う。日本の文壇や論壇は、そういう体質がめちゃくちゃ強いところだった。山崎さんも高坂さんも、そういう体質が生理的に大嫌いでしたね」

山崎は昔から孤高の人であり、近代的合理主義者であった。

サロンには、師弟関係ないしは上下関係、組織のヒエラルキーを持ち込まない。さらに、アカデミーとジャーナリズムは、ともに縄張り意識を持たない。すなわち、あらゆる場面でフラットな人間関係を保つべきだと考えていたのである。

山崎から「なるべくいろんな研究会を見ておいてくれ」と、後事を託された田所は、山崎の構築した研究会の将来について危惧の念を抱く。〝ポスト山崎〟問題である。

「研究会のインフラというのは簡単なようでいて簡単ではありません。場所とメシさえ出せばいいんだろうと、安易な考えで研究会をやろうとすれば絶対に失敗しますね。ポイントは、研究会のメンバー選びにかかっています。誰にきてもらうか。研究会が成功するかどうかは、ほとんどがそれによって決まってしまいます。〝人選をする人〟を山崎さんが選んだということです。つまり、研究会を仕切る人、すなわちメンバーを〝選ぶ人〟を選ぶことが大事なんです」

制度設計がしっかりとなされているとはいえ、心配は残る。

御厨も、今後の研究会活動について、別の観点から次のように気がかりな点をあげる。

「最初の頃の研究会からずっと見てるとね、テーマが狭くなっている。最初の頃は、世界に広がるような開放的なテーマだったんだけど、いまは割とマニアックで中心にきてグリグリッとやるようになっちゃった」

つまり、文化財団の独自性は薄れ、他の研究会と似てきてしまった。その意味では、行き詰まりを感じる部分があるのだ。

インターネットが普及し、求めれば誰もがあらゆる分野について専門的かつ詳細な情報にアクセスできるようになった。「知」の定義やその深め方、広げ方も変化している。文化財団だからこそ取り組める研究会のあり方、今後の存在意義があらためて問われている。

おもてなしの社交術

では、「知のサロン」としての研究会が、いまなお連綿として続いている背後には、いかなる秘密があるのか。それは、佐治敬三が得意とした、おもてなしである。茶道に通じる究極のホスピタリティだ。楽しんでもらってこその「社交」には、欠くべからざる絶対条件といっていい。その根っこにあるのは、情熱的とも思えるほどの「個」へのリスペクトだ。

実際、佐治ほど、「社交」を大切にした経営者はいないだろう。東京・赤坂のサントリーホールにバーをつくり、「社交」の場にしたのは彼だし、また、ホールや工場の案内係にレセプショニストを採用し、「おもてなしの文化」を持ち込んだのも、彼である。どちらも、ゲストに楽しんでもらうのが目的である。

山崎がつくった「知のサロン」を、「社交」の場とすることができたのも、サントリー流のおもてななしの心があればこそといえよう。サントリーが「社交」を大切にするのは、酒を売る会社だからなのか。人をもてなすことを大事にする大阪商人のなせる業なのか。佐治の個性なのか、リーダーシップなのか。

むろん、酒を売る会社だから、おもてなしは得意中の得意、お家芸といっていい。海外に出かけることの多かった佐治は、欧米の接客文化に影響され、おもてなしの心を学んだのは確かだろう。前に触れたように、山崎も同じだった。前出の『都市開幕』で次なる見解を述べている。

> 企業が財団のような文化活動を興す場合、たいせつなのは金ばかりではなくて、それを支える人間の器量だからである。「企業文化」というのは当節、時代の流行語であるが、よい財団は、けっして企業のみえや思いつきでは生まれない。企業と財団の両側に、活動を理解しそれを愛する魂があって、その熱気がたえまなく注がれることが必要なのであるが、幸い、この文化財団はそういう人間的環境に恵まれていた。なにしろ、佐治さん御自身はもちろん、それを助けるお二人も、財団の知的サロンに坐りこみ、都市論から藝術論におよぶ議論に興じることが、お酒のたしなみに匹敵するほどお好きなのである。（205〜206頁）

研究会の参加メンバーたちは、会の終了後に必ず開かれる懇親会を楽しみにした。研究会の閉会後、まず、レストランや料理屋に席を移し、おいしい食事をとる。そして、語らいを楽しむ。研究会に出席したメンバーはもとより事務局スタッフも参加して世話を焼いた。

山崎は、前出の『室町記』で「社交」におけるおもてなしの作法について、次のように書いている。

> そのためには酒席の周旋も重要な技術であって、貞親は子孫に風情ある酒の勧め方を身につけるように教えるのである。武士の家訓に酒の勧め方が問題にされること自体おもしろいが、この場合、注意をひくのは「風情ある」という一言であろう。人心を操る都会的なセンスとマナーが求められているわけだが、その背後にはいうまでもなく、さまざまな文化的教養への要求が秘められている。
> （72頁）

佐治は当初、研究会に頻繁に姿を見せ、食事会や酒席にも同席した。メンバーとの対話を大いに楽しみ、メンバーたちも佐治と会うのを楽しみにした。

「研究会は、午後四時か五時頃に始めるんです。終わると、必ず食事会を開くのを基本としていたからです」と、勝田は語る。

事務局のスタッフは、「ふさわしい場所を選ぶように」と、佐治からいわれていた。だから、スタッフは大阪・新地などの店の下見に余念がなかった。財団のおもてなしは、店選びから始まっているのだ。

スタッフは心づくしのおもてなしを繰り広げた。目に見えるものだけではなかった。目に見えない気配り、心配りが含まれていた。断るまでもなく、多数の研究会が生まれ、続いているのは、こうしたスタッフの情熱的な努力の賜物だ。研究会はスタッフの献身によって支えられているのだ。

東京の研究会や勉強会は、会が終わるたびにメシだ、二次会だということはまずない。終われば、「ではまた…」といって、お開きになるのが通例だ。だいいち大阪と違って、帰宅するのに一時間以上かかるからやむを得ない。

おもてなし、「社交」の極致というべきは、一泊二日の「財団旅行」だった。財団設立二年目となる１９８０年9月に始まり、毎年秋に実施された。

宿泊先は、事務局のスタッフが事前に下見にいって決めた。実際にホテルに泊まり、会場を見て、料理を確認した。当日、ほかのお客さんがいた場合、会場をどう分けるかなどをホテル側と相談した。二次会のバーも視察した。

第一回目は、山梨県の白州だった。これを知った佐治夫人のけい子から、「男性だけで楽しいことをしているのね」という指摘があり、翌年以降は夫人同伴となった。理事、評議員も、夫婦で参加した。行き先は、上高地、日光などだ。貸し切りの大型バス二台で観光地を回った。

一次会はフォーマルな着席スタイルの晩餐である。理事長がホスト役を務め、事務局スタッフも一緒に着席する。二次会は、ホテルのバーなどで酒の席となる。飲み足りない、語り足りない人たちのために、事務局部屋に三次会を用意した。佐治はそのすべてに参加した。

財団旅行は、佐治が亡くなったあともしばらく続いたが、現在は行われていない。しかし、おもてなしに全力をあげる姿勢は、いまなお続いており、「おもてなしの心」は、文化財団の気風としてしっかり定着している。

第8章

内外に「知の場」の創設

自分の錘、振り子がなくなる

――サントリー文化財団の特徴のひとつは、運営の中にループのように人材育成が織り込まれていることですよね。研究助成、学芸賞、さらに雑誌『アステイオン』などで、次々と学者や研究者が育っています。

　例えば、鷲田清一さんが、「山崎先生に、『アステイオン』に政治論を書きなさいといわれて困った」とおっしゃっていましたが、哲学がご専門の鷲田さんに、なぜ山崎さんは政治論を書けとおっしゃったんですか。

山崎　まあ、それは、なんていうんだろうなあ。

――おもしろいと思われたんですか。

山崎　うん。私自身、彼が政治について書いたらどんなことを書くか興味があったんですよ。私自身の興味です。

――それは、編集者の興味の持ち方ですね。

　それからサントリー学芸賞を受賞された方たちは、「本当にありがたい」とおっしゃる方が多い。というのは、それまで接したことがない人たちと付き合ったり、ときに山崎さんから予想もしなかったとんでもないことにチャレンジする機会を与えられたり、食事会などでいろいろな人に会って自分の幅を広げることができた、とおっしゃる。大きくいって、それは「社交」の展開といったらいいでしょうか。

山崎　ありがたいことです。

――『アステイオン』といえば、初代編集長の粕谷一希さん、さらに中央公論の「中公サロン」の存在がありますね。文化財団の中で、粕谷さんの果たした役割とは、なんだったんでしょうか。

山崎　粕谷さんが、能力がある編集者であることは間違いないんです。が、財団に加わってもらったときは、彼は失意の状態だった。

――ですよね、以前お聞きしました。

山崎　そういうこともあって、私は文化財団を手伝ってくれないかと頼んだんです。
　彼は編集者ですから、ある意味で人をまとめるとか、人と人を会わせるのが本業なんですよね。ただ、なかなか難しいのは、彼は一方でかなりの自分の見識、主張を持っている。だから、彼自身が本当に最後まで幸せであったかどうかは、私はよくわかりません。

――粕谷さんは、最後は書くことに興味を持たれていましたね。

山崎　それはもう、どんどんやってもらった。これは個人的な戒めとして、私自身いい聞かせていましたが、財団活動に溺れてはいけない。必ず書き続けていること。

――そうか。山崎さんご自身も書き続けられました。

山崎　それはやっていないとね、なんていうのか、自分の錘というのかな、振り子がなくなっちゃうというんですかね。ですから、粕谷さんが書き出したのを、私は楽しみにしていたんですよね。

――山崎さんは『アステイオン』のほかに、1998年に英文ニューズレター『コレスポンデンス』をつくられました。しかし、これは道半ばで挫折しました。これについては、反省はありますか。

山崎　『コレスポンデンス』については、率直にいって、日本の文筆界、「論」と「文」と両方合わせて、海外への発信を目指したのですが、なかなか世界に進出しにくい。思うようにいかなかった。

――僕は山崎さんの『おんりい・いえすたでい'60s』をお手伝いした1970年代半ば過ぎ、山崎さんが「国際化」ということを、さんざんおっしゃっていたのを記憶しています。当時、「国際化」は、いわれ始めたばかりでした。日米欧による『コレスポンデンス』の発行は、念願であったわけですね。じつに壮大な試みでしたよね。

山崎　ちょっと壮大すぎました。例えば、編集者も版元も、当然アメリカでしたが、とてもじゃないけどわれわれの力では動かせない。日米欧で組んで、それぞれの国の情報で活字になっているものの要旨を載せて、それを通して、書き手と向こうの企業とをつなぎたいと考えたわけです。が、甘くない。そう甘くなかった。

――でも、そんなことを考える人は、普通、個人ではいませんでした。発想がすごい。

山崎　私が考えて、ダニエル・ベルを巻き込んだ。ベルはね、じつは若い頃、『フォーチュン』

誌の編集者だった。ですから「やろう」というので、一生懸命やってくれたんですが、いかんせん、すごい競争社会なんだ、アメリカは。すごいですよ。

例えば、雑誌を一冊出すとすると、おカネは日本の十倍くらいかかる。編集者を一人雇うにしても同じです。候補はどんどんくるんですよ。本当にやることが、えげつない。

――おカネ？

山崎　はい、おカネもえげつないし、勝手なことをする。だから、ベルが最後に、「俺がもう10歳若かったら自分でやってやるのにな」っていったんですよね。

ただし、ベルからは、とても印象的な言葉も聞いています。「俺に四〇〇〇部ほどの雑誌をくれたら、世界を変えてみせる」と。

――おお、四〇〇〇部。どういうことをいいたかったんだろう。

山崎　四〇〇〇部の雑誌があれば、その読者を一つのサークルにして、そこから変えてみせるといっていましたね。

――『コレスポンデンス』は、結局、限界があったということですか。

山崎　限界がありました、本当に。田所（昌幸）さんがずいぶん手伝ってくれまして、苦労してくれました。でもね、いろんなことを勉強した。田所さんは、こんなことに驚いていましたね。日本人が書いた文章をそのまま訳してアメリカの編集者に見せると「最後がくどい」というんです。日本人って、ずっと書いてきて最後に、ベートーヴェンの交響曲みたいに、「ジャン、ジャン、ジャン」ってやらないと終わらないんですよね。その「最後のところが余計だ」というんです。

——ああ、それはおもしろいですね。

山崎　日本人は、みんなそうだっていうんですね。

——それを書かないと落ち着かない。

山崎　ねえ。なんかあるんでしょう。

——落ち着かない。最後に何かいわないといかんと思ってしまう。

山崎　そういうことも含めて、大変なんです。それから日本人の比喩もちょっと違う。印刷とか、編集とかいうこと以前の、われわれ物書き自体がまだ国際化してないなという印象を生みましたね。

——思いは壮大だったけれど、日本人の限界があるんでしょうかね。

山崎　はい。まあ、だんだんといまの若い人がたくさん本を出していますから、もう少ししたら自然にもっと国際化していくでしょうけどね。なかなか簡単にはいかないでしょうね。

いかに「知の循環」を生み出すか

山崎正和は、これまで触れてきたようにサントリー文化財団設立当時、彼が構想したプログラムのすべてを着実かつほぼ完璧に四十年の中で実現した。いわば、当初のシナリオ通りである。プロデユーサー力はもとより、組織人としても彼は優れていた。

一方、文化財団設立後に取り組んだプロジェクトが二つある。一つは成功し、もう一つは途中で頓挫した——。

成功は、若い学者や研究者たちの発表の「場」としての雑誌『アステイオン』の創刊である。

山崎は、若手の学者、研究者などの人材育成にあたって、当初から「知の循環」ともいうべき仕組みを精緻に描いていた。まず若い優秀な学者や研究者の卵に研究助成を提供する。そして、優れた研究成果を出版すれば、学芸賞に推して応援する。学芸賞を受賞したらば、今度は共同研究会の代表をやってもらう。そして、活躍の範囲が広がれば、学芸賞や地域文化賞などの選考委員に推薦する。それらのプロセスは「ワンセットになっていた」と山崎はいう。つまり、先輩が後輩を育てるシステムである。文化財団の「知の循環」だ。突っ込んでいえば、「知の循環」を生み出す「山崎モデル」である。

その一例として、現サントリー文化財団副理事長の鷲田清一を取り上げてみよう。山崎は鷲田を自分の後継者として、育てたのは間違いない。山崎と鷲田は、キャリアが似ていた。鷲田は、山崎の後について歩いているようだ。

というのは、二人とも京大文学部哲学科の出身で、いずれも現象学を学んだ。その後も、京大には残らず、関西大学、大阪大学の教授の道を二人とも進んだ。山崎は関西大学では文学部を整備し、大阪大学では文学部に演劇科を創設した。鷲田は、大阪大学で総長を務め、大学改革を進めた。もともと二人の間に交流があったわけではない。「山崎先生は、もう雲の上の人でした」と、鷲田は語る。

二人の接点になったのは、学芸賞である。

鷲田は、１９８９年に『分散する理性』（勁草書房刊、１９８９年）『モードの迷宮――現象学の視線』（中央公論社刊、１９８９年）で学芸賞を受賞し、四年後の１９９３年に「社会・風俗」部門の学芸賞の選考委員になった。

山崎はこの間、鷲田を鍛え続けてきた。こんなエピソードが伝えられている。ある日、財団の会議が終了して、出席者は別室に移ったが、その際、たまたまその場に残っていた渡邊八郎（元サントリー文化財団専務理事）の目撃談である。

「ひゃー先生、勘弁してください」と鷲田先生の声。「鷲田さん、あなたは出来ます。いややりなさい」いつになく厳しい口調の山崎先生。やり取りの内容はわからないが、強く印象に残った。

（『別冊アステイオン　それぞれの山崎正和』「お見通し」２５４頁）

この件について、鷲田はこう語ってくれた。

「山崎先生は、よう見てはって、なにしろ編集者としても超一流でしょう。何かもう見抜かれたようで……。私はファッション論で学芸賞をいただいたんですが、よりによって国家、政治のことを『アステイオン』に書けとおっしゃったんです。えーッという感じでした。まったくの専門外ですからね。あえて避けてきたテーマです」

そのシーンを目撃した渡邊が、学者の世界はかくも厳しいものかと思った、と語るのを聞いたことがある。

前出の朝日新聞の村山正司は、この件に関連して次のような話をしてくれた。ある時、鷲田は、山崎と村山を含めた雑談の中で、香港の中国への返還式典の際にイギリスのチャールズ皇太子が身に着けていた背広について、「あの色は特別で〝ロイヤルブルー〟というんですよ」と話した。それを聞いた山崎は、「さすが鷲田さんですな」といって目を細めていた。ファッションを通じて政治を語れるような鷲田の学際性や才能を、山崎はかっていたのだろうと、村山はいう。

鷲田が書いた政治の話は、『アステイオン』（ｖｏｌ．56、２００１年）に掲載された「全体という擬制――〈国家〉の存在をめぐって」と題する論文だ。鷲田はその後、２０１０年に文化財団の理事、そして２０１４年に山崎の後を継ぐかたちで副理事長に就任した。要するに、これはまさに「山崎モデル」の好個の例といえる。ただ、じつは、そのサイクルすなわち「山崎モデル」の中で、当初欠けていたのが、論文の発表の「場」であった。

研究助成を受けた学者にしても、次にいきなり学芸賞を受賞することは難しい。少なくとも、研究成果を一冊の本にまとめることが必要で、それには一冊の本になるだけの原稿を発表する「場」ができれば欲しい。例えば、雑誌だ。とはいえ、山崎は文化財団は出版物を持つべきではないと考えていた。「カラオケの自己満足と同じだ」といって、雑誌の発行に反対していた。雑誌の創刊は、まったく眼中になかった。当初の構想に入っていなかった。

なぜならば、企業や財団が雑誌やニューズレターをつくって配布しても、「誰にも読まれない」「ゴミ箱に直行する」という認識を持っていたからだ。実際、文化財団自体もニューズレターを発行していない。唯一、地域文化賞の受賞者同士の情報交換のツールとして、一時、「地域文化ニュース」（１９８７～99年）というニューズレターを出しただけである。

しかし、「山崎モデル」を完結させようとすると、どうしても研究成果の発表の「場」が求められる。問題は、どのような「場」を用意するか、そしてその「場」をいかにつくるか——だった。

『アステイオン』の創刊理由

雑誌発刊の言い出しっぺは、当時、文化財団の事務局長をしていた、前出の伊木稔である。財団の事務局スタッフを代表する一人だ。

伊木は、「学芸賞の受賞者に賞金をあげてそれっきりで、財団との縁が消えていた。せっかく発掘し学芸賞をさし上げた人材をそのままサヨナラするのはもったいない。この優秀な人材を結集し文化財団の『知のネットワーク』をつくれないだろうかと考えたんですよ。それに、受賞者は40代の人も多く、これから活躍してもらいたいと思っても書く場所がない、発表する場がない。そこで、雑誌を発行しようと考えたんですね」という。

伊木は、１９６８年にサントリーに入社した。社長室在籍中から佐治敬三のスピーチライターを務めた。佐治は、「うちには伊木という〝冗談係〟がいる」といっていた。

佐治は、１９８３年にニューヨークで文化財団とジャパンソサエティとの共同で開いた日米シンポジウムの開会式で、次のようなスピーチを披露したと、自著『へんこつ　なんこつ』で記している。

「日本が米国に依存しなければならないものはいくつもある。例えば三つのＪ。ジェット機とジャズ。これらは両国民の快適な心身の触れ合いを可能にしてくれる。三つ目はジョーク。これは特に私の苦手とするところで、一生懸命努力しているが、米国の人気ＴＶコメディー番組『トゥナイトショウ』に出演するには至っていない」。（２００頁）

聴衆はどっと爆笑、会場は大いにやわらぎ、シンポジウムでは活発な討論が行われた。このスピーチライターも伊木だった。

伊木は、１９８４年に文化財団の第三代事務局長を務め、その後２００４年に第四代専務理事に就いた。その間、数々の新機軸を打ち立てたが、その一つが雑誌の創刊である。

ところが、いま触れたように、肝心の山崎は雑誌発行に否定的だった。その気がなかった。

確かに、学芸賞を得て、ハクがつけば、『中央公論』や『文藝春秋』などの月刊誌から原稿の依頼もくるだろう。しかし、商業月刊誌の場合、たいてい四百字詰原稿用紙で二十枚ほどが普通だ。論文としては短い。それでは十分に論を尽くせない。とはいえ、長い論文が自由に書ける機関誌では山崎は納得しない。伊木は、どのようにして山崎を説得するかを思案した。壁は高く厚かった。

検討を重ねた末、プロの編集者の粕谷に編集をまかせれば、「しかるべき人びとに読んでもらえるのではないだろうか」として、山崎の説得を試みた。つまり、書き手が自由に書くことができ、世の中に発信できる雑誌にすると訴えたわけだ。山崎は、次のように語っている。

たまたま粕谷（一希）さんが三つ子の魂百までというべきか、雑誌をつくりたくてしょうがないわけです。（略）

人材づくりのプロセスにやはり雑誌は欲しいと感じ始めていたところ、粕谷さんがうずうずしている。「じゃあ、あなたに任せるので引き受けてくれ」と、『アステイオン』初代編集長は粕谷さんで始まったわけです。（『舞台をまわす、舞台がまわる』２７０頁）

発行するとなれば、当然、理事長の佐治敬三の承認を得なければならない。その前に、まず専務理事の佐野善之に話すと、案の定、厳しかった。

「どういうつもりでやるんや」「なんで出すのか」と心構えを問われた。説明を尽くし、なんとか佐治に話を持っていくと、こういわれた。

「まあ、雑誌というものは、そんなに甘いもんじゃない。だいたい三号でつぶれるもんだ。〝三号雑誌〟を覚悟して、やってみいや」

かくして、１９８６年７月、『アステイオン』（当初年四回、１９９９年から年二回発刊）の創刊号が発刊される運びとなった。山崎は、52歳だった。

雑誌の名前については私に任されたので、国際的に執筆者を集める雑誌だから、日本語でなく横

> 文字にしようと考えた。（略）
> ギリシャ語なら絶対に彼らも文句は言えないだろうと。そこで、私の恩師筋にあたる田中美知太郎という大先生の弟子に種山恭子さん（元・弘前大学教授）という偉い学者がいました。友人でこの十年ほどあとに亡くなってしまった方ですが、その人に電話をかけました。都市的・都市性というニュアンスの言葉はないかと。そうしたら彼女が、都市を意味するアステュを形容詞形にしたアステイオンはどうかと言ってくれたんですね。（『アステイオン』ｖｏｌ．84、２０１６年、特別企画インタビュー「鋭く感じ、柔らかく考えてきた三十年」２３７〜２３８頁）

ちなみに、「友人」の種山恭子は、山崎の妻・茎子の高校、大学時代の友人だ。序章で紹介したように、恩師の哲学者、田中美知太郎を山崎の舞台『凍蝶』の観劇に誘った当人である。

また山崎は、「当時まだ代々木系（筆者注・日本共産党系）が圧倒的に強かった出版界の中で、公正な雑誌を出したい。それが粕谷氏の意図だった」（２３７頁）と、語っている。

知と情と行動

粕谷一希は、『中央公論』編集長時代に中央公論社内の抗争に巻き込まれた。１９６８年のことである。

というのは、粕谷は社長の嶋中鵬二に見込まれ、１９６１年の「風流夢譚事件」（右翼が嶋中家に危害を加えた事件）後の『中央公論』の立て直しを担う役割を託された。粕谷は、多くの論客を世に送り出した実績から、名伯楽として外部から高い評価を得ていたが、中央公論社内では孤立していたのだ。〝中公紛争〟と呼ばれる組合との衝突が発生。組合側は、「粕谷を更迭せよ」「社内を民主化せよ」「編集方針を左に振れ」などの主張のもとに、ストライキを起こした。これを機に、粕谷の社内での立場は難しくなった。

〝中公紛争〟に際し、嶋中が組合対策の知恵袋として頼ったのは、蠟山芳郎（嶋中夫人の実父の弟）と、山崎である。山崎によると、倒れて入院した嶋中の病室に張り付き、かかってくる電話に対応して、組合との折衝のアドバイスをしていたという。いってみれば〝黒幕〟である。

「粕谷さんは、蠟山、山崎さんの組合対策の中で、苦しい立場に立たされたわけです」

と、説明するのは、粕谷と入れ替わりに中央公論社に入社した、前出の河野通和だ。結果として粕谷は、１９７８年に自主的に退社する。河野は、こう語る。

「粕谷さんは最後に、嶋中さんに対して『あなたにはがっかりした』と電話で告げて去っていくんです。ただ、嶋中さんと粕谷さんの間には、深い、深い思いがあって、それはまるで、生木を裂くようにして、離れていくことになったんです。本当に複雑な思いがあるんですよ、あの二人には」

志半ばにして中央公論社を去った傷心の粕谷を、山崎は文化財団に誘った。同財団の評議員への就任を持ちかけた。そして、学芸賞「政治・経済」部門の選考委員を依頼した。粕谷は、学芸賞創設の１９７９年から１９８４年まで、六年間にわたって「政治・経済」部門の選考委員を務めた。

当時の粕谷について、河野は、次のように振り返る。

「粕谷さんの中では、『中央公論』で完全燃焼しきれなかったものを、文化財団という場をもつことによって、もう一度自分なりに構築したいと考えたのでしょう。不完全燃焼の部分を文化財団で実現したい。その意図は、ハッキリあったと思います。だから、山崎先生に声をかけられたことはありがたい機会で、実際、すごく感激していました。辞めた自分に声をかけてくれた、場を与えてくれた、と」

『アステイオン』のアイキャッチ「鋭く感じ、柔らかく考える」について、河野は、これこそまさに、粕谷がずっとやりたかったことだと指摘する。

もう一人、『アステイオン』の立役者がいる。『アステイオン』の創刊にあたって、サントリー社長室から同編集部へ出向した、今井渉である。創刊スタッフといえばカッコいいが、編集業務はまったくのシロウトである。山崎から「粕谷さんの下で働けば、編集の仕事を覚えるから……」と激励され、いきなり編集長の粕谷と仕事をすることになった。

創刊号の目玉企画は、ダニエル・ベルと山崎の対談で、ボストンのベルの自宅で行われることになった。今井は、担当者としていきなり米国出張を命じられ、しかも「先乗りしなさい」といわれた。海外出張は初めてだったが、ボストンで山崎と平木を迎えた。ドキドキものだった。しかも、帰国までに山崎の原稿をもらわなければならない。そこで、ホテルで口述筆記を試みた。大仕事だった。『アステイオン』の創刊号に掲載された「ワールド・ダイアローグ　20世紀末の危機と希望――『市民社会』の復権」がそれである。

ちなみに、私の手元に『アステイオン』の創刊号がある。編集委員は、高坂正堯、森口親司、山崎正和、蠟山昌一、ダニエル・ベル、ハーバード・パッシンである。久しぶりに手に取って、しみじみとながめた。表紙をめくり、扉を見ると、上段に小さなオブジェのような樹のイラストがあり、下段に遠慮がちに活字が並んでいる。これは、山崎が記した〝創刊の辞〟である。いや、〝創刊の辞〟のタイトルはない。無題である。いきなり二十五文字詰め十八行の文章が載っているに過ぎない。多分、それが山崎の美学だったのだろう。以下は、その全文である――。

ギリシャの昔、都市（ΑΣΤΥ）は、ただ雑踏と喧騒のちまたではなかった。法と数字と観念だけのみやこでもなかった。蒼穹のもと石造りの孤立を誇りながら、それは人間のたぎりたつ情熱を煮つめ、澄んで輝くイメージへと昇華させる蒸溜釜であった。

都市らしさ（ΑΣΤΕΙΟΝ）とは、なまの感情の沸騰でもなく、硬直したイデオロギーの観念でもなく、その中間にあって、柔らかくものを思い、心にかたちをあたえる想像力の働きをいう。粗野な生命力を美しく洗いあげ、やぼなこわばりを機智によって突崩し、人を遊びと慎しみの両方へ誘いつつ、創造的な会話を楽しませる精神のことである。

いま、イデオロギーの時代が去り、狂熱的な固執と抗争の時代が去り、大衆化の混沌からも人びとが一歩を踏み出そうとしているとき、二十一世紀の想像力の都市をめざし、新しい知と情と行動の洗練（ΑΣΤΕΙΟΝ）を夢見て、ここにひとつの国際的な会話の舞台を提供したいと思う。

ちなみに、この〝創刊の辞〟は、今日も毎号、『アステイオン』誌の扉ページにひそやかに掲載されている。気が付く人は少ないかもしれない。

また、創刊号の最終ページには、編集長の粕谷が編集後記を書いている。それを読むと、雑誌創刊に対する彼の熱い思いが伝わってくる。と同時に、その頃の論壇雑誌の問題点が読みとれる。

◆サントリー文化財団は、過去七年間、思想・歴史、政治・経済、文学・芸術、社会・風俗の四分野で六十名を越える学芸賞の受賞者を出してきました。しかし、今日のジャーナリズムの荒廃は、こうした人々に十分な活躍の舞台を提供しているとはいえません。

◆本来、ジャーナリズムは母胎となる執筆者群があって、豊かな発酵と熟成を遂げるのであって、最初にコスト対効果だけを計算しマーケットをリサーチして成立するものではありません。

このように、ジャーナリズムの現状を憂えたうえ、粕谷は、次のように訴える。

◆日本人が自らの国際的役割を自覚し、独自のメッセージを発信することこそ今日の急務でしょう。そのためには海外のジャーナリズムと具体的に提携し対話を開始することでしょう。本誌が洗練された感性と知性によって、今日のジャーナリズムに、ささやかでも新しい気運を醸成できれば、と思います。

創刊から五年を経た１９９１年、『アステイオン』は、編者をサントリー文化財団・生活文化研究所から「アステイオン編集部」に変更。文化財団が、外から助成する形式とした。またこのとき、編集委員の若返りをはかって、全員を交替し、新たに北岡伸一、竹中平蔵、三浦雅士を迎えた。

さらに、粕谷は１９９４年４月に編集長を退いて編集顧問となる。編集人には、文化財団の事務局の担当者が就く体制となった。編集長の田所昌幸のほか、東京大学先端科学技術研究センター教授の池内恵、苅部直、明治大学教授の張競、細谷雄一、待鳥聡史が「アステイオン編集委員会」の委員を務めている。２０２１年（ｖｏｌ．94）からは新しい編集委員になる。

すべては編集委員の合議制で、ほとんど阿吽の呼吸のもとに決められている。「野暮は言わない」のが参加者の不文律であって、そのくせ個性的な編集の風儀、誌面の空気は固く守られてきた。こういうしなやかな強さは、たぶん百年の風雪にも耐えるはずだと、私は密かに信じている。（『アステイオン創刊30周年ベスト論文選１９８６－２０１６　冷戦後の世界と平成　第I巻　政治・経済（国際編）』山崎正和「『野暮は言わない』個性」）

21世紀をいかに生きるか

２０１６年発刊の『アステイオン』ｖｏｌ．84では、「特別企画　アステイオン三十年を振り返る」

として、同誌の創刊以来の論文の変遷について、当時の編集委員がそれぞれにまとめている。以下、『アステイオン』の軌跡をたどってみよう――。

苅部直は、「根源的な思考と時代の省察」と題して次のように書いている。

> 思想と文化を軸にして国際的な視点をもりこんだ雑誌を投げこみ、ジャーナリズムの世界に一石を投じたい。そういう意欲が伝わってくる。「人間は何のために生きるのか」という大上段の構えが、いかにも教養主義者を自任していた粕谷らしい。（２４９頁）

苅部は、『アステイオン』の特色として、西洋文化と非西洋文化を論じた知識人が多く登場していると指摘する。こうした部類に属する論考から、代表として山崎の「装飾とデザイン」（第61〜65号〈２００４〜２００６年〉２００７年に中央公論新社から刊行）をあげて、次のように記している。

> 近代の西洋諸国に始まり、全世界に広がったテクノロジーの支配は、いわば「デザイン」が人類の造形活動を規制し尽くすようになった時代の到来である。グローバル化と情報化を通じて、人と具体的な物とのつながりが徹底的に希薄になった現代では、それが極限にまで行き着いたと言える。そのなかで、ただ一つの親しい物体に愛着をもつことを通じ、みずからの存在を確かめる「装飾」の営みがもつ意味は、かえって重要性を増しているのではないか。その問いの射程は、現代の社会と文化が抱えている、さまざまな領域に及ぶだろう。（２５１頁）

張競は、「技術至上の現代になぜ文学芸術が大切か」として、『アステイオン』誌上の次の対談をあげる。

> 新しい技術が次から次へと誕生する現在、われわれは魂から何を汲み出せるか。技術が高度に発達した今日、文学は果たしてどのような存在意味があるか。確実に言えるのは、文学は決して無用な文字遊戯ではなく、新技術の疾風怒濤に耐えうる精神をより強靭なものにする力を持っていることだ。それを示唆してくれたのはソール・ベローとハーバート・パッシンの対談「二十一世紀に文学は生き残るか？」（第九号、一九八八年）である。（２５２頁）

また、待鳥聡史は、「日本政治論の不在から、自律した政治学に基づく発信へ」と題し、「今回、バックナンバーを確認して見出したのは、意外なほどの日本政治論の不在であった」として、こう振り返っている。

> 誌面の主要関心は、文化、歴史、そして文明であった。現代のことを論じる場合であっても、それは歴史的な文脈や文化的要因に引きつけて述べられることがほとんどであり、日本国内のリアルタイムの現象を直接に扱うことは本来的な意図ではなかったのであろう。（略）
> 既に衰退傾向にあったとはいえ、月刊の論壇誌やオピニオン誌はなお一定の存在感を有していた。

それらとの差異化を図りつつ、刊行趣意にいうところの「なまの感情の沸騰」や「硬直したイデオロギーの観念」に陥らない論説を提供しようとする姿勢が『アステイオン』の特徴となっていた。
（262～263頁）

『アステイオン』の編集方針は基本的には、今日に至るまで変わっていない。時代の潮流に応答するという特徴は継続しつつも、時事的なことをリアルタイムでは扱わず、少し距離を置いて広い文脈から考えようとする態度は、ネットメディアの台頭により月刊媒体による時事的な議論がほとんど不可能になった今日、先見の明であったといえるし、また確かな存在感を保っている。

ジャーナリズムのグローバル化

国際シンポジウムを日本に定着させた山崎だが、グローバル展開をめぐっては、躓《つまず》いた。彼の文化財団活動における唯一の挫折である。日本から世界への情報発信を目指した、英文ニューズレターの発行がそれだ。いってみれば、日本のジャーナリズムの国際化である。

このグローバルな「知の世界」への仲間入りを模索したのは、90年代半ばである。文化財団は、「世界と日本との文化的な交流の飛躍的な発展に寄与したい」と設立趣意書にうたっているが、その目的の実現だ。

折しも日本は、第二次大戦の終結から五十年を迎えていた。それまでは、アメリカが主導する平和と繁栄の傘のもとで、日本はその恩恵を享受してきたが、いつまでもその座に甘んずるわけにはいかない。世界に向けて自らが何者であるかを発信するとともに、国際社会に開かれた存在にならなければならない。「日本の主張」の延長線上の挑戦といっていい。ただ、日本からの情報発信は、個人の発想をはるかに超越していた。

それは、山崎が60年代にアメリカに留学し、米論壇誌『フォーリン・アフェアーズ』に執筆した数少ない日本人であることと無関係ではないだろう。また、欧米において、知識人が影響力を持ち、国を動かしていることに強い関心を寄せていた山崎は、日本のジャーナリズムが国際的な知識社会とはかけはなれた存在であることに不満をもっていた。それから長年にわたり、政府系の海外広報誌『Look Japan』に携わってきたことも、無関係ではないだろう。

山崎は１９９７年、英文ニューズレター『コレスポンデンス』の創刊準備を始め、精力的にとりかかった。63歳だった。『アステイオン』創刊から十一年後、最後の挑戦であった。

アメリカンアカデミーならびにベルリン高等研究所とサントリー文化財団の三極の共同で「国際知的交流委員会（ＣＩＣ）」を設立し、『コレスポンデンス』の編集体制の構築を目指した。これまで日本のジャーナリズムが誰も試みたことのない、野心的なチャレンジだった。

同誌の立ち上げには、山崎と親交が深いダニエル・ベルの存在が大きかった。ベルの『フォーチュン』誌の編集手腕とともに、その人格に絶大な信頼を寄せていたことが、山崎の決断を後押しした。さらに、後述するベルリン高等研究所長のヴォルフ・レペニースもいた。このチャレンジは「冒険だ」と、山崎は自覚していた。いまだ日本の論壇が踏み入れていない未踏の地、すなわちグローバルな「知の世界」への参入であるのだから「大冒険」であったのは間違いない。満を持しての大仕事への挑戦だった。以下は山崎の回想である。

> この三人が付き合いを重ねているうちに、ひとつ国際的なジャーナリズムをつくろうじゃないか、ということになったわけです。
>
> 最初にそれを言い出したのは私です。それには目的がありました。日本の上質な発言が国内だけに閉じ込められているのは残念だ、何とかして日本の筆者たちをグローバル・コミュニティに紹介して、願わくはその人たちが独自に欧米の出版社や雑誌社と連絡がとれるようにしたい。これが私の狙いでした。（『舞台をまわす、舞台がまわる』２７１頁）

この国際的挑戦について、北海道大学大学院法学研究科・公共政策大学院教授の遠藤乾は『別冊アステイオン　それぞれの山崎正和』「Correspondenceの挑戦」の中で、次のように読み解いている。

> それは、端的に言うと、ニューヨークの文化界と組んで、世界の知的ヘゲモニーを日本が取りに行った稀な試みであった。その際、なかなか立ち入れないユダヤ人サークル（とそれが取り仕切るメディア）に入り込み、ヨーロッパの知的伝統と結びながら、日本という土壌で開花していた文芸・人文社会の成果を発信してゆく。それによって世界の知と「通じていくこと

(Correspondence)」、ひいてはその再興を企図したものだった。（略）

その体裁は、内外の有力文化誌、論壇誌、新聞雑誌の文芸・オプエド欄をつなぎ、言説を丁寧に追い、世界で文化的・知的争点となっていることを共有し、深掘りして考える場と材料を提供するものだった。背景にあるのは、知的論議の低迷という問題意識である。（２０５頁）

具体的編集体制は次のように決まった。ディレクターは、米国側のベル、ドイツ側のレペニース、そして日本側の山崎である。ドイツ人のレペニースは、知識社会学の専門家である。ベルリンの知識人たちの中心人物だった。山崎は、彼とは日本のシンポジウムで出会った。レペニースについて、こうコメントしている。

実際に会ってみたら、実にいい男でした。頭は切れるし、人間的に暖かい。この人は日本とも不思議な縁がありました。正確な家系図は覚えていないのですが、彼の奥さんのひいおばあさんだったかが日本人だということでした。（『舞台をまわす、舞台がまわる』２７１頁）

それぞれにアシスタントが一人ずつついた。田所は、山崎のアシスタントを務めた。編集の実務は、ベルのいたアメリカンアカデミーが行った。

『コレスポンデンス』の三人の絆

田所が正式に『コレスポンデンス』のアシスタントに抜擢されたのは、1996年である。推薦したのは、政治学者の五百籏頭眞だった。高坂の兄弟弟子だ。国際交流委員会のプロジェクトをやるから、誰かアシスタントはいないかということになったとき、五百籏頭が「田所というのがおるわ」といった。

田所は、『コレスポンデンス』の打ち合わせに出向き、大阪の文化財団の事務所で、山崎と顔を合わせた。以後、『コレスポンデンス』をめぐって、田所は、山崎と苦楽をともにすることになる。

以下は、田所と同様にベルのディレクター補佐役を務めた、現コロンビア大学歴史学部教授のマーク・リラが『別冊アステイオン　それぞれの山崎正和』「ビールを片手に語りあった夜」の中で語っている、『コレスポンデンス』の思い出である。

> さて、このニューヨークでの初顔合わせは、ニューヨークのイーストサイドのすばらしい日本レストランの個室で、皆靴を脱ぎ、上着も脱いで袖をまくって、畳に座ってビールの乾杯でスタートした。（略）
>
> それは思い出に残る夜だった。私は山崎、ベル、レペニースの間で交わされていた会話に、わくわくし通しだった。この三人をつないでいた絆は、共通の歴史感覚ではなかっただろうか。三人と

も驚くべき歴史を経験していた。山崎氏が育ったのは、血なまぐさい戦争中の満州だ。レペニース氏は、一九四五年ドレスデン爆撃を子供の頃に辛くも生き延びたのだし、私の師のベル氏は、一九三〇年代からずっと社会主義と共産主義の間で引き裂かれたアメリカの左翼運動を目にし、自身それに参加した。実際、山崎、ベルの二人とも社会主義インターナショナルの歌をまだ覚えていて、片や英語で片や日本語で一緒に歌ったくらいである。（２０３頁）

そして、リラはこうつけ加えているのだ。

この三人のディレクターは言葉の広い意味で「リベラル」と呼んでよいだろうが、このプロジェクトで彼らを結びつけていたのは、共通のイデオロギーではない。私の目にはそれはむしろ歴史的悲劇の経験であり、三人とも偏狭な文化的ナショナリズムがいかに危険で、異なった民族間で共通の基盤を築くのに文化的交流がいかに重要なのかを身に浸みて判っていた。（同頁）

ダニエル・ベルは、当初『コレスポンデンス』の仕事に精力的にかかわった。田所は、そのあたりの事情を次のように語る。

「ベルさん自身、最初の方は自ら編集をやっていました。たしか、自分でタイプライターを打っていたはずです。僕は、ベルさんから『こんなのはダメだ』と何度もいわれましたよ。そのたびに、『どうしましょうか』と山崎さんに相談していました」

編集会議は、年に一、二回開かれた。田所の仕事は、実務を担当していたアメリカンアカデミーに日本から英文翻訳した原稿を送り、アメリカンアカデミーと日本側とのやりとりを調整することだった。田所の証言は続く。

「それぞれのアシスタントが、実務的なことを回していきました。私は、日本語で書かれたものを英語で紹介するのが仕事だったので、司馬遼太郎の話とかを英語に訳してアメリカに送ったりしていました」

仕事は、刺激に満ちていた。グローバルな知的世界の最前線に触れることは、田所の喜びだった。

「ダニエル・ベルと山崎さんが話をしているのを、僕は聞いているわけですね。こんな贅沢なことはありませんでした」という。

ここらあたりが潮時か

『コレスポンデンス』は、編集がアメリカンアカデミーからCouncil on Foreign Relations（カウンシル・オン・フォーリン・リレーションズ）にかわったあたりから、しだいに編集作業が思うように運ばなくなった。以下、田所のコメントである。

「英語で書かれた出版物の世界というのは、ものすごい競争の世界なんですね。なので、いい加減な英語で出したら相手にされなくなるわけですよ。大事なのは、読ませるものを書くということです。

中身がちゃんとあって、しかも、それを読ませる力がなければいけない。勢い、編集はアメリカ人の手練れを使わざるを得なくなり、彼らの発言力が強くなっていきました。それでも、彼らと交渉しながら、我々の原稿を載せてもらわなければいけないんですね」

文化財団が資金面で丸抱え状態だったにもかかわらず、編集に対する日本側の権限には制約があり、自由度はあまりにも低く、アメリカ側の要求は、シビアかつ容赦がなかった。田所は、次のように続ける。

「向こうは、これでもかこれでもかと、いろいろチャージしてくるわけですよ。おカネの面では、えげつなかったですね。日本の場合、大学の教師というのは、サラリーマンだから、所得のほとんどを大学の給料でまかなっていますよね。だから、プロジェクトで儲けようという感覚はあまりない。ところが、向こうは、フリーランサーです。しかも、ニューヨークの書き手たちは、自分の書いたもの、編集の仕事の評価をきちんとカネで計ってくれないと困るというんですね。なんだかんだといってきて、いろんなことが起きるんですが、喧嘩をしたら終わりですからね。つくづく、濃い人間関係がないとダメだと思いましたね」

田所によると、編集方針の相違、すなわち関心事が明らかに違った。日本関連の記事は、田所の専門の分野である外交政策や安全保障政策などは、ほとんど相手にされず、次々に掲載が却下された。外交の専門家ならともかく、欧米の知識人の間では関心を持たれないというのだ。

> 日本の存在の程度をあらためて思い知った。（略）他方で、日本文化については驚くほど反応が良

かった。こちらはこちらで、注意しないとエキゾティックで奇怪な日本イメージが誇張される傾向が強い。冷戦の勝利に酔いしれていたアメリカや、ソ連の脅威のない環境で自信を深めたヨーロッパでは、「西洋」の普遍性への自信が強まり、バブルがはじけた後の日本に対する関心は、政治経済面ではバブル同様消え去り、彼らの目に奇妙と映る文化現象だけが妙に突出しそうだった。（『アステイオン』vol．84、田所昌幸「世界の思潮の把握と日本からの知的発信の試み」247頁）

アメリカの知的社会には、野心家が多いことを思い知らされた。加えて、アメリカに事務所を構えて、人を雇うには、おカネがかかる。人材探しでは、何度も苦汁をなめた。『コレスポンデンス』への投資はとてつもない額にのぼった。「ここらへんが潮時かな」と、山崎は考えた。前出の遠藤は、こう記している。

短命で終わったのは、じっさいに大変なことだったのだろう。英語でやることもあり、国際的に渡り合うのも相当なプレッシャーだったろうし、人的な資源の育成や発掘には相当骨が折れたこともあったのではないかと推察する。（『別冊アステイオン　それぞれの山崎正和』206頁）

山崎は次のように語る。

「ちょっと壮大すぎました。編集はアメリカでしたが、とてもじゃないけど、我々の力では動かせなかった。私個人としては、大苦闘でした」

反省の弁である。２００４年に幕を引いた。

「日本はいまだに、横文字の知的空間に打って出ることはできていない」とし、前出の『アステイオン』ｖｏｌ．84での苅部との対談「鋭く感じ、柔らかく考えた三十年」で、「田所昌幸さんの力も借りて、苦労しながら全部で十号までがんばった。今となってはほろ苦い思い出にすぎないんですけれども、ジャーナリズムの国際化は、そう簡単にうまくいくものじゃない」（２４１頁）と、語っている。

前出のマーク・リラは、次のように総括している。

> リベラルなコスモポリタニズムは、唯我論的なナショナリズム、浅薄で省察を欠くインターネット上の文化もどき、それに文化的エリートに対する強い反感のために、今日では流行らない。しかし、コレスポンデンスの試みは、十年足らずしか続かなかったにせよ、リベラルなコスモポリタニズムには依然として未来があるという希望を抱かせるものだ。（『別冊アステイオン　それぞれの山崎正和』２０４頁）

ジャーナリズムの国際化は、あまりにも大きな課題で、山崎をもってしてもその克服が容易ならざるものであることをあらためて思い知らされた。いってみれば、それはジャーナリズムの世界のみならず、近代化に向かって歩みはじめた明治時代以来、いまだ日本が抱える大きな宿題そのものといえる。

終章

人生の「リズム」

――サントリー文化財団は設立から四十年が経ちました。令和の時代ということで、一つの転機でもあるかと思います。これからの文化財団を、どうつくり上げていくべきとお考えですか。

山崎　それに関しては、私は一切発言しないつもりです。それが、ある意味で文化財団のためでもあるし、私がこれまで文化財団にとってきた態度の延長でもあるんです。自動的に発展していく。その内省する力というものを、内から成り立つ力というものを信じたい。それでダメになるようだったら、何をしてもダメだと私は思っています。

　いま、私の見ている限り、事務局も、受賞者も、周りの人たちも、どんどん自発的に動いてくれていますし、それにお任せするのが一番。

――山崎さんは、何もいわないほうがいいわけですか。

山崎　ふふふ。もう、私は本当に特別顧問を辞職する時期だなと思っているくらい。事務局にお世話になっていますから……。

――山崎さんが文化財団にいらっしゃるだけで違うと思いますけど。

山崎　慮《おもんぱか》りは、ありがたいと思っていますけどね。

――ちょっとうかがいますが、ずっと考えていらっしゃったアカデミーとジャーナリズムの融合を、どう考えていけばいいのか。
　というのは、いままで学者は新書なんかを書くと、「あいつはダメだ」といわれた。学者の世界から離れ、啓蒙書を書いているといわれますでしょう。一方、ジャーナリズムの方は、骨のある文章を書く人が少ない。両者はどういう関係でいけばいいんでしょうか。

山崎　もちろんね、二つにそれぞれ固有の領域がなければならないと思います。だから、まったく融合してしまうということはあり得ない。でも、少なくとも、互いを意識しているということは、非常に大事なことだと思います。

　例えばいま、私が現実に行っている一番大きな分野は、インタビューの仕事です。雑誌もありますけれど、主に新聞でそのインタビューはかなり真剣に取り組んでいます。先日の産経新聞に話した孤独論なんていうのは、真面目に話をしている。そういうことは、今後も大事なんだろうなと考えています。

　おもしろいことに、あの記事は、私の老人ホームの中で非常に大きな反響があったんです。だから、結局、ジャーナリズムを通過したから、ああした議論が一般の老人、すなわち普通の人に受け入れられたんですね。

――読みました。おもしろかった。山崎さんの真意がきちんと書かれていましたよね。

山崎　正直いって、新聞や週刊誌の記事には、まだまだばらつきがあります。だけど、いまのところ、そういう努力をまだ新聞社も雑誌社も捨てていないですからね。

――いないですよね。

山崎　やっぱり、私は、日本はいろんな可能性も危険もあったけれど、戦後の、とくに最近の五十年、うまくやってきたと思っていますよ。例えば、日本で社会を真っ二つに割るような風潮というのは、もう何もないでしょう。

――ない。若い人はわからないでしょうが、80年代まで東西冷戦の対立で日本は真っ二つに分かれていました。

山崎　結局、それを乗り越えてきたわけですよね。ありがたいことに、その結論は右でもなく、左でもないところで、うまく収斂している。

――山崎さんは、日本というものが、世界の中でそれなりの存在感を持つのは文化だと思うとおっしゃっています。

山崎　ＧＤＰではなくて、なんとなく日本というものが存在感を増したのは文化の力です。

――四十年以上前のあの時代から、山崎さんは文化というものを考えていらっしゃった。あの頃、まだ文化の重要性をいっている人はいなかったと思います。成長ばかりだった。

山崎　もちろん、成長もしなきゃいけませんよ。

――そうですね。日本はこれから人口減社会が本格的にやってきます。いや、もうきています。

山崎　人口減社会で一番難しいのは、老人の介護ね。日本は難し過ぎる。

――介護士を外国人に頼むといっても……。

山崎　例えば、「食べろ」という言葉は、英語でいっても、ドイツ語でいっても、だいたい一言、「eat」。その上に「Please」が付くかどうかくらいでしょう。日本には、「食え」「食らえ」

というのから「召し上がってください」まで何通りもある。

――簡単に使い分けられませんね。

山崎　老人に口を開けさせて、ご飯を食べさせるとき、何というか。外国人にそれを要求するのはムリです。

――最後になりますが、現役を死ぬまでやり続けるべきでしょうか。

山崎　何を？

――例えば、書くこととか……。

山崎　あなたは見る限り、昔と変わらないから。無理やり、自分は齢だと思わない方がいい。

――そうですよね。

山崎　自然がいい。本当にしんどくなったらやめればいい。好きなことを無理やりやめると体に悪い。

――今後も書き続けられますか。

山崎　やめるべきときがきたらやめます。いまのところ、そこがね……。いまは、何か社会に起きたら書く。

　私の使っているパソコンは親切なんですよ。長く書き続けると、コーヒーカップのマークが出てくる。どうもお疲れのようですから、お休みになりませんかと(笑)。まあ、無視するときもある。それを機にさぼることもある。浮世離れした物書き生活ですよ。

――長年にわたって考えていらっしゃる哲学の分野についてはどうですか。

山崎　それは、こっちの勝手ですからね。やっぱり、あるときに休みはくるでしょう。

——ちょっとお聞きしますが、直感については哲学的にどう考えればいいのでしょう。

山崎　私は、直感という言葉はあまり使いません。私は、文字通り現象学。直感というのは、こっちから見ることでしょう。現象は向こうからくる方でしょう。私は、向こうからくる方に重点を置いています。

「リズムの哲学」を考える

これまで何度も触れてきたように、山崎正和は身辺雑記の類の話を嫌った。実際、「じつは半世紀にわたる私のもの書きの生活のなかで、つねに厳しく自分に禁じてきたのがみずからの私生活を語ることであった。公の場で自分を語るのははしたないという羞恥とともに、そのことによって読者に甘えてはならないという自戒があったからである」と、『日本人はどこへ向かっているのか』（潮出版社刊、２０１６年、２２９〜２３０頁）のあとがきで語っている。

ところが、前述した如く、２０００年前後から、彼が嫌った〝私小説〟を語るようになった。なぜか。「この数年、老いの衰えをわれながら実感するなかで、あえてそれを隠さずに生きることも一つのもの書きの覚悟ではないか、と考えるようになった」（同頁）という。齢には勝てないということだろうか。

彼は、方針転換した。「ことさらに憐れみを乞う姿勢さえ見せないかぎり、自然な自分のすべてを曝《さら》して書き続けることも、筆者の責任のあり方ではないかと思うようになったのである」（同頁）と、告白する。

これまでの姿勢から一転、オーラルヒストリー『舞台をまわす、舞台がまわる』では自らの人生をこと細かに吐露した。また、2019年には珍しく『週刊文春』にも登場して、若き日の貧乏物語を語った。しかし、それは単なる方針転換ではない。

「この五〇年間の平和と繁栄は、自然に降って湧いたわけではありません。戦後の苦難の時代を生きた私たちの先達《せんだつ》が、血と汗を流して築いたものです。平和と繁栄は、次世代の日本人が不断の努力を重ねなければ、やがて壊れてしまいます」と、山崎は雑誌『潮』（2019年12月号）誌上の「令和に生きる日本人へ。」（38頁）と題する論文の中で記している。つまり、山崎が私事を告白したり、自らの想いを訴えたりするのは、伊達や酔興ではない。戦後日本を築き上げてきた日本人のたゆまぬ努力の痕跡の一端を伝え、歴史から学ぶ大切さを汲み取ってほしいと願うから……と考えるのは、あながち深読みではあるまい。

「山崎先生と私は、それぞれ出発点が現象学です。フッサールやメルロ＝ポンティの哲学がオリジン（原点）です」と、鷲田清一はいうように、私小説家が女性関係や貧乏、病気などを赤裸々につづるのとは違って、学者なかんずく哲学者らしく、自ら背負った病についても徹底的に哲学的考察をする。その姿は、生半可ではない。私は、山崎の哲学者としての執念を感じる。本卦《ほんけ》がえりといっていいだろう。以下は、その考察のプロセスである――。

ことの始まりは三年余り前、二〇一二年の夏に、私がほとんど死の宣告を受けるに近い体験をしたときだった。（『日本人はどこへ向かっているのか』２２５頁）

山崎によると、健康診断を受けたところ、癌の兆候を示す指標ＣＥＡが１０００ng／mlを超えていることがわかった。ＣＥＡの数値が５ng／mlを超えると危険と考えられるが、１０００とは常識はずれで、末期癌に侵されていると思われた。その際、開腹手術を勧められたが、熟慮したあげく断った。「残り少ない私の生涯をどれだけ失わせるかわからない。それまで自分の年齢に無関心だった私が、にわかに二年後には自分が八十歳になるのを想い出したのである」（２２５〜２２６頁）という。

それと同時に、不可解な心境に陥ったと山崎は語る。脳裏に突然、長らく書かないで放置していた大切な主題があったという記憶が蘇った。「それは一九八三年、ほぼ三〇年前に拙著『演技する精神』（中公文庫）で最初に取り上げて以来、おりに触れて言及しつつも、正面からは書くことのなかった『リズムの哲学』という主題である」（２２６頁）――と語る。

リズムは森羅万象に遍在する。脈拍からはじまって歩くことや走ること、昼夜の流れ、三度の食事などがそうである。さらに、音楽や舞踏にもリズムがあるばかりか、自然現象の四季や月のみちかけ、森の成長などにもそれぞれリズムがある。当然、人生にもリズムがある。

文化人類学者で京都大学教授の米山俊直は、著書『いま、なぜ文化を問うのか』（日本放送出版協会刊、１９９０年）で、人生のリズムについて、こう書いている。

> 人間の生物学的ライフ・サイクルも、発生、発達、老化、死などそれぞれについて研究が進み、人間現象の理解を大きく助けている。
> 　人生の枠組みは、ひとつにはこの生物学的な要因が作っている。しかし同時に、社会・文化的要因が左右している側面がある。その組合せによって、人生にはリズムが生まれる。社会・文化的な要因として、およそ三つのサイクル（筆者注・昼と夜、四季のリズム、通過儀礼）があると、私は考えている。（257頁）

早い話が山崎が目指した「社交」にもある。「社交」が成立するには、リズムがなければならない。そのリズムは大きなクライマックスが一つしかない単純なものから、いくつかの山場が起伏する複雑なものまである。参加者は、その起伏に合わせて、協力してリズムを盛り上げなければいけない。

その一方で、哲学は古代以来、「一元論的二項対立」に苦しめられてきた。「古代の形相と質量、近代の主観と客観、意識と外界、精神と物質など、哲学はさまざまな二項対立を掲げて、そのどちらが真実在であるかを争ってきた。（略）善といえば悪、光といえば闇、神といえば悪魔というように、一元論は必ずその反対物を呼び起こすのである」（226〜227頁）。しかしながら、「どちらかが真実在でなければならないのは、じつはその背後にある一元論のせいであって、裏返せばこれがあればこそ二項対立が生じるといえる」（226頁）というのだ。これは、ギリシャ以来、哲学史の伝統的な宿痾であったとし、著作『リズムの哲学ノート』（中央公論新社刊、2018年）の中で、次のように記述している。

私はこのジレンマを解決するには、最初から内に反対物を含みこみ、反対物によって活力を強められるような現象を発見し、これを森羅万象の根源に置くほかはないと漠然と考えていた。そしてそういう現象がたぶんリズムだろうということも、これまた漠然と胸中の一隅に暖めてきた。だがこの着想はあまりにも冒険であって、学生時代に哲学を齧ったこともある私には、展開の難しいことがまざまざと予感された。ほぼ三十年のあいだ、いつかは自分の着想に正面からとり組みたいと願いながら、長すぎる尻込みを続けてきたのである。（２５２〜２５３頁）

さらに山崎は健康診断で、咽頭前部、扁桃腺に癌ができていることを告知された。医師は、放射線治療を受けることを勧めた。結果、放射線照射による副作用に悩まされた。食べたものの味がほとんど感じられない味覚不全に陥った。

山崎はたちどころに『アステイオン』（vol.89）誌上において、「哲学漫想」と題する連載をはじめ、第一回目に「味覚の現象学」なる論文を執筆した。自らの病さえも、たちまち哲学の対象としたのだ。ＣＥＡという「青天の霹靂がこのためらいを振り払ってくれた」と、山崎は説明する。

説明が難しいが、口内のいわば中心の部分、食物の塊の全体が含まれている場所は、ぽっかりと穴があいたようであった。もちろん私は歯と舌を使って食物を口内でかき混ぜているのだが、食物は攪拌されても、味が攪拌されているという感触が起こらないのである。（略）当然のように、ここでも喉越しの快感というものは感じられない。（『アステイオン』「味覚の現象学」２５２頁）

これは何を意味するかといえば、味覚には身体がかかわっているということだとして、山崎は一片のビーフステーキを味わう場面を描写する。味覚のメカニズムの解明を試みる。

> 私たちは誰しも頬張った肉片を噛みしめ、口内に広がる肉汁が舌から歯の根に広がり、しだいに喉へと落ちてゆくのを感じながら幸せを覚える。そのさい肉汁は自然に喉へと流れて口内からは減少してゆくのだが、不思議なことに、私たちの幸福感はその減少にまさに反比例して増大するのである。そしてこの満足が至高の域に達するのは、やがて私たちが砕けた肉の線維とともに肉汁の最後の一滴を飲みくだすときであって、まさに口中が空虚になった一瞬である。（２５３頁）

山崎は、その仕組みについて、日本庭園で見かける〝鹿《しし》おどし〟を例に説明し、思索を続ける。

> 肉汁の美味はあたかも鹿おどしの水受けにも似て、ゆっくりと口中の隙間を満たしつづけ、一定の閾値に達した瞬間に急転と呼ぶべき効果をあげる。美味が喉を駆けくだる刹那の速さは、鹿おどしの水受けが跳ねて石を打つ速さを連想させる。そしてこの高揚の一瞬は、どちらの場合も、それまでの運動に明確な中断をもたらすのである。（同頁）

味覚とは、リズム運動そのものにほかならず、美味以外の何ものでもないと山崎は結論づける。その際にすべてのリズムと同じように、この運動にも媒体として感覚的対象が伴うとする。たとえば、俗に「五味」と呼ばれる酸、鹹《かん》、甘、辛、苦といった刺激を提供しているという事実を突きつける。

それをいえば音楽には楽器の音という媒体が欠かせず、絵画には絵具の線や色が不可欠であるのと同じだろう。だがこうした感覚刺激をただ受容するのが味覚ではなく、またしても音楽や美術の場合と同じく、それらをいわば躍動させる営みが快感を生むのだという事実は、それ以上に確かである。これこそ私が味覚不全の回復初期に身をもって知った真相であり、汁物以外の味がわからないという苦痛のなかで思い知った教訓であった。（２５４頁）

序章で触れたように、鷲田清一は『朝日新聞』に寄せた追悼文の最後を次のような言葉でしめくくっている。「近年は、独自の『社交』論や、『世界文明史』の試み、装飾やデザインなどの原論的な仕事に思う存分取り組み、最後は原点回帰ともいうべき『哲学漫想』の執筆を楽しまれたことが、氏を喪《うしな》った者へのせめてもの慰めであろう」――。

そういえば、山崎自身は、『リズムの哲学ノート』のあとがきに次のように記している。

私は留保つきの近代主義者だったわけだが、この本ではその留保の思いのほうを前面に押し出すことになった。結論として私は、一方で近代化の哲学的根拠を否定しながら、他方で近代化の社会思想を肯定し続けることになったわけだが、この矛盾をどう処理するかについては、(略)座興までに言えば、この本は近代の擁護者が書いた「ポスト・モダン」の哲学なのである。(255頁)

蛇足ながら、山崎はよく知られているようにポスト・モダンに与しない。認めなかった。その一方で、近代哲学の「一元論的二項対立」に疑問を投げかけた。その一見、矛盾した位置取りを「近代の擁護者が書いた『ポスト・モダン』の哲学」と戯言を述べたのである。

孤独死と近代的自我

山崎は最晩年、宝塚市内の有料老人ホームで過ごした。

「縁あって有料老人ホームというものに入居して、日常の半ば以上を過ごすようになって数年が経った」(『日本人はどこへ向かっているのか』222頁)と山崎は記している。旧友の文芸評論家、谷沢永一に誘われたのがキッカケで夫婦で入居したという。

最初は別荘代わりに使って、週に数日の滞在を繰り返していたのだが、しだいに懶惰《らんだ》に流れてホームで暮らす時間が増え、今では常住のかたちに近づいたのは、なにより私の老化の証拠だろう。

（同頁）

２０１９年11月５日、妻の茎子はこの老人ホームで最期を迎えた。老人ホームには、医療施設が併設されていた。

山崎は高齢化現象について、かねてから一家言があった。『柔らかい個人主義の誕生』の中で、次のように記している。

> 誰の眼にも明らかなやうに、青春はまづ生理的に等質的であって、人生のほぼ同じ時期に万人を訪れ、肉体的にも精神的にも、ほぼ同質の問題と生活環境とを提供する。二〇歳の青年は、誰しも同じやうに性的に成熟し、体力の点で生涯の頂点にあり、配偶者の獲得と生計の自立をめざすといふ課題を抱へてゐる。だが、老年は生理学的にもはなはだ曖昧な概念であって、五〇歳で衰弱の域にはいる人間もあれば、八〇歳で矍鑠と活躍してゐる人物も見かけられる。生活環境ともなれば、その差異は雲泥のへだたりを見せることになり、結婚の幸不幸、子供の気質の善悪、職業をめぐる運不運などが、青春期の友人どうしを別世界の境遇に追ひこむことも多い。中年以上の人間が抱へる問題はひとりひとり異なってをり、したがって、その解決の方法もまた、集団的な政治行動や政府の集合的な政策になじみにくい。なによりも、老年に迫る最大の問題は忍び寄る死の影であるが、死こそは人間を絶対的に個別化する条件であって、そのまへにはいかなる団結も連帯も意味をなさないことは、いふまでもないであらう。（32〜33頁）

このように「死こそは人間を絶対的に個別化する」と考えてきた山崎は、今日社会問題になっている「孤独死」について持論をもつのは当然といえよう。「孤独を否定的にだけとらえるのは、間違いです」と、山崎は『産経新聞』(2020年1月6日)の夕刊に掲載されたインタビュー記事「ニュースを疑え」で、自らの死生観を以下、次のように述べている。

「孤独死の何がいけませんか。告白しますが5年ほど前、弟が70歳くらいで孤独死しました。マンションで死んでいると、警察からの連絡で知ったのです。おにぎりと飲み残しの缶ビールが枕元にあり、病気による急死だったようです」

「弟は内科医で、結婚していません。医学知識や病院などとのつながりは十分あったでしょう。弟が好きで選んだ一人暮らしに、私がどうこう言うことではない。不幸だとか、かわいそうだとも思いません。いったい、この孤独死で何かいけないことはあるでしょうか」

「ちょっと乱暴な言い方ですが、死は誰でも孤独です。どんなに仲がよくても分け持つことはできない。(昨年)11月はじめ、介護付き有料老人ホームで一緒に住んでいた家内が亡くなりました。私は朝の4時にたたき起こされて病室に行ったのですが、臨終に間に合わなかった。看護師さんが巡回したときには息が絶えていたそうです。家内がさよならって言ったのかどうか、誰も見ていません」

「孤独死にもいろんなケースがあるでしょう。(略)私は自分が死ぬときにでも、枕元で、どうですか、ああですかと言われ続けるのはいやですよ。死ぬときくらい放っておいてって、言うでしょう。孤独と死をひとくくりにするのはセンチメンタリズムだと思います」

山崎は、「孤独は束縛や抑圧に抗して断固立つという、崇高な理想でもあります」として、一貫して自分の足で立つ自立を勧めてきたのだから、孤独死の肯定は必然的帰結といえる。〝自立死〟といったらいいだろうか。

政府は２０２１年2月、内閣官房に「孤独・孤立対策担当室」を設けたが、孤独には「望まない孤独」と「一人ぼっちの時間を楽しむ孤独」がある。前者が〝ロンリネス〟で、後者が〝ソリチュード〟といっていい。断るまでもなく、山崎のそれは後者だ。

山崎にいわせると、孤独死は、近代社会が獲得した成果だとする。「日本人は明治以来、西洋に学び自我や自己の感覚を営々と磨いてきました。単なる観念ではなく、進学、就職、結婚といった誰もが経験する実生活を通して身につけてきたのです。それらはすべて、自立と孤独への道でした」と、インタビューで語っている。むろん、「個」への執着は満州で味わった苛烈な生の原点が背後にあるのは断るまでもないだろう。

この『産経新聞』記事のインタビュアーは、産経新聞政治国際部編集委員(当時)の坂本英彰である。彼は、学芸担当記者をしていたとき、山崎に寄稿を依頼したことはあるが、それ以上の関係はなかった。２０１９年10月中旬、坂本が「日韓の歴史問題について、お話を聞けないでしょうか」と、山崎に電話で依頼したところ、「それはちょっと……」といった。話が政治的に生々しすぎるという懸念からだったようだ。そこで、坂本はかねてから関心を持っていたテーマを持ち出して、山崎の説得を試みた。「イギリスで少し前に孤独担当の大臣が生まれたという外電の記事がありました。この問題についてはいかがでしょうか」と話を向けると、「おもしろいねェ、その記事をファックスで送ってくれますか」と、山崎はいった。

一か月ほど経った同11月15日、「じつは家内が亡くなりました」という電話が山崎からかかってきた。妻の苳子が同月5日に亡くなったと聞き、坂本は言葉を失った。「いえいえ大丈夫、頭はしっかりしています。話すことも考えています」と山崎は話し、約束していた時間を一時間あとにしてほしいといった。インタビューが行われたのは、11月18日だ。場所は、彼が住む有料老人ホームの応接室である。山崎は当日、クリップでとめたＡ４の紙数枚を持って現れた。彼はゆっくり理路整然と孤独死について語ったが、その言葉には迫力があった。そして、突然、「告白しますが……」と語った。その言葉を聞いた坂本は、ドキリとすると同時に一瞬、緊張した。

「じつは……」と山崎は口を開いた。インタビュー記事にあるように、孤独死した弟について語り出した。弟は、山崎より9歳若かった。「京都市内の医者でした。医学知識はもちろんのこと、医学的なコネクションも山ほどあったはずです。病院を退職して何かしたかったんだろうと思うのですが、弟は結婚しておらず、一人住まいのアパートで死んでいるのが見つかった。病死でした」。

しかし、山崎は「とくに、弟が不幸だとか、かわいそうだとは私は思いません」、と前置きして、紙面には載せなかったが、次のように言葉を継いだという。

「じつは、弟と亡くなった母親とはうまくいっていなかった。母と縁を切った生活をしていました」

私は、坂本の話を聞いて、少しばかりひっかかりを感じた。

というのは、山崎はオーラルヒストリー『舞台をまわす、舞台がまわる』の中で、こんな話をしているからだ。すでに触れたように、山崎は満州で父親を亡くした。14歳だった長男の彼は、否応なしに家長になった。

> 私は早くに父親を亡くしていたものですから、家庭に戻りますと、否応なしに半ば家長だったわけです。しかも私は鷗外と同じように、痛切な失敗をしています。これはまだ申し上げたことがない私的な事柄ですが、私は弟を失っているんです。亡くなったわけではありません。弟が私と絶縁して去って行ったのです。その直接の動機は、はっきりしていません。結局、私が父親を演じたことが間違いだったのでしょう。
>
> 鷗外も同じ間違いを犯しています。それは三木《みき》竹二《たけじ》（森《もり》篤次郎《とくじろう》）という弟に対する問題です。（略）その三木竹二がまだ森姓を名乗っている頃、養子縁組の話がありました。相手は立派な家です。当時、鷗外たちの父親は存命でしたが、その話の矢面《やおもて》に立ったのは鷗外でした。そして鷗外は結局、この話をつぶします。（略）
>
> 私はそれが鷗外の生涯のトラウマの一つになったろうと読んでいます。その意味では、私に非常に似ている。（171頁）

このオーラルヒストリーでの告白は、いったいどういうことか。

鷗外は弟の養子縁組の話をつぶしているが、じつは弟は養子にいきたかったらしい。それは、鷗外のトラウマの一つになったろうと、山崎は『鷗外　闘う家長』で詳しく論じているのだ。自分自身にからむ弟のことについても、次のように『舞台をまわす、舞台がまわる』で述べている。

> そして私自身も自我を空白としてしか把握できない。しかしこの空白は、なかなか面白い空白です。次回お話ししますが、誰にも踏み込んでもらいたくない空白なんですね。そういう実体はある。それを実体というのかどうかはわかりませんけれど。そういう意味では私も近代の日本人だな、と思いますね。（171～172頁）

「次回」といいながら、山崎は、そのような深刻な話を、以後『舞台をまわす、舞台がまわる』の中でいっさいしていない。

ところが、産経新聞のインタビューで、「告白します」と、弟のことについて、吐露している。しかも、その理由について弟と母親の関係をあげたというのは、何を意味するのか。前出のいとこの朝山耿吉によると、「二人の兄弟の仲がよくなかったのは、京都の同居時代から知っていました。喧嘩をするというのではなく、兄が弟に無関心だったように見えました。弟のほうは、できるだけ兄と顔を合わせないようにしていたので、気遣って話し相手になったこともあります。ただ、弟に絶縁されたというのは知りませんでした。母親と弟の不仲の件も、初耳です。正和さんは、仕事でたびたび会うことがあっても、家族の話はしなかったので」という。考えるに、山崎はその件について、人生を終えるうえで一応の結着をつけておきたかったのだろうか。『鷗外　闘う家長』に次のような一節がある。

> 鷗外の内部にもし分裂があるとするならば、それは「近代的自我」の觀念と、精神的な「父」としての現實とのあいだの分裂のほかにはない。そこにはともすれば批評家に指摘されるような「情念と理性の戰い」や、「エゴイズムと自己沒却」の對立などがあるようには思えない。語呂を合わせていうならば、それは理性と「情念の稀薄」との戰いであり、觀念としての「エゴイズム」と自己の空白との對立であつたという方が正確であろう。（１４３～１４４頁）

いってみれば、山崎も、鷗外と同じように重い荷物を背負って生きてきたのである。京都教育大学社会学科教授の荻野雄は、京都教育大学紀要（Ｎｏ．１２５、２０１４）に「曖昧な自我の哲学――山崎正和と同時代の日本」と題する論文を書いているが、その抄録で次のように論述している。

> 山崎は、戦後の多くの知識人とは違い、近代化を全面的に肯定することも、社会主義を志向することも、戦後をラディカルに否定することもなかった。山崎が注目するのは、近代的な行動様式である。彼が一貫して希求しているのは、日本人が近代的な目的志向的な行為様式から脱して、他者と共に過程を享受する演技的行為を復活させることであった。言い換えれば、彼は「硬い個人主義」を「柔らかい個人主義」に替えようとした。そのため山崎は、１９７０年代以降多くの日本人

を悩ませてきた自我の曖昧さを、むしろ変革への可能性と捉えたのだった。（147頁）

これに対して、谷沢永一は、『本は私にすべてのことを教えてくれた』（PHP研究所刊、2004年）の中で、山崎の『鷗外　闘う家長』に関して次のように独自の視点から評論している。

鷗外を通じて解明されているのは、謂わゆる近代的自我の神話なのだ。われわれは今まで近代的自我にめざめなければならないと考えさせられてきたが、「近代」などという普遍的画一的文化は幻想にすぎなかった。（201頁）

荻野がまさしく指摘したように、「曖昧な自我の哲学」に翻弄され、苦闘した山崎が最後に遺した「私も近代の日本人だな、と思いますね」という痛切な言葉の響きは、とてつもなく重いといわなければならない。

死に方を見せてあげる

さて、孤独死といえば、こんなエピソードがある。前出の佐治敬三の娘で、大阪大学の山崎ゼミの第一期生の堤春恵は、「先生の古希の誕生日をきっかけに始まった門下生の会に私が参加するようになったのは二〇一四年だった」として、『別冊アステイオン　それぞれの山崎正和』「正和出帆」の中で、次のような印象的なシーンを紹介している。

> 会の終わりに先生は淡々と、「自分は君たちに何も教えることはないが、死に方を見せて上げることは出来る」と挨拶され、私達は遠くない幕切れを覚悟した。（64頁）

山崎は２０２０年8月19日、兵庫県内の病院で悪性中皮腫のため亡くなった。享年86。

山崎が世間でいうところの〝終活〟すなわち人生の店仕舞いを意識するようになったのは、２０１４年に文化財団副理事長を退任してからだと思われる。幾つかの事柄が思いあたる。

山崎が生涯をかけて書いてきた全戯曲を集めた『山崎正和全戯曲』全三巻が河出書房新社から刊行されたのは、２０１６年のことである。「ここらで、すべての戯曲を集めて本にしておきたい」という山崎の希望で、二十三篇を収録して編まれた。山崎担当の編集者だった前出の藤田三男のほか、柴田光滋（元新潮社）、久米勲（元河出書房新社）の三人が集まりつくった。「この資性穎悟《えいご》の大知識人が孤独を養い、臆しつつ見ていたものは、演劇にしか実現し得ない「劇的なる精神」ではなかったか、と私は思う」と、藤田は前出の『別冊アステイオン　それぞれの山崎正和』「無常について」（１０６頁）の中で述べている。

自らの人生を振り返り、語り尽くした『舞台をまわす、舞台がまわる』が、山崎の承諾を得て発行されたのは、翌17年のことである。前に触れたように、彼はそれまでいっさい私事にわたる事柄、また家族について語ってこなかったが、一八〇度の転換を見せたのは、己が生についてケリをつけておこうと思ったからに違いない。

また、いまにして思うと、これは結果論に過ぎないが、交友のあった人びとに〝サヨナラ〟をいう場を設けていた。19年4月3日の文化勲章受章パーティーがそれである。

『アステイオン』で「哲学漫想」の連載を始めたのは18年である。じつは、同年に、『リズムの哲学ノート』を出版したが、まだ書き残したことがあるという。そこで、自らタイトルを「哲学漫想」と決めて『アステイオン』の連載をスタートさせたのだ。

予定では四回の連載のハズだったが、途中からもう少し書きたいと意欲を見せていた。四回目の原稿締め切りは20年8月末だった。山崎はその年、3月頃から腹に水がたまるといって、腹水を除去する手術を受けることになった。調子を崩していた。

山崎は亡くなる一週間前に検査入院した。四回目の原稿を書くためパソコンを携えていた。そして、8月18日、原稿は仕上がった。

亡くなったのは、その翌19日朝である。『アステイオン』に載った原稿の最後尾にこう添えられていた。「(原稿未完・稿了)」――。

「失われた30年」は本当か

日本は80年代まで奇跡の経済成長を遂げ、海外からの称賛を浴びてきた。ところが、90年代になると一転、バブルが崩壊し、デフレの世界に突入し、低成長時代を迎えた。人びとは、これを「失われた30年」と表現した。その認識は正しいのだろうか。

私たちは何の疑問も感じないで、何気なく「失われた30年」という言葉を口にする。そのかげで、その言葉に反発する若い世代がいることに気づいている人は意外に少ないと思う。例えば、平成元（１９８９）年前後に生まれた世代は、いまや30歳をこえている。「じゃ、私たちは失われた時代に生まれ、大人になるまでの『30年間』、夢も希望もないみじめな時代に育ったというのかと、嫌な気分になる」という。かくいう私も、そういって30代の女性からせめられた経験がある。

「失われた」とは、昭和のオジサンたちの勝手な言い分ではないか。彼らオジサンたちは、それこそ汗水たらして働き、戦後、経済大国日本を築き上げたことについては評価する。しかし、そのあげくというか、結果というかバブル経済の破綻を招いた。そして、経済は長期停滞し、それこそ「失われた30年」に陥ったのではないか。

そのことについて、「平成世代は、経済成長を知らずデフレしか経験がない」と貶めるのはやめてほしい。私たちは昭和のオジサンたちのツケを払わされているだけではないか。むしろ、オジサンたちはバブル崩壊で自信を喪失し立ち直れない気分を「30年間」も抱え込んでいるだけではないか――。

こうした平成世代の反論をどう受け取るべきか。

山崎は、オジサンたちとは、意見を異にする。「失われた」ものをいたずらに数えあげない。「問題は、ＧＤＰがかつて及ぼしていたイメージ効果、国内には自信を、海外には存在感を与えていた日本の国威が喪《うしな》われることかもしれない」（『読売新聞』「地球を読む」２０１９年６月23日）が、しかし「日本は文化文明を輸出できる国になりました」（『産経新聞』「山崎正和さんが語る『平成』」２０１９年３月28日）と「失われた30年」を総括するのだ。

第１章でふれたように、流れを変えたのは、１９７０年代初めの「モーレツからビューティフルへ」という標語であるとする。人びとの欲望は量から質へと移り、身辺や行いなど、生き方全般にわたって「美しさ」への志向が高まった。文化の流れである。文化財団でいえば第四世代の若手政治学者である放送大学准教授の白鳥潤一郎は、こうコメントする。

「私の知る限り、平成30年間を例外的に高く評価しているのは、山崎先生など限られた方のみです。評価の理由の一つは、その間に日本は国際的地位が上がり、グローバルな活動がし易くなった。もう一つは、戦後日本は文化的に復活してきたことですね。むろん、問題はあります。例えば、非正規雇用が増えました。外交史を勉強しているものからすると、日米構造協議の影響や雇用に関する法改正によるところなど問題が少なくありませんが、半面、現状はもの足りないものの女性の労働市場への進出があります。それから、日本は資産的にも豊かになりました。大きな災害もありましたが、いい時代だったのではないでしょうか」

山崎はミクロの視点から次のように語っている。

八〇年代には、銀座で立ち小便をする紳士の姿は消え、交通渋滞に苛立ってクラクションを鳴らす運転者は皆無となった。犯罪率が低下したのはもちろん、家庭ゴミを分別して出す習慣が確立し、駅の乗車口で乗客が行列して待つ風景も普通になった。落とし物や忘れ物が持ち主に返る割合で現在の日本は世界一であり、現金入りの財布でさえ警察に届けられる希有の国である。（『中央公論』２０２０年7月号「21世紀の感染症と文明」27〜28頁）

実際、日本人の社会感覚、倫理観の基準は大きく変わった。学校や会社という組織の規範より、選び取った集団の規範を意識するようになった。組織の論理を外して一人の個人としての生き方を模索するようになったことに、山崎は目を向ける。

その契機として、西宮市在住の自らが体験した１９９５年の阪神・淡路大震災をあげる。注目したのは、ボランティア活動である。これまで日本人の奉仕活動は、地縁血縁関係に限られた。ところが、何の縁もゆかりもない被災者の救済のために、全国から一年に一四〇万人弱のボランティアが神戸に駆け付けた。緊急時には自分の意志と費用で困っている人たちを助けようとする気運が盛り上がった。

御厨貴は、２０２１年3月4日付『日本経済新聞』「経済教室」で次のように記している。

私は、ボランティアの精神から実に飄々（ひょうひょう）と軽く、使命感などを表に出さず、現地入りする若者に感動を覚えた。まもなく復興構想会議の議長代理を何のためらいもなく受けたのは、若者のように現地でボランティアは無理だが、復興への貢献に少しでもなればという思いからだった。ボランティア精神の発露にほかならない。

こうしたボランティア精神は、その後、東日本大震災でも発揮され、日本人の自然な習わしとなって定着したのである。山崎は、こう位置づける。

これは日本人にとって倫理感覚の大転換であり、新しい公徳心の目覚めだと私は考える（前出の「21世紀の感染症と文明」25頁）

日本人の公徳心はやがて、「日本の顔」となり、世界の人びとに影響を与えるようになったとして、山崎は以下のような出来事を描く――。

２０１８年のサッカーワールドカップロシア大会では、試合後に日本人のサポーターがゴミ袋を取り出して、スタジアムの観客席の掃除をはじめ、世界から称賛を集めた。ある日本の非営利組織（ＮＰＯ）はパリで自発的に道路清掃を始め、清掃は行政の責任だと考えるパリ市民を動かした。子どもが自主的に教室の掃除をする「日本式小学校」がエジプトに輸出された。マンガやアニメなど「クールジャパン」といわれるコンテンツだけでなく、日本は公徳心、責任感、衛生意識の高さという文化文明を輸出する国家へと変身を遂げたのである。

山崎は、長年にわたって「文化国家」への変身に取り組んできた。「失われた30年」の間に経済は停滞したが、日本はその間に文化文明の輸出という「日本モデル」を確立するに至ったと評価するのである。

この「日本モデル」は、コロナ禍でも力を発揮している。日本が諸外国と比べて感染者数が少なく、爆発的な感染拡大を回避できているのは、日本人が規律と秩序で感染を封じ込めているからだと複数の欧米メディアは報じているとして、山崎はこう述べている。

「緊急事態宣言」後の日本人の行動ぶりは国際的に見ても良識に満ちている。アメリカやインドで外出自粛への反発が強まり、デモや暴動が起こったりしているのを見るにつけて、繁華街も観光地も閑散とさせ、学習塾や老人介護施設の一部自主休業にまで甘んじた自制心は特記に値いする。(26頁)

人びとは「不要不急」の外出を控えるように求められたが、この「不要不急」という微妙な表現こそ、一人ひとりの倫理的価値観を問うものといえる。人びとは良識と自制心をもって「不要不急」の外出を控え、繁華街や観光地は閑散としたのである。

山崎は、「はたしてこの日本人の美徳が国難に勝ち、このままぶじに最終局面を迎えられるかどうかはわからない」(28頁)としているが、それでも、日本が強権を用いることなく、自粛要請だけでコロナと闘っていることは特筆すべきと考えるのだ。

公徳心を含む日本社会の文化水準は、この半世紀、確実に向上を見せている。問題は、そのことを日本人が誇りに思えるか、あるいは思っているかどうかである。

「日本は経済力で米国や中国と戦う国ではなくなるでしょう。環境と資源を大切にする国民です。これを大切にしてたらそんなに経済は伸びない。俗に言う定常型社会、つまり成長がないまま、しかし安定する社会が実現できるかもしれない。国力が、力や金ではなく、品格とか文化とかに移っていくのではないか。それが私の見方です」と、山崎は前出の『産経新聞』で語っている。

日本の長い歴史において、文化財団が歩んだ平成を中心とした四十年は、日本が「文化国家」へと変身を遂げた時代であるとともに、国民が自発的な行動を起こすことに目覚めた時代といえる。「日本史上の画期的な時代です。はじめて〝国民〟というものが生まれたのかもしれない」と、山崎はいう。

戦後日本を「知」を武器に疾走した「知の巨人」山崎が、最後にいっておきたかったことは、つまるところ、日本は、そんなに悪い国ではないという人びとへのメッセージではないだろうか。

山崎の妻の茗子は、「山崎は、自分が知っている範囲で一番人生を楽しんでいるのは柘植君だろう。そういうとりました」と、前出の『山崎正和著作集』の編集担当を務めた元中央公論編集者の柘植紘一に対し、電話口でそう語った。数年前のことである。

柘植は、中央公論新社を定年退職後、二十年以上、家庭菜園に励み、FM放送でクラシック音楽を聴き、好きな本を読み、豊かな時間を過ごしている。寝るのは午後九時頃である。文字通り、晴耕雨読の生活である。司馬遼太郎の『街道をゆく』全四十三巻を読破し、「おもしろかった。やっぱり司馬はすごいよ」と語っている。また、ある年の賀状には、「後期高齢者入りして、先端の知性に興味がわいています。『脳力テスト』あるいは養分補給で、ニーチェ、ベルクソン、メルロ＝ポンティどまりですが、それぞれ平易で立派な解説者がおられて助かります。ニーチェの順不同の多弁、ベルクソンの美しい文章に改めて驚きました」と記している。ゆったりとしたリズムを刻んだ生活をしている。山崎は、戦後日本がたどりついた成熟社会の姿を、柘植に見出したのだろうか。

後進育成の山崎塾

山崎は２０１４年、80歳で文化財団副理事長を定年退職した。その際、父・佐治敬三の文化財団への思いを継ぐサントリー会長の佐治信忠は、山崎のために盛大な退職パーティーを開いた。「サントリー式はこれだとばかり最大級の〝退職パーティー〟を開いてくださった。信忠さんは、山崎さんの労に報いるべく、社員に〝酒がないぞ〟とか〝カラオケで歌えよ〟とおっしゃるなど率先して会を盛り上げられましたね」と、御厨貴は語る。

「私はあのとき、カラオケで『キューティーハニー』を歌いました」と、現サントリーホール総支配人の折井雅子はいう。それを機に雰囲気は盛り上がり、山崎は立ち上がって阿久悠作詞の「五番街のマリーへ」を熱唱した。

ただ、山崎は、四十年以上にわたる文化財団の活動の中で、じつはやり残したことがあった。若手の育成だ。最後にその仕事に取り組んだ。

「じつは若い世代を育てるのは結構大変です。大学院に入れてもものになるかどうかわからない。そこで、若い研究者の〝交流の場〟をつくり、執筆のサポートの仕組みをつくろうとされました」と、苅部直は語る。

例えば、執筆のサポートについていうと、「いま、若い研究者は各論にこだわっていかないと、学術論文が書けない。研究能力はあるにもかかわらず、おもしろい論文の書き方を知らないんですね」と、前出の朝日新聞編集委員の村山正司は指摘する。

山崎によると、「細分化・専門化が進んだ学問の世界で、若手研究者は学会発表や、紀要などに論文を書いて経験を積んでも、畑違いの人にどうすれば伝わるか、ぎこちなさが残りがち。門外漢からの質問にさらされることを通じて、とがった専門知識をもんでほぐす練習をし、新たな切り口のヒントや留意点を見つけてもらう」(『日本経済新聞』２０１５年10月30日)——というのが、山崎塾(正式名「『知』の試み研究会」)の狙いだという。

「山崎塾」の設立は２０１５年である。これが山崎の公式上最後の仕事になった。

文化財団は、これまで若手の研究者および学者の育成に積極的に取り組んできた。若手の研究者は博士になっても研究基盤が安定せず、研究に没頭できないケースが少なくない。就職先も少ない。安定した研究環境にないからだ。少しでも支援しようという狙いだ。そこで設けられているのがフェロー制度である。佐治敬三の遺産でつくられた「外国人若手研究者による社会と文化に関する個人研究助成」通称「サントリーフェローシップ」と、鳥井道夫の寄付で設けられた「若手研究者による社会と文化に関する個人研究助成」、通称「鳥井フェローシップ」だ。どちらも推薦制で年間三人から五人が選ばれる。一年に支給される研究費は、鳥井フェローは月額二〇万円、サントリーフェローは同一二万五〇〇〇円で、使途に関する領収書はいらない。もう一つはチャレンジ研究助成で、一年間で一〇〇万円が支払われる。こちらは公募制である。むろん、これだけでは若手育成策は十分ではない。

山崎塾の塾生に選ばれた前出の白鳥潤一郎についていえば、彼は慶應義塾大学大学院法学研究科の政治学専攻後期博士課程で博士（政治学）を取得した２０１３年に鳥井フェローに選出された。「フェローになる際、研究計画書を出し、最後に研究報告会で研究発表をしました。その間、文化財団で行われていた研究会のお手伝いや合宿にも呼んでいただきました。フェローのおカネをいただいたおかげで、いろいろと助かった記憶があります」と、白鳥は語る。

その後、彼は14年から二年間、北海道大学の専任講師を務めた。塾生となったのは、この２０１５年である。ちょうど初著作『「経済大国」日本の外交――エネルギー資源外交の形成　１９６７～１９７４年』（千倉書房刊、２０１５年）を書きあげたところで、幸いにも、翌16年に学芸賞に選ばれた。それから東京に戻って無給のポストに就き、非常勤講師を務めながら失業保険をもらって一年間過ごした。そして17年以降、立教大学法学部助教を三年間、さらに18年に終身ポストの放送大学准教授に就いた。「20代は大学院、30代前半は任期つきのポスト、30代後半にやっと〝職〟を得たという感じですね」と、白鳥はいう。

サントリーは、山崎の退職に際し、その功績のお礼を用意した。だが、山崎は受け取りを遠慮した。いくら説得しても「遠慮します」の一点張りだった。「そのおカネは財団の方でお好きなようにお使いください」といって聞かなかったのだ。困惑した財団事務局は思慮の末、「では、後進の育成のために、塾のようなものを開いてはどうでしょうか」と、提案した。それが山崎塾のそもそもの始まりである。

大阪大学の山崎ゼミ出身で、地域文化賞の担当を務める文化財団事務局の小島多恵子が、山崎の意見を聞きながら原案を練った。それによると、塾生の資格は40歳までで、研究者の卵とした。定職ないしは専任職についていない、あるいはドクター論文を書いていない「筋のいい研究者」である。さしずめ、文化財団のフェローおよびチャレンジ研究助成を受けている若手研究者だ。さらに、大学の准教授で、まだ一冊も本を出していない若い大学人も対象者とした。

募集は、公募と推薦の両方を考えたが、結局、後者を中心に、財団内の選考委員会で決定した。塾生は当初、七、八人としていたが、結局十人、最終的には十五人に増えた。

さらに、山崎塾の特色といえるのが、オブザーバーとして現役の編集者を招いたことである。若手研究者の出版活動を応援してもらうためだ。岩波書店、中央公論新社、新潮社、文藝春秋、講談社、筑摩書房、千倉書房、ミネルヴァ書房など硬派の出版社から編集者がかけつけた。前出の河野通和も、名をつらねた。

それは、アカデミーとジャーナリズムの橋渡し役となる編集者を育てるためでもあった。「現代の編集者の中にはかつての粕谷一希さんのような名伯楽はいない。その意味で、編集者に本気の覚悟を迫っている感じがしましたね」というのは、村山正司だ。

かつて河出書房に坂本一亀という名編集者がいた。山崎はデビュー当時、彼に徹底的に鍛えられたといわれる。前出の元中央公論編集者の柘植紘一は現役時代の後半、各種の社会、人文関係の受賞作を二十冊から三十冊出すことを目標にした。結果、十二冊だったという。柘植が山崎から著作『世界文明史の試み――神話と舞踊』を贈呈され、感想付きの礼状を送ったところ、すぐに山崎から返信のハガキが届いた。そこには、「これまでのどんな書評にもない精緻な読解を拝見するにつけ、大兄の編集魂が小ゆるぎもしていないのを痛感しました。もちろん現在の担当編集者に不満があるわけではありませんが、貴信に触れると、昔、大兄のキャッチャー・ミットめがけて、安心してボールを投げ込んだ日々がなつかしく思い出されます……」と記されていた。

　編集者の覚悟を問いかけるかのように、山崎は「本日の発表内容を本にするなら、タイトルをどうつけるか。中身を要約しただけだと、書店ではまず手に取ってもらえない。出席者皆さんに答えてもらいます。人ごとと思わず、そのつもりで考えて」（前出の『日本経済新聞』）と注文をつけた。

　千倉書房の神谷竜介は「集まったのは年代こそ近しいものの、専門分野はバラバラの若者たちで、普通に考えれば共通言語すら持たないレベルの異業種交流会」（『別冊アステイオン　それぞれの山崎正和』「二〇一人目として生きていく」２７２頁）という。

　毎回、二、三人の報告者が指名され、報告、討論の後、他のメンバーを交えた共同討議を行った。報告者には、研究会の一週間前には討論者にレジュメを送付することが義務づけられるなど、細かいルールが定められた。

　塾の劈頭、山崎はこういった。

「劇作家としてお願いがあります。アーティキュレーションのきれいな日本語を心掛けてください

――」

つまり、演劇のセリフのように語尾と抑揚をハッキリつけて喋ってくださいと釘を刺した。参加者は、一瞬のうちに緊張を強いられたのはいうまでもない。

塾生の文筆家の宮武実知子は、こう書いている。

> 拙い報告を、先生は開口一番、「目から鱗が落ちるようだ」と褒めてくれた。（略）誰の報告でも、先生は思いがけない方向から光を当てる。輝くものを見つけて、必ず盛大に褒めてくれる。緻密な人物研究を構想した人に、「評伝に大切なことは、対象を愛し抜くことです。その情熱が読み手の心を打つ」と語った熱さは印象的だった。（『別冊アステイオン　それぞれの山崎正和』「演出家的教育者の後ろ姿」２７６頁）

山崎塾は、２０１５年9月から17年5月までの一年九か月の間、八回開かれた。

山崎は、山崎塾を閉めるにあたって、最後に次のように語ったと、前出の「一〇一人目として生きていく」で神谷竜介はこう記している。

> まず、どんなに深く穴を掘っても、その中に埋没するな、ということです。（略）もうひとつ。一般社会に向けて表現していくつもりなら、自分が「期待されない一〇一人目」であることを意識しておいてほしい。どんな職業でも、たとえ一〇〇人の集団がいようと、常に一〇

一人目は必要とされます。

でも、表現者は違います。誰もがすでにいる一〇〇人で十分だと思っており、それ以上は期待されていない。そこへ「こういう者もいます」と出ていくには図々しさ、逆に言えば謙虚さが必要です。今までの一〇〇人にはないサービスを提供しなければならない。皆さんはそのことを忘れず、覚悟をもった「一〇一人目」であってください。

これが私の遺言です。（274〜275頁）

文化財団の課題

「今後、サントリー文化財団を除いて、論壇や学芸の世界を支えていく組織があるかといったらまったくないでしょう。山崎さんは、佐治敬三さんと組んで、文化財団を立ち上げ、比類のない『知のプラットホーム』を築き上げました。これからの文化財団は、本体のサントリーと誰が個人的なつながりを持ち、どう盛り上げていくのか」

村山正司は、そのように疑問を投げかける。

文化財団はいまや「知」に関する一種の公共財といっていいだろう。山崎亡き後の文化財団は、いったいどうなっていくのだろうか――。

「山崎先生は、文化財団にとって精神的支柱です。いらっしゃるだけでなんとなく落ち着きました。

いわば創業者ですからね」というのは、待鳥聡史である。いま、コロナ禍で財団活動は停滞しているが、みんなが集まれるようになって顔を合わせた際、そこに山崎の姿はない。そのとき、あらためてショックを受け、山崎不在の大きさに気づくのではないかとして、待鳥はこう言葉を継ぐ。

「山崎先生に対する思いは、みなさん少しずつ違うかもしれませんが、先生のコアの部分については共有し合っています。ただ、山崎先生はこうおっしゃった、ああおっしゃったといって〝山崎語録〟をいい立てるのは、先生自身がいちばんお嫌いなことだと思います」

待鳥によれば、山崎は料理を盛る〝器〟をつくった。その〝器〟にのせる料理は自分たちでつくらなければいけない。料理は時代によって違っていいし、社会はつねに変わるのだから、それは当然のことだろう。しかし、文化財団が理念や体質を維持している限り、活動の内容が急に変わることも揺らぐこともないだろうというのだ。

ポスト山崎は、決定ずみだ。山崎がサントリー文化財団副理事長を定年退職したのを機に、後任に鷲田清一が就き、バトンタッチはスムーズに行われている。

前に触れたように、山崎と鷲田は京大卒、関西大学、大阪大学教授と、同じ道を歩いてきた。しかも、二人とも同じ哲学を学び、なかでも現象学を勉強している。村山は、「鷲田さんは、かなりの思考部分が〝山崎的〟でした。山崎さんは、鷲田さんがお気に入りでした」と語る。

鷲田も、山崎に特別の親近感を持つ。「これは、私にしか見せない顔だと思いますが、山崎先生は生粋の哲学者、哲学ファンだったと思います。だから、論理を大事にされました。私とであれば、お好きな現象学の話もできますから、いろんな会議が終わったあと、二人で宿舎に帰るときにはいつも哲学の話を吹っかけてこられたものです。部屋にも、岩波書店から出ている分厚い哲学事典や私が編集した現象学事典を置いてくださっていました。決してむずかしい哲学の概念を振り回すようなことはなかったですね。無粋なことは大嫌いでしたから」と、鷲田はいう。

鷲田は次のような言葉を吐く。「傲慢かもしれませんが、私は山崎先生が思いを込められたことは全面的に理解しているつもりです」――。

文化財団の四十周年記念において、鷲田は、文化財団の新しいコンセプトを発表した。それが、「〈知〉をつなぐ、〈知〉をひらく、〈知〉をたのしむ」である。サントリー文化財団専務理事の尾崎勝吉は、このコンセプトについて「垂直的に専門性を伸ばし、深掘りするだけではなく、水平方向すなわち横にも広げていく。鷲田先生はそれをウイングを広げるといっています。つまり、単に〈知〉をつなげるだけでなく、ひらく、たのしむとおっしゃっているんです」という。「文化財団はつまるところ、『社交』の場である一方、〝言論のアリーナ〟だと思います」と、鷲田自身は語る。

サントリー文化財団理事長の鳥井信吾は、これからの財団について次のようにコメントする。

「山崎先生亡きあとも、そのご遺志を継承し、発展させていくことが第一の使命だと考えています。一方で、社会の変化やニーズに合わせて、積極的に進化・発展すべき部分もあります。不易と流行をしっかりと見極めていきたい」

文化財団に課題がまったくないかといえば、そうではない。それは何か。

若手研究者の間には、文化財団の構造的問題を指摘する声がある。一つは、理事の高齢化である。わかりやすい話が、名誉教授が多くなり過ぎた。考えてみれば、山崎が財団を立ち上げたのは44歳だった。求められるのは財団の若返りである。それから、「政治学者が多い、理系がわかる人も少ない」と苅部は懸念材料を語る。

もう一つは、文化財団の閉鎖的傾向だ。どういうことか。学芸賞の受賞者が研究会を主宰し、その後、学芸賞の選考委員になるといった「知」の循環は、始まって四十年以上がたった今日、むしろ安定より停滞を招いているのではないか。つまり、最近、学芸賞に活気がないといわれるのも、その問題点があるのではないか。閉鎖的な「知」の循環になっていないか。また縮小再生産になっていないかという点だ。「知」の停滞、そして「知」の質の課題である。

また、若手研究者は専門分野を究めるにしても、教授になってまで専門分野に閉じこもっていては、「知」に広がりが生まれない。

さらにいえば、現在の文化財団は新しい時代への対応に欠けてはいないか。

これまで文化財団は、時代の変容に然るべく対応してきた。しかし、ここへきて時代は大きく変わった。米国の民主主義が混沌とし、中国が台頭する中で、国家と社会、国家と個人のあり方が根本から問われている。そうした昨今の国際情勢に対して、文化財団はいかなる道を示すのか。何らかの方向性を打ち出してもいいのではないだろうか。

三つの遺言

山崎は、前出の『潮』「令和に生きる日本人へ。」の中で、混迷の時代を生きる日本人に向けて、三つの「遺言」を遺している。一つ「過去と歴史の教訓から真摯《しんし》に学ぶ」、二つ「社交の技術」、三つ「読書の大切さ」である。いずれも難しい事柄ではないが、しかし、それをまともに実践するとなれば並の努力ではかなわない。

一つ目の「過去と歴史の教訓から真摯に学ぶ」について、鷲田は次のように解説する。

「言論人は、目の前のことですぐに騒ぐけれども、いま起きていることは、ものすごく大きな歴史的文脈の中で語らなければいけない。未来のことを語るときも、過去から学ぶ視点が重要だと思います」

山崎は、専門の研究を垂直方向に掘り下げる重要性を十分に理解したうえで、横の広がりを重視した。だから、「教養のない言論人や研究者には厳しい目を向けていた」と、鷲田は語る。学芸賞についても、専門的に見ておもしろい研究をする人を選ぶのは当然として、長いタイムスパンで歴史を見ることのできる人あるいは教養ある専門家を育てる意図があったのではないか、と推察するのだ。

二つ目の「社交の技術」についてはどうか。

「社交とは、人がお互いに自分の気持ちを表現し合いながら、お互いを理解することです。相手に親しみを感じると同時に、相手と自分との間に一定の距離を保たなければ、悪い意味でのもたれ合いや甘えが生じてしまいます。相手に甘えて過度に依存するのではなく、礼節と節度を保ちながら親しくつきあう。こうした社交には技術が必要です」(38頁)と、山崎は記している。

これは、徒党を組むことを嫌った「自由人」としての山崎のあり方そのものだ。国籍、所属する組織、肩書といった枠組みや社会的地位、他者からの評価にとらわれることなく、一個人と向き合うことが、山崎のいうところの「社交」であり、「社交の場では一人ひとりが同じ重みをもった存在。すなわち社交の場とは、属性は関係なしに議論を楽しむ場である」と、鷲田は強調する。

最後に、三つ目の「読書の大切さ」について、鷲田は、これは時空を超えた「社交」そのものだとする。国籍や年齢、生きた時代に関係なく、書を通して著者と対等に対話できるのが読書だ。山崎はいう。

「体系的な知識を身につけて誰かと冷静な議論をするためには『読書』が欠かせません(略)

読書は知識を豊富にして論理を養うだけでなく、活字の世界を疑似体験することによって、人の感情のひだを巧みに読み解けるようにもなるのです。(略)

変化の時代を生き抜くために、読書は格好の武器となります。人類が蓄積してきた膨大な知識と情報から学び、自立・自律した個人として社会で皆と共生する」(39頁)

それらはいずれも、山崎自身が最後まで、自ら実践したことである。

山崎は、２０１８年の文化勲章受章を祝うパーティーの席上、杖をつきながらも約二時間、律儀にも立ちっぱなしだった。若いときと同じようにピーンと背筋を伸ばし、すっと立つ長身の姿はすがすがしかった。美しかった。昭和の男のダンディズムが感じられた。相手が自分より目上なのか目下なのかといったことにかかわらず、同じ礼儀をもって接する。これは、山崎の「社交の技術」そのものだ。山崎は、パーティーの挨拶で次のように語った。

「私は、ものを考え、それを文章にすることを生業《なりわい》にしてきました」――。

文化勲章は、文化の向上、発展に多大な貢献をなした人物に授与される。山崎は、劇作・評論活動を評価されての受章だったが、彼の活動は、これまで見てきた通りその枠におさまらない。哲学者、教育者、組織人としても功績があった。そして、それらのすべての活動に通底していたものこそ、「ものを考え、それを文章にすること」だろう。

そう考えたとき、この言葉に込められた、山崎の己の生き方に対する自負と充足を感じ取ることができるのである。

おわりに

初対面のときのイメージがよほど新鮮で、強烈な印象があったのか、その後、いつお会いしても、山崎さんは新進気鋭の学者であり、私は駆け出しのフリーの記者という関係がずっと続いたように思う。それは、山崎さんが亡くなるまで変わらなかった。

だから、臆することなく、また遠慮することもなく、何でもフランクに話せたし、聞くことができた。

しかし、さて山崎さんの肖像を書く段になると、どこから書けばいいか、見当がつかなかった。２０１９年5月27日と２０２０年2月21日の二回にわたり、インタビューを受けていただき、人生の一端をうかがったものの、一向に筆は進まなかった。苦吟した。頭を抱え込んだ。

そんな状態が半年以上続いただろうか。重い時間が流れた。

これは、まずい。山崎さんに電話をして、相談に乗ってもらおうと考えたが、それはしなかった。できなかった。逡巡ばかりが続いた。

8月21日、突然、山崎さんの訃報が届いた。二日前に亡くなったという。

もう書くしかない。覚悟が決まった。それからは、夢中だった。

山崎さんはその生涯に、おびただしい数の著作物を残し、豊富な知見と表現で思索を積み重ねている。それらの著作をひっくり返しながら、山崎さんの意図するところに近づこうと必死になった。答えを見いだせないでいると、突如、山崎さんが空中に現れ出てきた。そして、いつものように「それはねぇ……」と、優しい笑顔で説明が始まるかなと思った瞬間、スーッと消えてしまう。壁にぶつかって苦しんでいると、「思うように書くしかありません」という声が聞こえる。「それは無知蒙昧だよ」という厳しい指摘も浮かんでくる。そういえば、ずいぶん昔の話になるが、見当はずれのことをいったとき、そう諭されたことがあったか。ウーン……。

執筆は簡単ではなかったが、私にとっては幸せな時間だった。山崎さんと共有した幸福な時間が蘇ってくるかのようだった。

山崎さんは、多くの人に大きな知的刺激と幸せの余韻を残して旅立たれた。この書を読んでくださった方々と、それを共有できたなら望外の喜びである。

取材に協力していただいたほか、的確な助言をくださった朝山耿吉、伊木稔、内田洋一、大野満、勝田哲司、神谷竜介、苅部直、河野通和、小島多恵子、坂本英彰、白鳥潤一郎、田所昌幸、柘植紘一、鳥井信吾、日置徹、待鳥聡史、御厨貴、三浦雅士、村山正司、山本晃宏、鷲田清一、渡辺元の諸氏に心から感謝申し上げます。サントリー文化財団顧問、上席研究フェローの今井渉、専務理事の尾崎勝吉、上席研究員の山内典子ら事務局の諸氏にはひとかたならぬお世話になり、感謝にたえません。また、出版にあたっては、東洋経済新報社出版局の渡辺智顕、編集者の今井章博両氏にお力添えをいただき、お礼を申し上げます。

今回また、お手伝いくださったスタッフの大森よし子、平川真織両氏に甚大なる謝意を表します。

2021年6月

片山修

引用文献・論文等資料

書籍

安藤忠雄　著
『仕事をつくる　私の履歴書』（日本経済新聞出版社刊、２０１２年）

伊木稔　著
『文化を支えた企業家たち――「志」の源流と系譜』（ミネルヴァ書房刊、２０１６年）

梅棹忠夫　編著
『日本の未来へ　司馬遼太郎との対話』（日本放送出版協会刊、２０００年）

梅棹忠夫・藤田和夫　編
『白頭山の青春』（朝日新聞社刊、１９９５年）

江藤淳　著
『批評と私』（新潮社刊、１９８７年）

粕谷一希　著
『中央公論社と私』（文藝春秋刊、１９９９年）

楠田實　著・和田純・五百旗部真　編
『楠田實日記――佐藤栄作総理首席秘書官の二〇〇〇日』（中央公論新社刊、２００１年）

公文俊平・香山健一・佐藤誠三郎　監修
『大平正芳　政治的遺産』（大平正芳記念財団刊、１９９４年）

クロード・レヴィ＝ストロース　著・川田順造　訳

『月の裏側　日本文化への視角』（中央公論新社刊、２０１４年）

高坂正堯　著・高坂正堯著作集刊行会　編
『高坂正堯著作集　第二巻　豊かさの試練』（都市出版刊、１９９９年）

小島多恵子　著
『ふるさとをつくる――アマチュア文化最前線』（筑摩書房刊、２０１４年）

佐治敬三　著
『へんこつ　なんこつ』（日本経済新聞社刊、１９９４年）

佐藤榮作　著・伊藤隆　監修
『佐藤榮作日記　第四巻』（朝日新聞社刊、１９９７年）

司馬遼太郎　著
『司馬遼太郎短篇全集　第一巻』（文藝春秋刊、２００５年）

司馬遼太郎・山崎正和　著
『日本人の内と外〈対談〉』（中公文庫、２００１年）

谷沢永一　著
『本は私にすべてのことを教えてくれた』（ＰＨＰ研究所刊、２００４年）

ダニエル・ベル　著・山崎正和・林雄二郎ほか　訳
『知識社会の衝撃』（ティビーエス・ブリタニカ刊、１９９５年）

堤春恵　著
『仮名手本ハムレット』（文藝春秋刊、１９９３年）

中嶋嶺雄　著
『オンフルールの波止場にて』（三修社刊、２００１年）

林雄二郎・山岡義典　著

『日本の財団』(中央公論社刊、１９８４年)
「平木英一さんを偲ぶ会」世話人会　編
『追悼文集　平木英一さん』(現代創造社刊、１９８９年)
平山周吉　著
『江藤淳は甦える』(新潮社刊、２０１９年)
藤岡和賀夫　著
『さよなら、大衆。感性時代をどう読むか』(ＰＨＰ研究所刊、１９８４年)
Ｍ・フリードマン、西山千明、内田忠夫、金森久雄、高坂正堯　著
『フリードマンの日本診断』(講談社刊、１９８１年)
待鳥聡史　著
『政治改革再考　変貌を遂げた国家の軌跡』(新潮社刊、２０２０年)
三浦雅士　著
『漱石　母に愛されなかった子』(岩波書店刊、２００８年)
御厨貴　著
『平成風雲録　政治学者の時間旅行』(文藝春秋刊、２０１８年)
御厨貴・阿川尚之・苅部直・牧原出　編
『舞台をまわす、舞台がまわる——山崎正和オーラルヒストリー』(中央公論新社刊、２０１７年)
山崎正和　著
『鷗外　闘う家長』(河出書房新社刊、１９７２年)
『室町記』(朝日新聞社刊、１９７４年)
『生存のための表現』(構想社刊、１９７７年)

『混沌からの表現』（ＰＨＰ研究所刊、１９７７年）
『おんりい・いえすたでい'60ｓ』（文藝春秋刊、１９７７年）
『山崎正和著作集　1～12』（中央公論社刊、１９８１～８２年）
『柔らかい個人主義の誕生』（中央公論社刊、１９８４年）
『日本文化と個人主義』（中央公論社刊、１９９０年）
『世紀末からの出発』（文藝春秋刊、１９９５年）
『文明の構図』（文藝春秋刊、１９９７年）
『歴史の真実と政治の正義』（中央公論新社刊、２０００年）
『社交する人間　ホモ・ソシアビリス』（中央公論新社刊、２００３年／中公文庫、２００６年）
『日本人はどこへ向かっているのか』（潮出版社刊、２０１６年）
『山崎正和全戯曲　第一巻』（河出書房新社刊、２０１６年）
『リズムの哲学ノート』（中央公論新社刊、２０１８年）

山崎正和　ほか著
『「顔のない巨人」の顔　国際シンポジウム日本の主張'80』（文藝春秋刊、１９８１年）

山崎正和　編著
『文化が地域をつくる』（学陽書房刊、１９９３年）

山崎正和　編
『都市開幕――国家と世界をつないで』（ティビーエス・ブリタニカ刊、１９８８年）

山崎正和　監修・サントリー不易流行研究所　編
『酒の文明学』（中央公論新社刊、１９９９年）

米山俊直　著
『いま、なぜ文化を問うのか』（日本放送出版協会刊、１９９０年）

蠟山昌一　編
『21世紀へのライフデザイン――生活から人生へ』（ティビーエス・ブリタニカ刊、１９８９年）
渡邉恒雄　著
『君命も受けざる所あり』（日本経済新聞出版社刊、２００７年）
サン・アド　編
『やってみなはれ　サントリーの70年Ⅰ』（サントリー刊、１９６９年）
サントリー株式会社　編
『佐治敬三追想録』（サントリー刊、２０００年）
サントリー文化財団　編
『サントリー地域文化賞二十年の歩み「地域は舞台」』（サントリー文化財団刊、２０００年）
『サントリー文化財団30周年記念・サントリー学芸賞選評集』（サントリー文化財団刊、２００９年）
『サントリー文化財団40周年記念・サントリー学芸賞選評集』（サントリー文化財団刊、２０１９年）
サントリー文化財団・アステイオン編集委員会　編
『別冊アステイオン　それぞれの山崎正和』（ＣＣＣメディアハウス刊、２０２０年）
ＣＣＣメディアハウス　編
『アステイオン創刊30周年ベスト論文選１９８６－２０１６冷戦後の世界と平成　第Ⅰ巻　政治・経済（国際編）』（ＣＣＣメディアハウス刊、２０１７年）

雑誌

『京都教育大学紀要』（Ｎｏ．１２５、２０１４年、荻野雄「曖昧な自我の哲学――山崎正和と同時代の日本」）

『週刊文春』（文藝春秋刊、２０１９年10月3日号所収　山崎正和「新・家の履歴書」）

『潮』（潮出版社刊、２０１９年12月号所収　山崎正和「令和に生きる日本人へ。」）

『中央公論』（中央公論社刊、２０２０年7月号所収　山崎正和「21世紀の感染症と文明」）


サントリー文化財団・アステイオン編集委員会　編
『アステイオン』（Ｖｏｌ．１、ティビーエス・ブリタニカ刊、１９８６年　〝創刊の辞〟「編集後記」）

『アステイオン』（Ｖｏｌ．56、ティビーエス・ブリタニカ刊、２００１年　鷲田清一「全体という擬制――〈国家〉の存在をめぐって」）

『アステイオン』（Ｖｏｌ．84、ＣＣＣメディアハウス刊、２０１６年　山崎正和・苅部直「鋭く感じ、柔らかく考えてきた三十年」）

『アステイオン』（Ｖｏｌ．89、ＣＣＣメディアハウス刊、２０１８年　山崎正和「味覚の現象学」）

サントリー文化財団・地域文化の未来を考える研究会　編
『続けるヒント』（サントリー文化財団刊、２０１９年）

トヨタ財団広報グループ　編
『ＪＯＩＮＴ』（Ｎｏ．１、トヨタ財団刊、２００９年）

新聞

『朝日新聞』（２００９年11月23日　丸谷才一「サントリー学芸賞のこと」）

『朝日新聞』（２０１９年3月18日「メセナ先駆け、分野超えつながる受賞者、サントリー文化財団40周年、設立から関わる山崎正和さん」（37面文化・文芸））

『朝日新聞』（２０２０年８月23日　鷲田清一「逆説で語り続けた〈自由〉」）（朝日新聞デジタルより）
『産経新聞』（２０１９年３月19日「山崎正和さんが語る『平成』」）
『産経新聞』（２０２０年１月６日「ニュースを疑え」）
『日本経済新聞』（２０１５年10月30日「専門知識もんでほぐす　評論家　山崎正和さん　文壇・論壇の後進育成へ研究会」）
『日本経済新聞』（２０２１年３月４日　御厨貴「経済教室」）
『読売新聞』（２０１９年６月23日　山崎正和「地球を読む」）

ウェブサイト

サントリー「地域文化ニュース」第13号１９９４年４月掲載　地域文化を考える　インタビュー　佐治敬三「好きやねん」が基本　https://www.suntory.co.jp/sfnd/chiikibunka/kangaeru_k06.html
サントリー『サントリー学芸賞選評集』刊行記念企画ｖｏｌ．４　ウェブエッセイ　河野通和「自由で闊達な社交の場を」　https://www.suntory.co.jp/sfnd/webessay/essay/20190322.html

参考文献

青木保・川本三郎・筒井清忠・御厨貴・山折哲雄　編

『近代日本文化論4　知識人』（岩波書店刊、１９９９年）

アンドルー・ゴードン　編、中村政則　監訳

『歴史としての戦後日本　上下』（みすず書房刊、２００１年）

五百旗頭真・中西寛　編

『高坂正堯と戦後日本』（中央公論新社刊、２０１６年）

猪木武徳　著

『〈日本の近代7〉経済成長の果実　１９５５～１９７２』（中央公論新社刊、２０００年）

『戦後世界経済史』（中央公論新社刊、２００９年）

梅棹忠夫　著

『行為と妄想――わたしの履歴書』（日本経済新聞社刊、１９９７年）

大平正芳回想録刊行会　編著

『大平正芳回想録』（鹿島出版会刊、１９８３年）

片山修　著

『時代は踊った――オンリー・イエスタディ'80s』（文藝春秋刊、１９９３年）

『おもろいやないか――佐治敬三とサントリー文化』（ホーム社刊、２０００年）

苅部直　著

『丸山眞男』（岩波書店刊、２００６年）

北康利　著

『佐治敬三と開高健　最強のふたり』（講談社刊、２０１５年）
黒木靖夫・野村正樹　著
『盛田昭夫　佐治敬三　本当はどこが凄いのか!!』（講談社ビーシー刊、２０００年）
高坂正堯　著
『文明が衰亡するとき』（新潮社刊、１９８１年）
河野通和　著
『高坂正堯外交評論集——日本の進路と歴史の教訓』（中央公論社刊、１９９６年）
『「考える人」は本を読む』（ＫＡＤＯＫＡＷＡ刊、２０１７年）
『言葉はこうして生き残った』（ミシマ社刊、２０１７年）
香山健一　著
『歴史が転換する時　二十世紀が語りかけるもの』（ＰＨＰ研究所刊、１９９２年）
斎藤禎　著
『江藤淳の言い分』（書籍工房早山刊、２０１５年）
志垣民郎　著　岸俊光　編
『内閣調査室秘録　戦後思想を動かした男』（文藝春秋刊、２０１９年）
永井陽之助　著
『二十世紀の遺産』（文藝春秋刊、１９８５年）
服部龍二　著
『高坂正堯——戦後日本と現実主義』（中央公論新社刊、２０１８年）
原研哉　著
『デザインのデザイン』（岩波書店刊、２００３年）
半藤一利　監修　文藝春秋　編

『「文藝春秋」にみる平成史』（文藝春秋刊、２０１９年）

藤井宏昭 著 細谷雄一・白鳥潤一郎・山本みずき 編

『国際社会において、名誉ある地位を占めたいと思ふ 藤井宏昭外交回想録』（吉田書店刊、２０２０年）

丸谷才一 著

『思考のレッスン』（文藝春秋刊、１９９９年）

丸谷才一・山崎正和 著

『日本史を読む』（中央公論社刊、１９９８年）

御厨貴 著

『オーラル・ヒストリー』（中央公論新社刊、２００２年）

山崎正和 著

『不機嫌の時代』（新潮社刊、１９７６年）

『人は役者、世界は舞台「私の名作劇場」』（集英社刊、１９７９年）

『大分裂の時代』（中央公論社刊、１９９８年）

『世紀を読む』（朝日新聞社刊、２００１年）

『二十一世紀の遠景』（潮出版社刊、２００２年）

『装飾とデザイン』（中央公論新社刊、２００７年）

『世界文明史の試み――神話と舞踊』（中央公論新社刊、２０１１年）

『哲学漫想』（中央公論新社刊、２０２１年）

山崎正和ほか 著

『日本は「ただ乗りの大国か」 日本の主張'81』（文藝春秋刊、１９８１年）

『日本は世界のモデルになるか 日本の主張'82』（文藝春秋刊、１９８３年）

鷲田清一　著
『モードの迷宮』（中央公論社刊、１９８９年）
サントリー　編
『夢　大きく　サントリー90年史』（サントリー刊、１９９０年）
『日々に新たに――サントリー百年誌』（サントリー刊、１９９９年）
サントリー文化財団　編
『別冊アステイオン　「災後」の文明』（阪急コミュニケーションズ刊、２０１４年）

サントリー文化財団支援の主たる研究会一覧

１９８２年	「１９７０年代研究会」
１９８３年	「新しい個人主義研究会」
１９８４年	「アメリカ社会の動向研究会」
	「現代社会の経済現象研究会」
１９８５年	「大都市の時代研究会」
１９８６年	「ソフト化社会における生涯生活設計研究会」
	「現代社会と賃金研究会」
１９８７年	「税と経済社会研究会」
１９８８年	「文化と企業研究会」
	「日本の意思決定システム研究会」
１９９０年	「ヨーロッパ研究会」
	「企業と社会研究会」
１９９２年	「世界新秩序研究会」
１９９４年	「地域文化研究会」
１９９５年	「アジアと近代研究会」
１９９７年	「情報革命と社会研究会」
	「二十一世紀の地域文化の担い手研究会」
１９９８年	「二十一世紀の国家研究会」
２００１年	「言論の国際化に関する国際共同研究」

「現代社会と倫理研究会」

2003年
「次世代の日本像に関する研究会」
「地域文化の同時代史的研究会」

2004年
「現代思想研究会」
「世界の思潮研究会」

2006年
「日本政治・外交における文化人の関わり研究会」
「文明論としてのアメリカ研究会」

2007年
「市町村合併と地域文化研究会」
「市民力育成のための教育研究会」

2008年
「社交と交流の現象学研究会」
「成熟社会の労働哲学研究会」

2009年
「戦後アジアの政治・経済秩序研究会」
「世界的経済危機の発生をふまえた経済学思想研究会」
「パクス・アメリカーナと海洋研究会」

2010年
「地域文化とUターン研究会」

2011年
「震災後の日本に関する研究会」
「二十一世紀日本の芸術と社会を考える研究会」

2012年
「可能性としての日本研究会」
「グローバルな文脈での日本研究会」

2013年
「美術史の時代は終わったか?」

2014年
「科学と社会研究会」

2015年
「天皇の近代研究会」

「新しい地政学の時代における国際秩序を考える研究会」
「コモンズ研究会」
「『知』の試み研究会」〈山崎塾〉

2017年
「堂島サロン」
「地域文化の未来を考える研究会」

2018年
「二〇二〇年代の日本と世界研究会」

2020年
「信用の人類史研究会」
「米中新冷戦下におけるアジア研究会」
「二十一世紀の社会における象徴と皇室研究会」
「グローバル時代の総合的イメージ研究会」

山崎正和氏年表

1934年（昭和9年）	0歳	3月26日、京都市左京区に生まれる。
1939年（昭和14年）	5歳	満州国奉天市（現在の中華人民共和国・瀋陽市）に移住。
1940年（昭和15年）	6歳	奉天市立千代田尋常小学校に入学。
1943年（昭和18年）	9歳	病弱のため一時帰国。京都市立北白川国民学校に転校。のちに祖父のもとに移り、熊本市立白川国民学校に転校。
1944年（昭和19年）	10歳	病気が回復し、満州に帰る。奉天の千代田国民学校に入る。
1946年（昭和21年）	12歳	奉天第一中学校に入学。
1948年（昭和23年）	14歳	満州を引き揚げ、京都市左京区に住む。京都府立洛北高等学校（旧・京都府立第一中学校、のちの鴨沂高等学校）の併設中学3年に編入。
1949年（昭和24年）	15歳	京都府立鴨沂高等学校に入学。
1950年（昭和25年）	16歳	安藤美紀夫（のち児童文学者）らの詩文学作家集団に参加。
1951年（昭和26年）	17歳	『新京都文学』第2号に詩「日本のダビデ――十二・九事件をうたう」を発表。
1952年（昭和27年）	18歳	京都大学文学部に入学。
1954年（昭和29年）	20歳	同人誌「爐の会」結成。

１９５５年（昭和30年）	21歳	同人誌『爐』（編集兼発行人・山崎正和）第二号に小説『燧金』を発表。
１９５６年（昭和31年）	22歳	京都大学文学部哲学科美学美術史専攻を卒業。京都大学大学院文学研究科美学美術史専攻修士課程に進学。初の戯曲『凍蝶』を演劇雑誌『悲劇喜劇』（第10巻11号）に発表。
１９５７年（昭和32年）	23歳	劇団くるみ座が『凍蝶』を京都、大阪で上演。
１９５８年（昭和33年）	24歳	京都大学大学院博士課程に進学。
１９６０年（昭和35年）	26歳	劇団「道化座実験劇場」が『凍蝶』を神戸で上演。
１９６１年（昭和36年）	27歳	くるみ座が戯曲『呉王夫差』を京都、大阪で上演。この公演が大阪府民劇場奨励賞を受賞。杉山茎子と結婚。京都大学大学院文学研究科美学美術史専攻博士課程を修了。平安女学院短期大学非常勤講師として、日本及び西洋美術史を講義。
１９６２年（昭和37年）	28歳	京都大学文学部嘱託として勤務。
１９６３年（昭和38年）	29歳	京都薬科大学非常勤講師として美学概論を講義。京都労演の依頼で世阿彌生誕６００年にあわせ『世阿彌』を執筆、『文藝』10月号に発表。第9回岸田戯曲賞を受賞。
１９６４年（昭和39年）	30歳	フルブライト教授研究員として米国に留学、イェール大学演劇学科及びニューヨークのInstitute for Advanced Studies in Theater Artsに在籍。ニューヨークで英語版『世阿彌』が上演される。
１９６５年（昭和40年）	31歳	三島由紀夫、佐伯彰一らと同人になり、『批評』第一号（南北社。翌年まで全6号を刊行）を刊行。米国を離れ欧州経由で帰国（翌年1月、日本着）。

１９６６年（昭和41年）	32歳	京都薬科大学及び龍谷大学の非常勤講師として美学概論を講義。
１９６７年（昭和42年）	33歳	イェール大学客員講師として招かれ、日本文化概論、日本古典文学演習を担当。
１９６８年（昭和43年）	34歳	イェール大学在任のまま、帝塚山学院大学助教授に就任。欧州諸国を経由して米国より帰国。この年、岸田戯曲賞の選考委員となる。
１９６９年（昭和44年）	35歳	関西大学文学部助教授に就任。
１９７０年（昭和45年）	36歳	高坂正堯らと「国際問題研究会」に出席。
１９７１年（昭和46年）	37歳	国際交流基金設立（１９７２年）の準備に関わる。
１９７２年（昭和47年）	38歳	別役実らと演劇集団「手の会」を結成。
１９７３年（昭和48年）	39歳	『鷗外　闘う家長』により読売文学賞（評論・伝記賞）を受賞。外務省より米国へ派遣され、ピッツバーグ、サンフランシスコなどで「日米関係を考えるシンポジウム」に出席。
		『実朝出帆』により文部省芸術祭賞優秀賞を受賞。
１９７４年（昭和49年）	40歳	『季刊　歴史と文学』（三一書房、１９８１年まで刊行）の編集委員に就任。関西大学文学部教授に就任。コロンビア大学客員教授として、「日本近代思想史」を講義。年末に帰国。
１９７５年（昭和50年）	41歳	『病みあがりのアメリカ』により毎日出版文化賞を受賞。
１９７６年（昭和51年）	42歳	大阪大学文学部美学科芸能史演劇学講座教授に就任。関西経済連合会の依嘱により、欧州の劇場事情視察のため、ヘルシンキ、ロンドン、パリを歴訪。

１９７７年（昭和52年）	43歳	第11期中央教育審議会委員に任命される。
１９７８年（昭和53年）	44歳	関わりの深い兵庫県立尼崎青少年創造劇場（ピッコロシアター）オープン。
１９７９年（昭和54年）	45歳	サントリー文化財団設立。理事、サントリー学芸賞選考委員に就任。大平正芳首相の「田園都市構想研究グループ」に参加。
１９８０年（昭和55年）	46歳	サントリー文化財団主催国際シンポジウム「日本の主張１９８０」に参加（同シンポジウムは１９８２年まで開催される）。日本文学大賞（新潮社）の選考委員となる。
１９８１年（昭和56年）	47歳	サントリー文化財団主催サンフランシスコ対日講和条約三十周年シンポジウム「吉田茂　その背景と遺産」に参加。大阪二十一世紀協会企画委員に就任。
１９８２年（昭和57年）	48歳	日米文科系学術交流委員会主催の研究会議「言語と文化・日米のコミュニケーション」を大阪大学で開催し、参加。
１９８３年（昭和58年）	49歳	兵庫県立尼崎青少年創造劇場（ピッコロシアター）が、公立劇場では日本で初めての演劇学校を開校し、主任講師に就任。
１９８４年（昭和59年）	50歳	「兵庫県立高等学校演劇科設置に関する懇話会」メンバーに就任。『柔らかい個人主義の誕生』により吉野作造賞を受賞。朝日新聞「文芸時評」を１９８５年まで執筆。
１９８５年（昭和60年）	51歳	「世界の中の日本を考える懇談会」（通産省）メンバー。『オイディプス昇天』により読売文学賞（戯曲賞）を受賞。
１９８６年（昭和61年）	52歳	サントリー文化財団創刊の国際総合誌『アステイオン』編集委員に就任。

１９８８年（昭和63年）	54歳	山崎正和スタジオ設立。貝原俊民・兵庫県知事にソフト先行型の公立劇場建設を提言（のちの兵庫県立芸術文化センターにつながる）。「国際文化交流に関する懇談会」（竹下登首相の私的諮問機関）メンバー。
１９８９年（昭和64年・平成元年）	55歳	サントリー文化財団主催日米シンポジウム「昭和天皇とその時代」（N.Y.）、国際シンポジウム「新・太平洋の橋」（東京・大阪）に参加。兵庫県立芸術文化センター基本構想策定に関わる。第14期中央教育審議会委員・副会長に任命される。
１９９０年（平成2年）	56歳	『世阿彌』をミュージカル化（神戸、大阪で公演）。
１９９１年（平成3年）	57歳	兵庫現代芸術劇場の芸術監督に就任。「外交強化懇談会」（外相私的諮問機関）委員。「国際協力に関する懇談会」（海部俊樹首相の私的諮問機関）メンバー。
１９９２年（平成4年）	58歳	サントリー文化財団「ハイパーフォーラム『地域は舞台』」に参加。「21世紀のアジア・太平洋と日本を考える懇談会」（宮澤喜一首相の私的諮問機関）メンバー。
１９９３年（平成5年）	59歳	サントリー文化財団主催国際シンポジウム「新しい知識社会の誕生」に参加。演劇および芸術文化の振興・発展への貢献に対して、大阪文化賞を贈られる。大学審議会委員。
１９９４年（平成6年）	60歳	第二十四次地方制度調査会委員。
１９９５年（平成7年）	61歳	阪神・淡路大震災で被災。「ひょうご舞台芸術」の公演予定作品「ＧＨＥＴＴＯ（ゲットー）」の資金集めに奔走。「ひょうご舞台芸術」は同作品により読売演劇大賞、毎日芸術賞を受賞。大阪大学を退任し、東亜大学教授に就任。
１９９６年（平成8年）	62歳	兵庫県功労者に顕彰される。

１９９７年（平成９年）	63歳	国際知的交流委員会（ＣＩＣ）を設立、委員に就任。日米欧の論壇を紹介する英文ニューズレター『コレスポンデンス』発行。
１９９８年（平成10年）	64歳	「21世紀のたばこ対策検討会」の委員に就任（大蔵省推薦）。
１９９９年（平成11年）	65歳	郵政省電気通信審議会「文化・社会小委員会」専門員に就任。小渕恵三首相のもと、「21世紀日本の構想」懇談会メンバーに就任。『読売新聞』朝刊第一面の大型コラム「地球を読む」に寄稿を始める（第１回、６月28日）。紫綬褒章受章。
２０００年（平成12年）	66歳	科学技術庁「21世紀の社会と科学技術を考える懇談会」委員に就任。文部大臣の私的諮問機関「21世紀の大学を考える懇談会」メンバーに就任。
２００１年（平成13年）	67歳	東亜大学学長に就任（２００５年まで）。経済産業省参与に就任。中央教育審議会大学分科会将来構想部会の臨時委員に就任。「追悼・平和祈念のための記念碑等施設の在り方を考える懇談会」に参加。
２００２年（平成14年）	68歳	「国際平和協力懇談会」（内閣官房長官私的諮問機関）メンバー。
２００３年（平成15年）	69歳	国際交流基金による「国際交流研究会」座長に就任。兵庫県立芸術文化センター芸術顧問に就任（２００６年まで）。
２００４年（平成16年）	70歳	小泉純一郎首相の「安全保障と防衛力に関する懇談会」「文化外交の推進に関する懇談会」メンバーに就任。「世界における日本語教育の重要性を訴える」有志の会に参加。
２００５年（平成17年）	71歳	兵庫県立芸術文化センター完成。文字・活字文化振興法成立（21世紀活字文化プロジェクト「活字文化推進委員会」委員長として、早くから同法成立に尽力）。

２００６年（平成18年）	72歳	ＬＣＡ大学院大学学長就任。
２００７年（平成19年）	73歳	第４期中央教育審議会会長に就任（２００９年１月まで）。文化功労者に顕彰される。
２０１０年（平成22年）	76歳	サントリー文化財団副理事長に就任（２０１４年まで）。
２０１１年（平成23年）	77歳	日本藝術院賞を受賞。
２０１２年（平成24年）	78歳	日本藝術院会員に就任。
２０１４年（平成26年）	80歳	サントリー文化財団特別顧問に就任。
２０１５年（平成27年）	81歳	サントリー文化財団で「『知』の試み研究会」（山崎塾）開始（２０１７年５月まで全８回）。
２０１６年（平成28年）	82歳	『アステイオン』創刊30周年。
２０１８年（平成30年）	84歳	文化勲章受章。『アステイオン』で連載「哲学漫想」開始（２０２０年93号まで全４回、２０２１年中央公論新社発刊）。
２０１９年（平成31年・令和元年）	85歳	サントリー文化財団創立40周年。４月３日「文化勲章の山崎正和さんを祝う会」開催。
２０２０年（令和２年）	86歳	８月19日逝去。

【 や行 】

【 ら行 】

【 わ行 】

【 は行 】

【 ま行 】

【 た行 】

【 な行 】

【か行】

【さ行】

人名索引

【 あ行 】

【著者紹介】

片山　修（かたやま　おさむ）

愛知県名古屋市生まれ。経済、経営など幅広いテーマを手掛けるジャーナリスト。鋭い着眼点と柔軟な発想力が持ち味。経営戦略、マネジメントにも造詣が深く、長年の取材経験に裏打ちされた企業論、組織論、人事論、時代論には定評がある。2001年から2011年まで学習院女子大学客員教授を務める。

『時代は踊った――オンリー・イエスタディ'80s』（文藝春秋）、『ソニーの法則』『トヨタの方式』（以上、小学館文庫）、『本田宗一郎と「昭和の男」たち』（文春新書）、『ふるさと革命――"消滅"に挑むリーダーたち』（潮出版社）、『社員を幸せにする会社』『技術屋の王国――ホンダの不思議力』『豊田章男』（以上、東洋経済新報社）など、著書は60冊を超える。

公式ウェブサイト　http://katayama-osamu.com/wordpress/

山崎正和の遺言

2021年7月8日発行

著　者――片山　修
発行者――駒橋憲一
発行所――東洋経済新報社
〒103-8345　東京都中央区日本橋本石町 1-2-1
電話＝東洋経済コールセンター　03(6386)1040
https://toyokeizai.net/

ブックデザイン・DTP……米谷　豪
印　刷………………東港出版印刷
製　本………………積信堂
編集協力……………今井章博
編集担当……………渡辺智顕

ISBN 978-4-492-22399-4